Le Bruit de nos pas perdus

Benoît Séverac

Le Bruit de nos pas perdus

roman

la manufacture de livres

Si vous souhaitez recevoir notre catalogue
et être tenu informé de nos publications,
envoyez vos coordonnées, en citant ce livre à :

La Manufacture de livres, 101 rue de Sèvres, 75006 Paris
ou
contact@lamanufacturedelivres.com

www.lamanufacturedelivres.com

ISBN 978-2-38553-119-5

Grace

Depuis plusieurs jours, Grace ne parle plus.

Elle a cessé de se nourrir, également. Une bouchée ou deux de riz qu'à peine ingurgitées elle doit se retenir de rendre.

Elle n'accepte de boire que si Amos se fâche en forçant le goulot d'une bouteille entre ses lèvres sèches.

Amos se fâche souvent ces derniers temps. Il n'était pas comme cela, avant. Il faut dire qu'avant… Au fond, ils étaient heureux dans leur village des montagnes du Tibesti.

Amos affirme qu'ils seraient morts s'ils étaient restés. Il a très certainement raison ; Grace a bien vu ce que les rebelles ont fait à leurs voisins. Pourtant, eux étaient musulmans, alors qu'Amos et elle sont catholiques ; or, les menaces envers les chrétiens se sont multipliées depuis quelques années.

« Nous aurions été les prochains », avait aboyé Amos la fois où elle lui avait lancé à la figure : « C'est de ta faute, tout ça ! Nous n'aurions jamais dû partir ! »

Après la sensation qu'on l'écorchait vive, après une peine à rendre folle, après les cris et les pleurs, Grace s'est tue.

Pas la douleur. La douleur, elle, est toujours là, prête à resurgir si Grace tentait de se relever.

Le chagrin a pris possession de tout : de son corps comme de son âme. Avant elle appartenait à Dieu, à son père ou à Amos…

À présent, elle appartient à *son* fantôme ; elle n'est plus qu'un débris chahuté par un fleuve boueux, un fétu pris dans les remous. Elle ne parvient même pas à prononcer *son* nom.

Elle est posée là, pendant qu'Amos espère et patiente. Il croit toujours qu'il sera bientôt possible d'entrer en Europe, cette forteresse si bien protégée… À portée de main, qu'on pourrait presque toucher, qu'il s'efforce d'apercevoir, les pieds dans l'eau, dos à la plage, le regard toute la journée tourné vers le nord.

Grace n'a plus la force de croire. Elle *est*, elle n'a rien d'autre à offrir. Combien de fois ont-ils supplié leurs gardiens de les laisser monter dans le prochain bateau ?

Une nuit, enfin, on vient les chercher dans les baraquements et on leur dit qu'ils font partie des cent cinquante élus. Ils ont rassemblé l'équivalent de vingt mille francs CFA, cela suffit.

Amos la traîne sur la plage pour tenter d'arriver à temps et prendre place à bord. Lui court devant, la tenant serrée par le bras ; elle, le regard halluciné, se laisse entraîner.

Alors qu'ils sont sur le point d'embarquer, des chasseurs d'hommes font irruption, fondant sur eux tous feux allumés à bord de Jeep équipées de pare-buffles, renversant les corps trop lents à s'écarter.

Ils sautent des véhicules et chargent. Puis, ils les frappent à l'aide de gourdins et de nerfs de bœuf, s'acharnant sur ceux qui s'effondrent dans le sable, leur arrachant l'argent qu'ils ont sur eux.

Quelques coups perdus atteignent Grace, mais Amos, qui est prudent et avisé, a réagi dès qu'il a entendu le bruit des moteurs ; il réussit à les extraire du piège tendu par la plage avant que l'étau formé par les Jeep ne se referme. Grâce à sa présence d'esprit, ils sauvent leurs dinars libyens et trouvent refuge dans un bosquet.

Au petit matin, les gardiens du camp viennent les récupérer ; ils n'ont pas l'air étonnés d'apprendre ce qu'il s'est passé. Plus tard, Amos comprend qu'ils étaient de mèche avec les voleurs. Évidemment.

Ceux qui ont eu moins de chance ou n'ont pas su anticiper, ont tout perdu. Ils doivent repartir travailler dans les champs de patates afin de gagner la somme nécessaire à un prochain voyage, dans un an ou deux, quand ils auront suffisamment économisé.

Depuis, Grace et Amos attendent qu'on leur fasse à nouveau signe, qu'on leur dise que cette fois est la bonne.

Grace s'est affalée sur la paillasse qu'Amos lui a désignée et ne sort plus de la pièce où ils s'entassent à plus de trente pour dormir, tête-bêche. Elle se sent faible et cela lui convient ; elle n'aurait pas la force d'aller bien. Dépérir est le moins qu'elle puisse faire, estime-t-elle. C'est tout ce qu'elle souhaite : aller de mal en pis et mourir.

Mais la vie s'accroche malgré eux aux humains qu'elle malmène, et un jour, les passeurs leur annoncent que c'est pour ce soir.

À nouveau la course vers les bateaux ; à nouveau les pas lourds dans le sable encore chaud, les jambes ankylosées et l'envie d'abandonner interdite par la poigne d'Amos ; à nouveau les réprimandes de son mari plus que ses encouragements…

Mais cette fois, les zodiacs sont bien là, pas de pillards ni de policiers en vue, cette fois ils se hissent à bord. Amos la jette à l'intérieur plus qu'il ne l'aide à monter.

Les passeurs répartissent les gens de part et d'autre du bateau en fonction de leur poids. L'embarcation tangue de façon inquiétante ; l'équilibre est précaire ; le premier qui se lèvera de façon intempestive la fera chavirer, et la plupart ne savent pas nager.

Amos est un homme fort. Probablement le plus fort d'entre tous. Il est le plus âgé, également. C'est la raison pour laquelle les passeurs l'ont fait asseoir au poste de pilotage, lui ont expliqué le maniement du moteur hors-bord et lui ont confié un téléphone portable ainsi qu'une boussole.

– Vous ne venez pas ?

– Non, vous partez seuls. L'Italie est dans cette direction. Suivez ce point sur la boussole, vous y arriverez forcément. Dès que vous aurez du réseau, appelez le numéro d'urgence, ils viendront vous chercher.

Amos est le meneur du zodiac. Elle, la femme faible, la suiveuse. Il comptait sur la traversée pour qu'elle reprenne du poil de la bête. Il l'a connue combative ; il se souvient que le travail ne lui faisait pas peur et que peu d'hommes l'impressionnaient. La vie ne l'effrayait pas. Mais il ne la reconnaît pas, car plus les heures passent, plus les forces la quittent. Qu'en sera-t-il plus loin, plus tard, quand ils poseront un pied sur la terre ferme et qu'il faudra courir, se cacher, survivre ?

Elle s'affaisse contre le boudin du zodiac ; le corps affalé sur le fond caoutchouteux, sa tête dépasse à peine.

Les autres sont dressés, tendus vers la proue du bateau. Tous, sauf elle. Ils fixent l'horizon qu'ils trouvent probablement prometteur ; de l'autre côté de cette masse grisâtre qui ondule, se dessine un avenir radieux.

Grace ne voit pas ce qu'elle pourrait attendre d'une telle étendue inhospitalière. Quelle promesse pourrait-on lui faire ?

Amos, de temps en temps, lui jette un coup d'œil préoccupé. Elle est toujours sans vie, pense-t-il, sans réaction, sans émotion. Pourtant, s'il l'observait un peu plus attentivement, il verrait ses lèvres bouger.

Car elle s'adresse à la mer. Dans sa langue, d'une voix inaudible, elle supplie la grande eau de les prendre, ou tout au moins de la prendre, elle. De l'engloutir et de la faire disparaître à jamais, comme si elle n'avait jamais existé, d'emporter avec elle toute trace de son passage, et tout souvenir aussi. Le malheur ne survivra pas à la dissolution de son enveloppe corporelle, à l'anéantissement des quatre ou cinq dizaines de kilogrammes qui la composent. Le malheur gît ici, dans ce zodiac ; si elle se laissait aller à l'eau, tout serait fini, la torture cesserait.

Mais Amos veille, et Grace continue à se laisser bousculer par les à-coups de l'embarcation luttant contre la houle, prétendant attendre – à l'instar de ceux dont on a mis le sort entre les mains d'Amos – des jours meilleurs.

CHAPITRE 1

Elle serait éternellement jeune, et sa beauté immuable.

Enfin, immuable n'était pas le terme approprié, car sa beauté changerait, mais ne s'effacerait pas… Elle deviendrait autre.

Emilie Vaudrey était dotée d'un physique évanescent qui ne se laisserait pas capturer par les outrages du temps, au contraire, il s'élèverait, se faufilant entre les mailles de ses filets pour se reconstituer plus loin, plus haut.

Son visage laissait transparaître peu de sentiments ; un soupçon de reproche peut-être. Elle en voulait à la terre entière, mais l'exprimait de manière altière, ne s'abaissant pas à l'ostentation.

Elle devait probablement des cheveux aussi blonds et un visage aussi diaphane à de lointaines origines nordiques. Le genre de peau que le soleil abîme et que la nuit sublime.

L'assistant du médecin légiste prit un air emprunté en défaisant les premiers boutons du chemisier de sa cliente. La fermeture du soutien-gorge fut plus difficile à atteindre. Il dut pour cela faire basculer Emilie Vaudrey délicatement sur le flanc droit.

Une fois la fine dentelle retirée, le commandant Cérisol surprit le regard de l'assistant s'arrêtant sur les seins. Il faut dire qu'ils étaient particulièrement rebondis, avec de larges tétons sombres.

Tout de même, Cérisol s'en étonna. Il visa le nom de l'assistant sur son badge : Éric Lestang. Il ne l'avait jamais vu auparavant. Il était flic, pas médecin, mais il se doutait qu'une telle place à l'institut médico-légal de Versailles était chère ; les candidats devaient être triés sur le volet. D'ailleurs, Lestang était probablement encore à l'essai. S'il ne se tenait pas davantage à carreau, il serait rapidement remplacé par plus professionnel que lui.

– Pourquoi est-ce que le parquet a ordonné une autopsie ? demanda le docteur Crouzat, le supérieur d'Éric Lestang, qui menait l'examen post mortem. Cela m'a tout l'air d'un suicide.

– C'est Gairal, la proc qui vient d'arriver, dit le commandant Cérisol.

– Ah, alors je ne suis pas étonné. J'ai remarqué qu'elle en demandait une quasi systématiquement. Tu me diras, ce n'est pas moi qui vais m'en plaindre. Ils veulent tous faire des économies. On a moitié moins de boulot. Elle, au moins, œuvre en faveur du maintien de nos postes.

– Qu'est-ce qui vous fait penser à un suicide ? risqua l'assistant.

Le médecin lui répondit tout en poursuivant son examen.

– Regarde la fiche d'entrée, dit-il tout en saisissant un scalpel. Elle a été retrouvée allongée au pied de son lit au milieu d'un arsenal pharmacologique. Elle avait de quoi organiser un suicide collectif pour tous les occupants de l'immeuble.

– Sans compter qu'elle était seule dans son appartement, ajouta Cérisol, au premier étage. D'après les policiers municipaux de Jouy-en-Josas, il n'y avait aucune trace d'effraction, et la porte était fermée de l'intérieur avec la clef toujours dans la serrure.

Éric Lestang leva la tête pour s'adresser au lieutenant Krzyzaniak :

– Notez que sans cela, nous n'aurions pas eu le plaisir de faire connaissance.

Cérisol faillit s'étouffer. Krzyzaniak n'était pas à la brigade depuis très longtemps, mais du peu qu'il en avait vu, il s'attendait à ce que l'assistant du légiste prenne un retour lifté dont il se souviendrait. Il avait aussi remarqué les œillades maladroites qu'il réservait à sa collègue.

– C'est censé être de la drague ? dit celle-ci.

– Je… Pardon ?

– Parce que si c'est le cas, c'est la technique d'approche la plus ringarde que j'aie jamais vue.

L'assistant plongea le nez dans ses bassines et se remit à sa tâche sans demander son reste.

Cérisol était aux anges. Lui et le médecin légiste se regardèrent, hilares. Le toubib eut un hochement de tête approbateur, l'air de dire « Eh bien, celle-là, elle ne se laisse pas marcher sur les pieds ».

– Heure du décès ? lui demanda Krzyzaniak, qui était déjà passée à autre chose.

– Muscles striés et lisses, rigidité cadavérique encore bien présente… Je dirais douze heures.

Cérisol consulta sa montre.

– Hier soir donc.

– Minuit maximum, précisa le légiste. C'est l'heure à laquelle les gens se suicident. Ils rentrent exténués du boulot, ou bien en l'occurrence ils viennent de passer un dimanche de merde à déprimer, ils picolent en regardant la télé, et puis comme le deuxième film n'est pas meilleur que le premier, ils se décident. Ils vont à la salle de bains où ils avalent un cocktail de cachets, et surpris par la rapidité des effets des médicaments, la plupart n'arrivent pas à rejoindre leur chambre.

– Les choses sont un peu plus compliquées que cela, dit Krzyzaniak.

– Si vous saviez !

Pour le docteur Crouzat, l'être humain était un animal… Évolué, certes, mais il restait un reptilien.

– Nous fonctionnons selon des schémas instinctifs peu originaux, ajouta-t-il. Rares sont les individus qui se démarquent.

– Vous êtes un cynique.

– Et vous une romantique. C'est normal, vous êtes jeune. Mais vous verrez, avec l'expérience…

– Oui, c'est ça, je verrai.

Le médecin légiste haussa les épaules et entama l'incision mento-pubienne du cadavre. Il commença par le bloc linguo-pharyngé, en profita pour vérifier l'os hyoïde.

– Pas de strangulation, commenta-t-il.

Puis, il descendit jusqu'à l'ombilic, que la lame contourna, et poursuivit son geste en ligne droite jusqu'au pubis d'Emilie Vaudrey. À l'aide de la scie oscillante, il découpa ensuite le sternum, glissa l'écarteur entre les deux bords osseux, et entreprit d'ouvrir la cage thoracique.

– Éric, commencez à récliner le cuir chevelu, puis vous découperez la calotte crânienne, dit-il en tendant la scie oscillante à son assistant. Arrêtez-vous à la dure-mère, je m'en occuperai.

L'anatomopathologiste fut surpris que le docteur lui confiât une telle responsabilité. Un assistant est censé assister : maintenir les chairs, aspirer les fluides... Pas réaliser les actes chirurgicaux réservés au médecin légiste. Cependant, il se mit immédiatement à l'œuvre, attaquant Emilie Vaudrey sur un deuxième front.

Cérisol jeta un coup d'œil à sa collègue pour s'assurer qu'elle tenait le coup. Il la vit déglutir mais encaisser sans rien dire. Une dure à cuire. Les premières impressions du chef de groupe de la brigade criminelle du SRPJ de Versailles étaient confirmées : cette nana allait faire une excellente flic.

Quand l'assistant eut fini de découper le crâne de la jeune femme, le légiste avait retiré les plastrons.

– On va voir ce qu'elle a dans le ventre.

Une blague qu'il faisait à chaque fois qu'une nouvelle recrue assistait à son show. Cérisol sourit pour lui faire plaisir mais Krzyzaniak ne releva même pas, concentrée sur les gestes du légiste.

Alors que celui-ci s'apprêtait à entailler la paroi stomacale, il prévint les policiers :

– Attention, avec les médicaments, le bol gastrique aura fermenté.

Cérisol fit un pas en arrière. Krzyzaniak leva des sourcils interrogateurs.

– Ça va schlinguer, précisa le médecin.

Elle recula à son tour, mais l'odeur envahit toute la pièce.

– Pfiou ! dit le légiste. Elle avait aussi consommé une bonne dose d'alcool. L'examen externe ne révèle aucune ecchymose, aucune trace de coup ou de lutte, strangulation ou lacération. À l'examen interne, le foie est indemne de lésions, de même que le pancréas… Pas d'hémorragie. Il faut attendre les résultats d'analyses toxicologiques pour l'affirmer, mais à mon avis, c'est une ingestion massive de substances chimiques qui l'a tuée. Cela fait peu de doute. Quels noms, les médicaments que vous avez dégotés sur place ?

Cérisol dut vérifier dans les notes que lui avaient laissées les collègues de l'Identité judiciaire.

– Pentobarbital et Percocet.

– Barbiturique associé à un opiacé. C'est concordant avec ce que j'observe ici.

Le médecin légiste poursuivit l'éviscération. Au fur et à mesure qu'il détachait les organes de leur cavité naturelle, il les faisait passer à son assistant pour la pesée. Ils seraient ensuite disséqués, échantillonnés et conservés dans des sacs en plastique avant d'être remis dans la cage thoracique.

Ne resterait bientôt plus qu'à faire un prélèvement sanguin, puis refermer et remettre le corps en état pour présentation à la famille.

– Je vais appeler la proc, dit Cérisol à l'intention du légiste. Je pense qu'elle signera le procès-verbal aux fins d'inhumation d'ici ce soir, demain max. *Krizaniak*, vous avez réussi à joindre la famille ?

Une nouvelle fois, le commandant écorcha la prononciation polonaise de son patronyme ; une nouvelle fois, elle ne releva pas. Elle était habituée, mais puisqu'il serait amené à le prononcer plusieurs fois par jour, elle devrait lui en faire la remarque. Pour l'instant, elle n'osait pas, ne voulant pas attirer l'attention sur elle.

– L'Identité judiciaire a retrouvé le père ; il était caution sur le bail locatif d'Emilie Vaudrey. Il vit dans l'Isère. On lui a dit de patienter là-bas, mais il n'a rien voulu savoir. Il arrive par le premier TGV.

– Ils l'ont prévenu que l'appartement était sous scellés ?

– Oui, il descend à l'Ibis de Vélizy.

Cérisol fit un geste du menton ; ils pouvaient y aller. Mais au moment où Krzyzaniak et lui tournaient les talons, le légiste les rappela.

– Attendez.

Il était en train de palper l'utérus d'Emilie Vaudrey.

– Je crois qu'il y a du monde là-dedans.

Il sectionna la matrice longitudinalement. Les deux policiers ainsi que l'assistant se penchèrent sur les entrailles d'Emilie Vaudrey. Un embryon, plus proche du batracien que de l'humain, apparut entre les doigts du docteur Crouzat.

– Sept ou huit semaines, je dirais. Tout au plus.

– Elle était enceinte ?

– Affirmatif. À moins qu'on soit dans *Alien 5*.

Cérisol se tourna vers sa collègue sans la regarder véritablement. Il réfléchissait à toute vitesse.

– Vous la gardez sous scellés judiciaires pour l'instant, lâcha-t-il au bout de quelques secondes. Avec interdiction au père de voir le corps. Faites-moi aussi un prélèvement ADN sur le fœtus. Nous, on retourne au domicile de la victime.

– Victime ?

Cérisol avait déjà foncé dans les portes battantes de la salle d'autopsie, plantant le médecin légiste et son assistant.

– *Krizaniak*, tu viens ?

– Je suppose qu'il ne me reste plus qu'à vous saluer. Messieurs !

Le toubib inclina la tête.

– Lieutenant.

L'assistant, quant à lui, risqua un « Au revoir » obséquieux. Krzyzaniak n'eut pas un regard pour lui.

CHAPITRE 2

À trente-huit ans, Louise Gairal présentait tous les signes de réussite sociale : elle avait fait de brillantes études de droit à Toulouse, était sortie major de promo en licence et en master, avait obtenu la deuxième place au concours d'entrée à l'École nationale de la magistrature de Bordeaux et fini première au classement de sortie. Elle avait commencé sa carrière comme substitut du procureur à Quimper auprès du tribunal pour mineurs, puis à Limoges aux affaires commerciales, et était depuis peu vice-procureur au parquet de Versailles. Un jour, elle passerait au siège et finirait sa carrière comme présidente du tribunal judiciaire de Toulouse, *al país*, où l'attendaient ses parents. Dans le Sud, quand un élément s'éloigne, la cellule familiale n'imagine pas que ce soit pour toujours. Il ou elle revient forcément un jour dans le giron du clan.

Pourtant, et malgré les cris d'effroi de ses amis et cousins toulousains, elle affirmait se plaire à Versailles. Notamment parce qu'elle y avait retrouvé Peggy, sa meilleure amie de promo à l'École nationale de la magistrature, vice-procureur comme elle. D'ailleurs, elles avaient un petit peu forcé le destin pour que leurs chemins se croisent à nouveau. Louise n'en avait rien dit à son mari, mais Versailles n'était pas seulement un passage obligé pour progresser plus rapidement dans la hiérarchie du ministère public. C'était surtout là que, un an avant elle, Peggy avait été nommée.

Tout le monde au tribunal de Versailles se moquait de Peggy à cause de son prénom. Les juges d'un certain âge et d'une bêtise certaine – ce qui allait souvent de pair – l'appelaient *Peggy la cochonne*, expression un brin lubrique un brin méchante en référence au *Muppet Show* que les magistrats les plus jeunes ne connaissaient pas. Ces derniers, se fiant au précepte populaire selon lequel il n'y a pas de fumée sans feu, pensaient que leurs aînés faisaient allusion à un épisode peu avouable de la biographie de ladite Peggy, et entretenaient sa mauvaise réputation en colportant des anecdotes salaces qui en disaient long sur leurs propres déviances. Le fait qu'elle eût un physique très avantageux et qu'elle ne fût ni mariée ni pacsée alimentait la rumeur.

Quant à Louise, malgré son tableau de chasse académique irréprochable, son intelligence supérieure et sa carrière fulgurante, ils étaient nombreux à la prendre pour une conne. En effet, Louise était gentille. Une tare, dans ce milieu. Il aurait mieux valu qu'elle fût taxée de bienveillance ou de compréhension, mais non, Louise était bel et bien *une gentille*. Par ailleurs, elle était affublée d'un accent du Sud-Ouest à couper au couteau, ce qui confortait ses collègues dans l'idée qu'elle n'avait pas inventé le fil à couper le foie gras. Personne, pas même les prévenus, ne la prenait au sérieux. Il lui était même arrivé de requérir une peine de quinze ans de réclusion assortis d'une incarcération incompressible de douze ans, et d'entendre le prévenu éclater de rire, pour immédiatement s'excuser : « Je ne veux pas offenser la cour, mais dit avec un tel accent, ça me fait presque plaisir à entendre. »

Ses intonations la desservaient, et pourtant, rares étaient ses interlocuteurs dont le QI pouvait rivaliser avec le sien. Au cours de sa carrière, les seuls présidents ou procureurs qui l'avaient jusque-là impressionnée par leur intelligence, étaient justement ceux qui s'étaient toujours abstenus de la moindre remarque sur la façon dont elle parlait. Ils ne s'attachaient pas à *ce chant si mignon* quand elle s'exprimait mais à la teneur de ses propos.

Louise cochait toutes les cases dans le registre « vie personnelle réussie » également : un mari, Grégoire – Greg pour les intimes –, avec une belle situation, trois enfants, deux filles et un garçon, tous premiers de la classe, inscrits dans des clubs de danse, de rugby, d'échecs, et à l'école de musique locale : violon et piano pour les unes, batterie pour l'autre.

Pas d'amant… Ce qui étonnait Peggy pour qui la vie de couple était une morne plaine. Louise avait eu le tort de lui confier un jour que sa vie sexuelle était très calme, et depuis, elle tentait régulièrement de la caser avec tel ou tel substitut, l'invitant à expérimenter le dégel. Louise s'amusait de la légèreté de son amie et de son incapacité à envisager qu'on pût être heureuse avec l'homme de sa vie – le concept même échappait à son entendement –, fût-ce dans sa version rangée.

Outre Peggy, Louise avait deux copines qui n'étaient ni dans le judiciaire ni dans la gestion des ressources humaines – le domaine de Grégoire. C'était précisément la raison pour laquelle leur relation perdurait. Ninon était institutrice – elle tenait à ce qu'on dît professeure des écoles mais Louise n'arrivait pas à s'y résoudre et cela faisait l'objet de chamailleries entre elles.

Son autre comparse, Thérèse, qui trouvait son prénom désuet et préférait qu'on l'appelât Tess, tenait un salon de thé dans lequel le quatuor se réunissait souvent. Le soir, une fois le rideau baissé, le thé rouge et le rooibos étaient remplacés par du vin blanc sec que les amies sirotaient en refaisant le monde, pendant que leurs maris respectifs refaisaient le leur au club-house après leur partie de squash, autour d'une bière.

Chacun et chacune rentrait à la maison dans un état d'ébriété plus ou moins avancé, et une fois la baby-sitter payée, se glissait sous la couette conjugale, se tournait qui sur le flanc gauche qui sur le flanc droit, après avoir souhaité une bonne nuit à l'autre.

Louise reconnaissait que Peggy avait raison sur un point : ce n'était pas l'idéal sensuel qu'elle avait imaginé. Elle avait l'impression que Greg et elle s'étaient laissé avoir par les grossesses, les réunions de parents d'élèves, les allers-retours aux entraînements, les devoirs… La vie, quoi. Mais en tendant l'oreille dans le prétoire ou à la sortie de l'école pour saisir les conversations entre mamans, il semblait que c'était un sort largement partagé. Peggy ne concevait pas que la vie, surtout la vie conjugale, était constituée de phases et que ça reviendrait, ou que ça évoluerait vers quelque chose de différent, mais tout aussi bien. L'idée d'envoyer tout paître en cédant à l'impatience relevait, selon Louise, autant de la bêtise que de la paresse morale.

Elle admettait aussi que, parfois, elle se demandait si Greg n'avait pas une maîtresse. Rien ne semblait l'indiquer, mais elle n'excluait pas l'hypothèse. Pour autant, elle refusait de céder à ce genre de paranoïa et se rappelait que le principe de fidélité consistait aussi à rester fidèle à la confiance que l'on avait décidé d'accorder à l'autre. Elle se le répétait en essayant de ne pas penser à toutes celles, nombreuses dans la boîte de Greg, qui se pâmaient devant lui. Il était plutôt bel homme, sportif, et DRH… Mais Louise ne le croyait pas assez ballot pour céder à ce genre de mirage.

Le soir, avant de s'endormir, Louise lisait des romans pendant qu'il feuilletait des revues de moto. Il avait comme projet de passer son permis mais ne trouvait jamais le temps. Un été, il avait commencé, mais n'avait pas été au bout de la formation.

Depuis qu'ils avaient Netflix et Amazon Prime, Greg n'avait plus à faire semblant de s'intéresser à ce qui plaisait à son épouse. D'ailleurs, ils n'allaient plus au cinéma et chacun regardait sa série sur sa tablette. Les échanges complices s'étaient raréfiés et ne concernaient plus que leurs amis communs et la famille.

Louise lisait aussi des revues « de filles », comme *Cosmo*. Il y était souvent question de lutte contre la lassitude du couple, de moyens de redonner du peps à sa vie sexuelle après la maternité, de comprendre l'autre, de se faire comprendre de l'autre… Mais que faire quand *l'autre*, précisément, souriait avec condescendance quand elle abordait des questions intimes, comme s'il lui trouvait encore des airs d'adolescente naïve ?

La fois où elle avait enfilé des dessous très sexy commandés sur un site discret, il l'avait prise sans ménagement par-derrière et l'avait fessée en l'injuriant. Elle n'avait pas réitéré.

Malheureusement, les revues spécialisées dans les deux-roues n'avaient pas de rubrique « Vie du couple » ou « Psychologie », et ce qu'elles proposaient pour madame se limitait à une gamme de vêtements en Gore-Tex avec des protections au niveau des coudes et du dos. Peut-être que Greg aurait aimé faire l'amour en tenue de motard ?

Louise souriait en l'imaginant nu avec des gants de cuir, des bottes rembourrées et un casque intégral sur la tête.

CHAPITRE 3

En sortant de l'IML, Cérisol envoya un mail à la vice-procureur pour l'informer de la grossesse de la suicidée de Jouy-en-Josas et lui demander d'ouvrir une enquête pour recherche des causes de la mort. Il reçut le feu vert de Gairal dans la foulée. Cette femme ne débranche jamais, songea-t-il.

Puis, il se mit derrière le volant bien que Krzyzaniak fût son chauffeur désigné. Le quinquagénaire considérait que c'était là le rôle d'un subalterne, ou d'une jeune recrue, mais après l'autopsie, il avait besoin de se changer les idées.

Les deux policiers se turent pendant au moins quatre feux rouges. Enfin, Krzyzaniak rompit le silence.

– Où est-ce qu'on va, là ?

– Fouiller l'appart d'Emilie Vaudrey.

– Pourquoi ?

– Parce que ce n'est pas net.

– Pas net ? Même le légiste a conclu au suicide.

– On ne se suicide pas quand on attend un bébé.

Krzyzaniak se retint de pouffer.

– Vous avez lu ça dans un magazine féminin ?

Cérisol encaissa. Simple boutade pour la femme, encore jeune ; véritable couteau dans une plaie béante pour l'homme mûr qui n'avait jamais eu d'enfants ; par choix, mais pas le sien… Celui de Sylvia, son épouse, atteinte d'une cécité congénitale et qui avait eu peur de la transmettre à une éventuelle descendance.

– Instinct maternel, dit-il.

Krzyzaniak soupira. Combien de fois elle avait entendu cela ? Elle continuerait probablement à l'entendre encore longtemps.

– Ça peut bouleverser d'apprendre qu'on porte un enfant. Elle a peut-être paniqué. Ça a pu réveiller de vieux démons.

Cérisol fixait la route. Sa collègue n'avait pas tort, mais sans qu'il pût l'expliquer, il sentait que quelque chose clochait dans ce suicide.

Krzyzaniak insista :

– Et puis si ça se trouve, elle n'était pas au courant. Sept ou huit semaines, elle a pu ne pas s'en apercevoir.

– C'est ce que je veux vérifier en allant fureter dans ses affaires. Il me semble que la famille a droit à une explication. Qui a prévenu les secours ?

– Son petit ami. Un certain Julien Fousseret. Il n'arrivait ni à la joindre ni à entrer à cause de la clef dans la serrure à l'intérieur. Il a appelé les pompiers directement.

– On peut supposer que c'est lui le père. Il faudra lui poser la question. Il se trouve sur place ?

– Non, on l'a ramené chez lui en état de choc.

– Il ne vivait pas avec elle ?

– Non. En fait, il est marié.

– Emilie Vaudrey était sa maîtresse ?

– C'est ça.

– Et sa femme est au courant ?

– Je ne connais pas les détails, mais si elle ne l'était pas avant ce matin, maintenant elle doit l'être, parce qu'il est rentré accompagné par deux agents en tenue.

– On ira le voir, après. On est obligés de faire une recherche de paternité, de toute façon ; c'est la procédure.

Krzyzaniak acquiesça. Cérisol laissa quelques secondes s'écouler. Il conduisait tout en douceur, à vitesse réduite.

– Dis-moi, *Krizaniak*…

– C'est Krzyzaniak, pas *Krizaniak*.

– C'est ce que j'ai dit.

– Non. Vous, vous dites *Krizaniak*, mais passons.

– Pourquoi t'es devenue flic ?

– C'est quoi cette question ?

– Simple curiosité.

Krzyzaniak réfléchit quelques secondes, comme si elle essayait de comprendre ce que son supérieur sous-entendait.

– C'était dans mon ADN, finit-elle par dire. Je n'ai jamais envisagé de faire autre chose. Comme un paysan reprend la ferme de ses parents. C'était une évidence.

– Ton père était dans la police ?

– On est flics de père en fille depuis cinq générations dans ma famille...

– Techniquement, ce n'est pas possible.

Krzyzaniak poursuivit sans relever :

– J'ai même un arrière-arrière-grand-père qui était dans les toutes premières brigades mobiles fondées par Clemenceau.

Cérisol se remémora avec tendresse les soirées du vendredi où il attendait avec impatience de découvrir un nouvel épisode des *Brigades du Tigre*, ces héros moustachus qui s'entraînaient à la boxe française en collants moulants et se lançaient dans des courses-poursuites à trente kilomètres heure. L'air de Claude Bolling interprété par Philippe Clay lui revint : « M'sieur Clemenceau, vos flics maintenant sont devenus des cerveaux. Ni grands ni gros, ils ont laissé leurs vélos leurs chevaux [...] Pendant c'temps-là dans les romans, certains nous racontent comment, faire un casse tranquillement... »

Cérisol adorait la série, mais Krzyzaniak ne la connaissait probablement pas.

– Et vous ? Vous êtes flic depuis combien de temps ? demanda-t-elle.

– Je t'ai déjà demandé de me tutoyer.

– On verra.

Cérisol sourit. Que ce soit *Krizaniak* ou Krzyzaniak, il appréciait sa force de caractère.

– Alors ? Pourquoi la police ?

– Parce que la magistrature exigeait de bosser à la fac, et je n'en ai pas eu le courage, ou la patience. J'avais besoin d'action. J'avais hâte d'arrêter les méchants et de les mettre en prison, sauver la veuve et l'orphelin. Être aimé.

– Vous avez atteint votre objectif ?

Cérisol éclata de rire.

– Pour ce qui est d'être aimé, je crois que ma femme me supporte, et notre chienne me tolère. Quant aux méchants… ils courent toujours, sinon tu ne serais pas là.

Un ange passa dans la C4 de service. Krzyzaniak semblait méditer ce que son chef de groupe venait de dire.

– Et en dehors de la police ? demanda celui-ci.

– En dehors ?

– Je sais que tu es célibataire, mais il y a un copain… ou une copine ?

Nouveau sourire complice, de la part de Krzyzaniak cette fois, car Cérisol n'était pas encore tout à fait *woke* mais il y travaillait. Lui-même se fit la réflexion qu'à ses débuts, trente ans plus tôt, il n'aurait pas abordé la question de façon aussi frontale. Il faut dire aussi que trente ans plus tôt, personne dans la police n'aurait osé s'afficher en couple avec un partenaire du même sexe.

– Non, personne. Pas même un chien. Je ne suis pas douée pour les relations amoureuses, ou amicales… Pour les relations tout court.

– J'avais remarqué.

La remarque amusa Krzyzaniak, mais Cérisol se sentit obligé d'ajouter « Je plaisante », au cas où.

– Pas la peine de prendre des pincettes. Je me connais : je suis sûre que même un animal domestique me décevrait.

La Citroën venait de franchir les limites de Jouy-en-Josas ; Cérisol mit son clignotant et s'engagea dans une ruelle bordée par des maisons années 1930 d'un côté, par un square verdoyant de l'autre, dans lequel gambadaient des enfants que des parents surveillaient distraitement depuis leurs bancs.

– Rue Pétineau. On y est.

– La propriétaire vit sous l'appartement qu'elle louait à Emilie Vaudrey, dit Krzyzaniak. Elle possède le double des clefs. Elle est prévenue que nous arrivons.

Cérisol n'avait pas encore enclenché le frein à main électrique que la voisine en question apparaissait derrière le rideau de sa fenêtre. Krzyzaniak lui fit un signe rassurant. La dame sortit sur son palier, un trousseau tendu en direction des policiers, au bout d'une main tremblant comme une feuille ; son âge y était pour quelque chose, mais le suicide de sa jeune locataire aussi, très probablement.

– Bonjour madame, dit Cérisol en saisissant les clefs. Merci de rester à notre disposition.

– Comment cela ? C'est que j'ai des courses à faire.

– Attendez que nous ayons fini, si vous le voulez bien. Nous aurons des questions à vous poser.

– Encore ? J'ai tout dit à vos collègues. Malheureusement, je n'ai rien de plus à vous apprendre. Et d'abord, vous en avez pour combien de temps ?

Pendant que Krzyzaniak expliquait à la propriétaire que leur visite ne durerait pas plus d'une heure, Cérisol emprunta l'escalier extérieur. Il remarqua une nouvelle fois que, depuis qu'il avait perdu du poids, gravir des marches lui demandait moins d'effort. Cependant, il aurait volontiers échangé ce confort pour un pot de confiture de framboise. *La vieille a une tête à faire des bocaux ! Je suis sûr que son cellier en est rempli !*

Le silence régnait dans l'appartement de la jeune femme. Malgré le bazar laissé par les pompiers puis les collègues de l'Identité judiciaire, on voyait que, du vivant d'Emilie Vaudrey, les lieux étaient très bien tenus.

Cérisol repéra tout de suite les photos de la jeune femme en compagnie d'un homme à peine plus âgé… L'amoureux en question, de toute évidence. Sur l'une d'elles, sa tête reposait contre l'épaule du quadragénaire souriant, un brun frisé à l'allure athlétique qui dégageait une certaine assurance. On imaginait une voiture de sport garée à proximité et des vêtements de marque. Le style ingénieur ou avocat. Sur une autre, un selfie pris en bord de mer, ils s'embrassaient à pleine bouche.

Cérisol tapota le cliché aimanté à la porte du réfrigérateur.

– Julien Fousseret, je suppose, dit-il à l'intention de sa collègue.

Krzyzaniak se rapprocha pour découvrir les traits plutôt agréables d'un quadragénaire épanoui dans l'amour.

– Hum.

Puis, Cérisol et elle se mirent à ouvrir tous les placards et les tiroirs de la cuisine, mais ils ne contenaient rien que de très normal : couverts, vaisselle, ustensiles et appareils, produits de nettoyage et stocks de nourriture bio, sans gluten et sans huile de palme.

D'ailleurs, le frigo était celui d'une femme moderne soucieuse de bien vieillir ; il y avait des bouteilles d'alcool dans l'appartement, mais rangées à leur place, dans un placard, pas éparpillées un petit peu partout dans le domicile, et certainement pas dans la chambre, hormis la bouteille de whisky retrouvée renversée près du corps.

Le seul élément reliable à l'autopsie sur lequel ils mirent la main fut un test de grossesse. Le bâtonnet de plastique en forme de thermomètre avait été remis dans son emballage et enfoui – caché ? – au fond d'un tiroir du buffet de la cuisine. Il arborait un signe positif bleu au centre de la fenêtre censée donner le résultat du test. Cérisol s'en saisit.

– En tout cas, elle se savait enceinte, dit-il.

– Ça ne prouve rien. Certaines femmes sont fragilisées par une grossesse, répondit Krzyzaniak. Imaginez qu'elle ait fait un refus de grossesse... Le dérèglement hormonal peut provoquer des dépressions aussi profondes qu'inattendues. C'est rare, mais ça arrive.

Cérisol acquiesça, avant de s'attaquer aux étagères du séjour. Krzyzaniak ouvrit les tiroirs d'une commode, dans l'entrée. C'est là qu'Emilie Vaudrey conservait ses chaussures, une trentaine de paires, au bas mot. Krzyzaniak, qui achetait ses vêtements sur Vinted ou à la recyclerie de son quartier, soupira.

Cérisol aussi se faisait une idée d'Emilie Vaudrey. Depuis le séjour, il commentait à voix haute :

– On se croirait au rayon Développement personnel de la Fnac : *Comment vivre sans tuer*, *Le Sommeil par les plantes*, *Mieux connaître son ennemi pour en faire son ami*, *Cuisine et Karma*...

– Rien ici, dit Krzyzaniak en refermant le meuble du couloir. Je vais parler à la propriétaire.

Cérisol ne la contredit pas ; il poursuivit l'inspection des lieux.

L'unique chambre faisait au moins vingt mètres carrés. Côté nuit, les placards du dressing, remplis de vêtements, dissimulaient une boîte à bijoux que le premier cambrioleur venu aurait cherchée là, mais ils ne contenaient rien d'inattendu.

– Pas de cadavre dans le placard, plaisanta-t-il.

Mais Krzyzaniak, qui était déjà sortie de l'appartement, ne l'entendit pas. Cérisol se dit que c'était tant mieux car sa blague était un peu éculée.

Seuls indices – outre les photos dans l'entrée et la cuisine – d'une présence masculine occasionnelle : une étagère et quelques cintres réservés à des dessous et à deux chemises d'homme.

L'espace de travail recelait de nombreux documents liés à la création d'entreprise, des plans de masse et des catalogues de produits en lien avec la santé, les soins corporels, les médecines complémentaires… Il ne dénicha rien d'exceptionnel ou d'inhabituel, rien qui indiquât qu'Emilie Vaudrey était menacée ou dans une situation difficile.

Dans son sac à main, déjà inspecté par l'IJ, il tomba sur un étui à cartes de visite. « Emilie Vaudrey – Naturopathe chez vous et sur votre lieu de travail ». Il nota l'habile adresse « chez vous », et non pas le message neutre « à domicile ». Emilie Vaudrey avait le sens de la communication.

L'ordinateur et le smartphone qu'il y trouva parleraient peut-être, une fois entre les mains des informaticiens de la PJ, mais il ne découvrit rien sur le bureau qui pût expliquer son geste : ni message de séparation, ni lettre de menace ou de chantage.

Il sortit son téléphone et entra « Emilie Vaudrey » dans Google. Il en résulta une entrée LinkedIn et une page Facebook, toutes deux confirmant une activité de naturopathe à domicile. Siège social de l'autoentreprise sis 22, rue Pétineau à Jouy-en-Josas. C'était tout. Le compte Facebook était une page professionnelle ; rien de personnel n'y était dévoilé.

Il en avait terminé avec l'exploration du domicile de la jeune femme ; Krzyzaniak devait elle aussi avoir fini d'interroger la propriétaire. S'ils n'avaient rien trouvé de concluant, Cérisol n'avait pas changé d'avis pour autant : ce suicide n'était pas clair et il entendait dissiper ce trouble.

Il jeta un dernier coup d'œil à l'appartement et referma la porte derrière lui.

Une fois dans la voiture, les deux policiers échangèrent les informations que chacun avait réussi à glaner. Aucune révélation, ni d'un côté ni de l'autre.

– La voisine ne sait pas grand-chose d'Emilie Vaudrey : jeune femme tranquille, jamais de bruit, elle payait son loyer rubis sur l'ongle par virements automatiques, son « petit ami » venait régulièrement et il était très aimable, jamais un mot au-dessus de l'autre, jamais une dispute… Bref, la locataire idéale.

Cérisol mit le contact.

– On va rendre visite à l'amant ? demanda Krzyzaniak.

– Exact.

– On ne pourrait pas le convoquer, plutôt ?

– Pourquoi ?

– Imaginez que sa femme ne soit pas au courant.

– Tu m'as dit que des agents en tenue l'avaient raccompagné chez lui. Il a bien fallu qu'il explique pourquoi à sa femme.

Cérisol démarra.

– Et puis, honnêtement, ce n'est pas notre problème.

CHAPITRE 4

À vol d'oiseau, la maison des Fousseret n'était située qu'à deux kilomètres de l'appartement d'Emilie Vaudrey. Le coucou avait élu son nid bis à un jet de pierre du premier, probablement par souci de commodité. Ou par conscience environnementale, histoire de ne pas alourdir son empreinte carbone. Autrement dit, Julien Fousseret avait inventé l'adultère écoresponsable. Après tout, on pouvait tromper sa femme et rester fidèle à d'autres engagements.

– Mauvais calcul, commenta Krzyzaniak. Il y a un dicton qui dit qu'un renard ne doit jamais chasser près du terrier.

– À moins que son épouse n'ait été au courant.

– C'est ce qu'on va voir.

Ils n'eurent pas à attendre longtemps avant de faire la connaissance de madame Fousseret, car c'est elle qui leur ouvrit. C'était une belle femme au teint mat avec des yeux en amande ; elle devait avoir des origines méditerranéennes… Espagnoles ou italiennes.

– Commandant Cérisol et lieutenant *Krizaniak*…

– Krzyzaniak, précisa l'intéressée.

– … de la brigade criminelle de Versailles. Nous souhaiterions nous entretenir avec monsieur Fousseret Julien.

Sans faire le moindre commentaire, la maîtresse des lieux s'écarta pour les laisser passer à l'intérieur. Leur collègue, le major Nicodemo, dont l'expérience était basée sur des années d'observation de sa propre épouse avec qui il se chamaillait quotidiennement, aurait dit qu'elle avait « la tête rentrée dans les épaules ». Il en aurait conclu qu'une dispute venait d'avoir lieu entre les deux époux légitimes. Cérisol ne l'aurait pas contredit. De toute évidence, la femelle du coucou était contrariée. D'ailleurs, elle avait pleuré ; son visage rond en portait encore les stigmates, et ses cheveux bruns coupés en dégradé étaient certainement mieux arrangés en temps normal.

L'entrée donnait directement sur une vaste salle de séjour avec un espace ouvert consacré à la cuisine, un autre à la cheminée et au coin télévision, un troisième aux repas en comité élargi.

Un jeune homme élégant et élancé – les policiers reconnurent l'auteur du baiser sur la photo chez Emilie Vaudrey – se leva du canapé dans lequel il était enfoncé, un verre de quelque chose de fort posé sur la table basse, à portée de main, les yeux rougis par les larmes, lui aussi.

Il s'avança ; les policiers firent un pas dans sa direction.

– Lieutenant *Krizaniak* et commandant Cérisol, de la brigade criminelle, SRPJ de Versailles.

– La brigade criminelle ? s'inquiéta le mari-amant.

– Deux ou trois questions, pour le procès-verbal, le rassura Cérisol.

Julien Fousseret leur tendit la main à tour de rôle.

– Je suis désolé, dit-il, mais ce n'est pas vraiment le bon moment… Vous êtes sûrs que cela ne peut pas attendre ?

– J'ai bien peur que non. Pourrions-nous vous parler en privé ? dit Cérisol tout en jetant un discret coup d'œil en direction de madame Fousseret.

Celle-ci n'attendit pas que son mari s'adresse à elle pour lui demander de sortir. Elle pivota sur elle-même et disparut dans un couloir donnant sur d'autres portes – les chambres, vraisemblablement. Julien Fousseret en parut gêné.

– Excusez-la, elle est très affectée par les événements.

– Elle n'était pas au courant de…

Julien Fousseret se contenta de faire « non » de la tête.

– Depuis quand entreteniez-vous cette relation adultère ? demanda Cérisol.

Julien Fousseret sourit tristement.

– Deux ans.

– Et au bout de deux ans, vous n'aviez toujours pas révélé cette liaison à votre épouse ? demanda Krzyzaniak, une pointe de reproche dans la voix.

Cérisol se râcla la gorge ; il ne fallait pas oublier que le bonhomme venait de perdre un être cher.

– Je comptais lui en parler, répondit Julien Fousseret. Mais j'avais peur de la blesser. Je sentais qu'elle n'était pas prête…

– Prête à quoi ?

– À nous rejoindre, Emilie et moi, dans une relation englobante qui se serait renouvelée, réinventée…

Julien Fousseret parlait de ménage à trois. Krzyzaniak était encore tendre, mais Cérisol en avait entendu et vu de toutes les couleurs ; quoi qu'il en soit, ni l'un ni l'autre n'étaient là pour juger.

– Je comprends que votre épouse soit contrariée, dit Krzyzaniak avec une pointe d'ironie.

Cérisol, qui l'avait perçue, d'un regard, la mit en garde : s'en tenir aux faits, rien qu'aux faits !

– J'en suis le premier désolé, croyez-moi, dit Julien Fousseret.

– Vous n'étiez donc pas en instance de divorce ? demanda Cérisol.

– Comment ? Pas du tout !

– Ni même sur le point de quitter votre épouse pour aller vivre avec Emilie Vaudrey ?

– Mais non, vous n'y êtes pas ! Je sais l'impression que ça donne, vu de l'extérieur, et que mon attitude peut paraître égoïste, ou utopique, mais j'aime ma femme autant que j'aimais Emilie… Et je rêvais d'une vie sentimentale… différente, protéiforme… Je ne savais pas comment en parler à Sandrine. J'étais sûr que ça allait la blesser. Mais j'étais aussi conscient que c'était injuste envers elle, que je lui devais la vérité. Simplement, je pensais avoir le temps… Jamais je n'aurais imaginé devoir lui faire ces révélations en pareilles circonstances.

Julien Fousseret eut toutes les difficultés à réprimer un sanglot.

– Et Emilie Vaudrey ? Elle partageait votre vision des choses ? demanda Cérisol.

– Complètement. Nous avions tant de choses en commun. Nous étions en train de monter une entreprise ensemble, quelque chose d'important, qui nous ressemblait, qui aurait dispensé le bien… Emilie est… une si belle personne.

Julien Fousseret buta sur le présent du verbe être. Des larmes se mirent à couler sur ses joues. Il était là quand les pompiers avaient emporté la dépouille de sa petite amie. C'était probablement la première fois qu'il voyait un cadavre. Quelques heures s'étaient écoulées ; petit à petit, il prenait conscience de la nature irrémédiable de cette tragédie.

– Quel genre d'entreprise ? demanda Cérisol.

– Un centre de bien-être. Emilie était naturopathe. Et moi en pleine reconversion. C'est comme cela que nous nous sommes rencontrés. J'étais sur le point de quitter ma boîte…

– Quelle boîte ?

– Norauto.

– Norauto ?

Étant donné sa mise, Cérisol voyait mal Julien Fousseret en train de vendre du polish pour carrosserie de voiture ou de poser des pneus à la chaîne.

Devinant l'étonnement du policier, probablement habitué à devoir s'expliquer sur cet aspect de son CV, Julien Fousseret n'attendit pas qu'il lui posât la question pour préciser :

– Je suis informaticien. Je suis responsable de l'ergonomie du site web du groupe. Je télétravaille essentiellement. En parallèle, je suis en train de terminer ma formation de réflexothérapie et de diététique chinoise…

Cérisol ne voyait pas par quel truchement tortueux on passait de l'ergonomie de site web – dont il se demandait ce que le terme revêtait exactement – à la diététique chinoise.

– Cela explique les plans que nous avons trouvés chez Emilie Vaudrey ? demanda-t-il.

– Les plans du centre, oui, certainement. Nous étions en pourparlers avec des banques. En fait, nous venions d'obtenir le prêt. Emilie travaillait jour et nuit sur ce projet. Mais qu'importe à présent ? Elle est morte…

Cérisol se dit qu'avec sa chérie, Fousseret venait aussi de perdre son rêve de vie nouvelle.

– Est-ce que vous avez une idée de ce qui a pu la pousser à… ?

– Non. Vraiment, je ne comprends pas. Nous étions si heureux, si optimistes… En train de bâtir ce projet commun.

– Elle était peut-être fragilisée ces derniers temps ?

Cérisol lui tendait la perche de la grossesse, mais Julien Fousseret ne la saisit pas.

– Emilie avait un passif psychologique, dit-il sur le ton de la confidence. Elle a eu des épisodes dépressifs, plus jeune. Mais elle avait été traitée, c'était derrière elle. Je ne veux pas donner l'impression de me vanter, mais depuis que nous étions ensemble, elle avait trouvé un équilibre.

Conscient de la façon dont ses propos pouvaient être interprétés, il s'assura que son épouse ne pouvait pas l'entendre et précisa :

– Je ne me permettrais pas de l'affirmer si elle ne me l'avait dit elle-même. Nous projetions même d'avoir un bébé.

De toute évidence, il n'était pas au courant qu'Emilie Vaudrey avait partiellement atteint cet objectif. Pour une raison qui leur échappait, elle n'avait pas informé Julien Fousseret de son récent état.

Cérisol et Krzyzaniak se consultèrent en silence : Julien Fousseret avait eu sa dose de mauvaises nouvelles pour la journée, pourtant ils devaient lui révéler la vérité. Inutile que son épouse l'apprenne ; autant profiter du fait qu'elle ne pouvait pas les entendre pour tout lui dire :

– Nous allons devoir faire un prélèvement salivaire, lâcha Cérisol.

Julien Fousseret le regarda sans comprendre.

– Pardon ?

L'inquiétude se lisait sur son visage. Prélèvement salivaire signifiait prélèvement ADN. Or, il se rappela que les policiers étaient de la brigade criminelle.

– Qu'est-ce qu'il se passe ? demanda-t-il.

Cérisol hésita, puis il se lança :

– C'est pour une recherche de paternité. C'est la procédure, je suis désolé.

– Une recherche de p… ? Vous voulez dire que… ?

Cérisol se pinça les lèvres.

– Je suis désolé, répéta-t-il.

Et il l'était, car Julien Fousseret commençait à mesurer ce que ces mots impliquaient. Mais le commandant devait l'énoncer clairement :

– L'autopsie vient de révéler qu'Emilie Vaudrey était enceinte.

Grace

Que nous reste-t-il une fois que nos oripeaux nous ont été ôtés ? Quand la chair de notre chair nous a été arrachée ? De quoi sommes-nous faits ? Qu'est-ce qui demeure ?

Des particules éparses qui échappent à l'œil. Mais le souvenir d'une folle est-il fondé sur quoi que ce soit de réel ?

Grace pose un doigt sur la cheville d'Amos. Puis deux. Elle appuie un peu plus fort sur le derme glabre de son époux. Elle reconnaît le grain de sa peau. Elle la caresse. Pas par tendresse, mais pour s'assurer qu'il ne réagit pas.

Amos dort. Ou il somnole. Ou bien il divague, à demi conscient, comme la plupart dans le zodiac.

Pourtant, Amos est fort et sûr de lui ; il contrôle ses émotions aussi bien que son corps. Si l'un d'entre eux doit survivre, c'est lui.

Grace se tourne vers son mari. Elle distingue mal son visage dans la pénombre, mais il semble bien qu'il ferme les yeux.

Après que les garde-côtes les ont accostés, quelques heures après leur départ de Libye, emportant le moteur hors-bord du zodiac, Amos n'est plus rien. Il a perdu toute autorité. Il se cramponne au téléphone portable que les passeurs lui ont confié, mais c'est tout ce qu'il lui reste.

C'était il y a deux jours.

Depuis, ils dérivent sans trop savoir où les courants les portent.

Selon Amos, qui au début consultait la boussole plusieurs fois par heure, ils vont dans la bonne direction. Seulement, ils n'ont plus rien à manger et manqueront bientôt d'eau.

Amos rallume régulièrement le téléphone, s'assure qu'ils ne sont pas entrés dans la zone de réception d'une borne GSM, pour l'éteindre aussitôt afin d'économiser la batterie. À présent, il fait nuit et il a été vaincu par la fatigue et le sommeil.

Grace est à bout. Mais surtout, elle ne voit pas l'intérêt de lutter plus longtemps. S'ils s'en sortent vivants, elle ralentira Amos ; elle sera un poids mort. Son double débile, une ombre inutile.

Elle se redresse pour tendre un bras hors de l'embarcation. Elle le laisse redescendre à l'extérieur du boudin jusqu'à ce que ses doigts effleurent l'eau, qu'elle porte à ses lèvres ; elle remarque qu'ils sont salés.

Elle ne connaissait pas la mer avant d'arriver sur la côte libyenne ; elle n'avait jamais mis les pieds dans un bateau, jamais navigué sur la grande eau. La sensation d'être suspendue au-dessus du vide est vertigineuse… Des centaines, peut-être des milliers de mètres de profondeur se trouvent sous la paroi fragile qui constitue le ventre du zodiac. Il suffirait d'un coup de couteau, d'un geste maladroit, pour que la mer s'engouffre et les ensevelisse.

Elle laisse son avant-bras s'enfoncer sous la surface liquide. L'eau est froide. Si elle tombait… Cela ne prendrait qu'un instant ; elle mourrait sûrement de froid avant de se noyer.

Elle regarde à nouveau en direction d'Amos, toujours immobile. C'est la première fois qu'elle prend sa vigilance en défaut depuis leur départ.

C'est le moment ou jamais.

Elle enjambe le rebord du zodiac, s'allonge sur le ventre, la moitié du corps immergée. Quelques instants s'écoulent, deux ou trois minutes tout au plus ; sa respiration ralentit, ses membres sont déjà gourds.

Elle fixe Amos. S'il se réveillait à cet instant précis, il aurait encore le temps de la rattraper. Il crierait, l'insulterait mais il la tirerait vers l'intérieur de sa poigne énergique. Tel qu'elle le connaît, il la corrigerait en lui assenant une série de gifles, mais elle serait vivante, ramenée à la vie.

Elle se laisserait faire ; peut-être même serait-elle soulagée ?

Mais Amos garde les yeux fermés. Alors elle finit de basculer et glisse dans l'eau.

C'est terminé. Elle *le* rejoint.

CHAPITRE 5

Julien Fousseret s'effondra dans un des fauteuils de cuir, se recroquevilla sur lui-même, comme s'il venait de recevoir un coup au sternum, et enfouit son visage dans ses mains. Il demeura prostré quelques secondes, pendant lesquelles Cérisol et Krzyzaniak ne surent que dire. Puis, sans crier gare, il bondit sur ses pieds et se précipita vers la porte derrière laquelle son épouse avait disparu un peu plus tôt.

Les policiers demeurèrent interdits. Au bout de quelques secondes, la porte du couloir se rouvrit et madame Fousseret apparut.

– Il m'a demandé de vous raccompagner, dit-elle.

Sa voix venait d'outre-tombe. Elle se dirigeait vers l'entrée. La pauvre femme était dans tous ses états. De toute évidence, elle n'avait cessé de pleurer depuis le moment où elle s'était éclipsée. D'ailleurs, elle se moucha parce que son nez coulait.

– Que s'est-il passé ? demanda-t-elle.

Elle n'avait rien demandé à son mari, c'était vraisemblablement au-dessus de ses forces, mais elle sentait que quelque chose de plus grand, de plus terrible que la mort de sa maîtresse, venait de le frapper. Elle-même devait être tiraillée entre cette tragédie et la découverte, tout aussi tragique, de la trahison dont elle avait été victime.

Cérisol et Krzyzaniak ne pouvaient lui révéler quoi que ce fût ; ils n'en avaient ni le droit ni l'envie. C'était à Julien Fousseret de le faire.

– Vous connaissiez Emilie Vaudrey ? demanda Cérisol.

Krzyzaniak le fusilla du regard. À quoi jouait-il ? La question déstabilisa Sandrine Fousseret.

– Pardon ? dit-elle.

– Emilie Vaudrey, la maîtresse de votre mari, vous l'aviez rencontrée ?

– Mais... qu'est-ce que c'est que cette question ?

– Simple curiosité.

– Je… Non, j'ignorais tout de son existence… Et je trouve votre curiosité déplacée.

Elle se dirigea vers l'entrée, ouvrit la porte et s'écarta pour laisser passer les policiers. Cérisol la salua sans insister. Krzyzaniak, quant à elle, s'arrêta à son niveau.

– Je suis désolée, dit-elle.

Madame Fousseret hocha la tête mais évita son regard. Krzyzaniak comprenait la femme trompée, humiliée, mais elle se dit aussi qu'il y avait autre chose… Pas nécessairement chez Sandrine Fousseret, mais chez ce couple, dans cette histoire, dans ce suicide. Son chef avait peut-être raison, après tout : ce n'était pas net.

La porte se referma dans son dos. Krzyzaniak rejoignit Cérisol qui l'attendait. Leurs pas crissèrent dans le gravier jusqu'à la voiture.

– Bizarres, ces gens, dit-elle.

– En tout cas, Julien Fousseret a raison sur un point.

– Quoi donc ?

– Sa femme n'était pas prête à les rejoindre dans une relation englobante et protéiforme.

Krzyzaniak sourit.

– Ouais. Il peut habiller cela avec un baratin *New Age*, c'est vieux comme le monde et ça s'appelle un adultère.

– C'est toujours pareil, dit Cérisol. Les ménages à trois, c'est systématiquement un mec et deux nanas, jamais l'inverse.

– Attention, je vais finir par penser que vous êtes féministe.

– Tu n'avais pas encore remarqué ?

– Ça ne m'avait pas sauté aux yeux, non. Mais, là, j'avoue : un point pour vous.

– Tout comme je ne fais jamais de blagues homophobes, dit-il en lançant le moteur.

– Vous êtes le mâle parfait.

– Je ne fais même pas de blagues belges.

Il enclencha la première.

– Je vais solliciter la Légion d'honneur pour vous.

– Je t'ai demandé de me tutoyer.

Krzyzaniak éclata de rire.

– Cela dit, ce n'est pas un crime, ajouta-t-elle.

– Quoi donc ?

– Tromper sa femme.

– Pas faux, dit Cérisol.

Alors qu'il conduisait, elle saisit son portable et commença à surfer sur Internet.

– Qu'est-ce que tu cherches ?

– Une femme qui attend un bébé, elle va où, d'après vous ?

– À l'hosto ?

– Elle est enceinte, pas malade.

– Chez sa mère ? dit-il en prenant l'accent pied-noir.

Krzyzaniak prit un air affligé. Les *boomers* et leur vision de la femme, et de la belle-mère surtout ! Puis, elle se pencha à nouveau sur son téléphone.

– Apparemment, il n'y a qu'un gynécologue dans toute la commune de Jouy-en-Josas. On n'a qu'à lui rendre visite.

– Je croyais que tu préconisais de classer l'affaire.

– Je n'ai pas changé d'avis, mais vous aviez raison sur un point : je crois que s'il m'arrivait quelque chose de ce genre, mes parents voudraient comprendre. On doit à la famille d'Emilie Vaudrey de chercher une explication.

– Je te préviens, le corps médical déteste la police. Le gynéco va nous sortir son laïus sur le secret médical, patati patata.

– On ne lui demande pas de nous révéler un scoop puisqu'on sait déjà qu'elle était enceinte. On veut juste qu'il nous dise ce qu'il savait de son état psychique.

– Précisément ! Cela relève du secret médical.

– On n'a rien à perdre en tentant le coup.

– Comme tu veux, dit Cérisol en changeant brusquement de direction pour revenir à Jouy-en-Josas.

Décidément, Krzyzaniak était une bonne recrue. Cérisol se fit la réflexion que Grospierres et elle constituaient une relève prometteuse. Grâce à leurs récentes nominations, son groupe comptait maintenant deux jeunes intelligents et volontaires, un Nicodemo en fin de carrière moins motivé qu'autrefois mais toujours efficace quand il s'agissait de décortiquer avec minutie le contenu d'une archive, et lui-même, un chef mature en pleine maîtrise de son art, subtil mélange d'expérience et d'enthousiasme.

Sylvia, sa femme, serait écroulée de rire si elle l'entendait. Heureusement, même s'ils ont un don d'extralucidité, les aveugles ne parviennent pas encore à lire les pensées de leurs conjoints.

Le cabinet de Simon Wagner faisait partie d'un petit groupe médical au rez-de-chaussée d'une résidence sécurisée.

La secrétaire s'étant absentée pendant la pause déjeuner, Cérisol et Krzyzaniak passèrent directement dans la salle d'attente. Des posters au mur parlaient de fœtus à risque, d'hépatite E et de cancer du sein – pas vraiment rassurant pour une femme enceinte – et une musique d'ascenseur sortait de quelque part dans le plafond ; elle accompagnait le commandant de la PJ alors qu'il pianotait un texto sur son téléphone.

– C'est ma femme. Elle est au Japon, alors avec le décalage horaire…

Sylvia n'avait pas donné de nouvelles depuis plus de trente-six heures. Son équipe venait de terminer les matchs de poules et s'apprêtait à entamer les phases finales. Aussi Cérisol tentait par tous les moyens de la contacter : mail, WhatsApp, texto… Avec la reconnaissance vocale, ils avaient accès à tous ces outils de communication. Encore fallait-il qu'elle répondît ! Or, elle était aux abonnés absents, et cela ne lui ressemblait pas.

Sa collègue le regardait faire avec une tendre ironie : son chef s'excusait presque d'envoyer des textos personnels pendant le service. *Toujours ses foutus principes moyenâgeux !* La façon dont il tapait l'écran en utilisant son seul index droit lui rappelait son père.

Le docteur Wagner, en revanche, était très éloigné du *boomer* médiéval. Il en était même l'opposé : jeune, beau, dynamique rien que dans sa façon d'ouvrir la porte de son cabinet. Il possédait tout ce que Krzyzaniak appréciait chez un homme : une belle silhouette mais pas celle d'un ascète ou d'un marathonien obnubilé par son poids – Wagner donnait l'impression d'aimer la bonne chère –, le regard franc, vissé au-dessus des épaules – pas le genre à s'égarer sur votre décolleté – et un visage doux sans être enfantin – pas non plus le genre à vous confondre avec sa maman. Elle se dit qu'elle l'aurait volontiers vu en dehors du service, seulement voilà, il aurait fallu prétexter un rendez-vous de gynécologie pour le revoir et elle se voyait mal entamer une relation en écartant les cuisses pour présenter ses parties intimes. Elle eut un haut-le-cœur à la simple évocation d'une telle entrée en matière.

– Docteur Wagner ? dit Cérisol.

– Lui-même.

– Lieutenant K et commandant Cérisol, de la police judiciaire de Versailles.

Krzyzaniak faillit s'étrangler en entendant la façon dont il l'avait présentée, mais Cérisol l'ignora et le gynécologue ne remarqua rien.

– En quoi puis-je vous aider ? demanda-t-il.

Cérisol avait entendu cette réplique des centaines de fois au cours de sa carrière, et elle était déjà familière à Krzyzaniak malgré sa courte expérience. Il y avait moult façons de prononcer les six mots pavloviens. La palette de réactions allait de la haine à la panique, en passant par l'inquiétude ou le dédain.

Le docteur Wagner, lui, affichait un air vaguement contrarié. La police n'était guère la bienvenue dans un cabinet médical ; les patientes méritaient un accueil plus rassurant en venant se faire faire une palpation mammaire ou un frottis vaginal.

– Nous voudrions savoir si une nommée Emilie Vaudrey faisait partie de votre patientèle.

Le docteur Wagner répondit à la question par une autre question qui trahit une immédiate inquiétude.

– Faisait ?

Cérisol se dit qu'ils avaient sonné à la bonne porte. Le sens de déduction de Krzyzaniak ferait d'elle une bonne enquêtrice. Il prit une voix grave pour annoncer la mauvaise nouvelle :

– Elle est décédée.

Le médecin porta sa main à la bouche.

– Je suis désolé, dit Cérisol.

Il se demanda pourquoi il avait dit cela. Après tout, le docteur Wagner n'était pas un proche de la suicidée. Peut-être parce qu'il paraissait très affecté ; ce qui était rassurant : un soignant traite des humains, il est normal et même sain qu'il s'attache à celles ou ceux qu'il suit au long cours.

Quelques années auparavant, Cérisol lui-même avait ressenti un pincement au cœur en apprenant qu'un de ses anciens *clients*, un truand qui lui avait donné du fil à retordre mais qu'il avait fini par envoyer derrière les barreaux, avait cassé sa pipe à Fresnes. Le type était de l'ancienne école, celle des braqueurs qui aimaient leur boulot et assumaient leur choix de carrière.

Cérisol s'était attaché à Mohamad Tchouk, alias Le Lyonnais. Il repensait souvent à lui et au panache dont il avait fait preuve pendant son arrestation. Il se remémorait l'anecdote que le gangster avait partagée avec les enquêteurs à propos de son surnom : il avait grandi à Montreuil, sans aucun lien avec la capitale des Gaules. Mais la première fois qu'il avait *plongé*, c'était suite au braquage d'une agence du Crédit Lyonnais, dans le 13e arrondissement, à Paris. Juste avant de sortir de la banque, il n'avait pu se retenir d'embarquer l'énorme lion en peluche jaune qui trônait près du guichet. C'était l'anniversaire de sa môme le lendemain, et il avait ressenti l'envie aussi subite qu'irrépressible de lui offrir la mascotte du groupe bancaire. Malgré les protestations de ses comparses, il l'avait coincée sur la plage arrière de la voiture volée pour l'occasion, ce qui avait permis à la police de les repérer et de les arrêter en moins de vingt-quatre heures. Pour son huitième anniversaire, sa fille eut droit à une descente en règle de la BRI. Elle éclata en pleurs au moment où les policiers menottèrent son père, mais ses larmes redoublèrent lorsqu'ils saisirent la peluche.

Simon Wagner s'effaça pour laisser entrer Cérisol et Krzyzaniak et alla s'asseoir à son bureau, toujours sous le choc.

– Que s'est-il passé ?

– Nous avons toutes les raisons de croire qu'elle s'est suicidée.

– Bon sang, j'aurais dû m'en douter !

– Que voulez-vous dire ?

– Madame Vaudrey était… très fragile.

– Dépressive ? demanda Krzyzaniak.

Son interlocuteur la fixa un long moment avant de répondre.

– Emilie Vaudrey avait des antécédents psychiatriques, en effet. Je crois même qu'elle avait été internée, ado. Elle ne m'avait pas donné les détails, juste mentionné la chose en passant. Mais, je… je ne suis pas psy, ni même son médecin traitant, juste son gynécologue, mais j'aurais dû alerter mes collègues.

– Pourquoi ? Elle présentait des signes qui laissaient supposer qu'elle pouvait attenter à sa vie ?

Simon Wagner inspira longuement. Puis, comme s'il se reprenait tout à coup, il se leva et déclara :

– Ce sont des informations que je ne peux pas dévoiler.

– Vous faites allusion au fait qu'elle était enceinte ?

Cette fois, Krzyzaniak devina une réelle hostilité dans le regard du gynécologue. La romance entre eux était morte, tuée dans l'œuf.

– On s'en est aperçus à l'autopsie, cela ne relève plus du secret médical. Vous pouvez nous dire si cette grossesse posait problème, ou était à risque. Cela nous aiderait.

– Je suis désolé, mais vraiment, je ne peux pas répondre à cette question.

– Est-ce que vous pouvez nous dire si le père du bébé était au courant ?

– Je l'ignore. Elle est venue seule à chacune des consultations.

– Elle n'a jamais évoqué un mari, ou un compagnon ?

– Non. Elle a été très vague sur ce point.

Tout en parlant, le gynécologue s'était dirigé vers la porte. Comme les policiers ne bougeaient pas, il l'ouvrit en leur montrant la sortie.

Cérisol et Krzyzaniak se mirent en mouvement. Ils le saluèrent en passant devant lui et traversèrent la salle d'attente où une patiente s'était installée pendant leur entretien.

Le docteur Wagner la fit entrer dans son cabinet avant même que les policiers eussent refermé la porte derrière eux.

Ils attendirent d'être sur le parking pour échanger leurs impressions :

– Il nous cache quelque chose, dit Cérisol en déverrouillant la voiture.

– Lieutenant K ? D'où ça sort, ça ?

Cérisol ouvrit la portière et attendit que sa collègue en fît autant, mais la jeune femme resta plantée de l'autre côté du véhicule, décidée à ne pas monter à bord tant qu'il ne se serait pas expliqué.

– Apparemment, tu as un problème avec ma prononciation de ton nom.

– Rectificatif : *vous* avez un problème avec la prononciation de *mon* nom.

– K, c'est plus simple.

– Non, mais on croit rêver ! Je vais vous appeler commandant C, moi aussi, vous allez voir si c'est agréable.

– Commence par me tutoyer, dit-il s'installant derrière le volant.

– C'est ça, ça va être de ma faute.

Elle secoua la tête mais se décida à monter.

– Alors, reprit-il. Qu'est-ce que tu en penses ? Le toubib ne nous dit pas tout. Avoue.

Ça lui coûtait de l'admettre parce qu'il l'agaçait, mais elle était d'accord avec lui : il y avait un souci avec cette grossesse, et cela avait certainement un rapport avec son suicide. Le gynéco n'aurait pas fait une telle grimace s'il s'était agi d'une simple histoire de taux d'urée dans le sang ou de cholestérol.

– En revanche, dit-elle, il semblerait que Julien Fousseret nous ait dit la vérité : il n'était pas au courant que sa maîtresse était enceinte.

– Exact. Je vais faire un rapport complet à la proc et lui demander d'attendre encore un peu avant de clôturer le dossier.

Krzyzaniak fit une mine étonnée.

– Je veux d'abord tirer ça au clair, réfléchit Cérisol à voix haute.

– Pourtant, on n'a rien qui justifie d'enquêter.

– Mon flair.

– Je vous parle d'éléments tangibles. Le parquet ne vous suivra pas.

– Gairal me connaît. Je vais négocier deux ou trois jours.

– Et le taulier ?

– Quoi le taulier ?

– Qu'est-ce qu'il va dire ?

– Que veux-tu qu'il dise ?

– Il va vous demander de refermer le dossier. Suicide. Point barre.

– On verra. Je m'occupe de lui, t'inquiète.

– Vous avez déjà l'affaire du cimetière sur les bras…

– Bah ! Ce n'est rien, ça. Une simple erreur administrative. Ce sera vite réglé.

CHAPITRE 6

– Qu'est-ce que c'est que cette histoire de suicide ? Depuis quand vous vous occupez de la rubrique des cœurs brisés ? Pourquoi est-ce que le permis d'inhumer n'est toujours pas signé ?

– Enquête de routine, monsieur. Je suis en train de conclure.

Le commissaire Auray était de la vieille école. Il tenait à ce qu'on utilisât *monsieur*. Et pas seulement lorsque ses subalternes s'adressaient à lui ; il fallait que cela devînt un élément de ponctuation dans le moindre dialogue avec lui. « Oui, monsieur. Non, monsieur. Bien, monsieur. À vos ordres, monsieur. » La marque de déférence le rassurait. Elle lui donnait l'illusion d'être protégé par un bouclier. Il s'imaginait peut-être que dans les quartiers, le respect se ponctuait de « monsieur » dociles et que les délinquants balançaient des « je vous prie » à la gueule des flics.

Auray était l'incarnation caricaturale du hiérarque hors-sol, complètement déconnecté des réalités du terrain. Le genre de commissaire dépeint dans des dizaines de séries télévisées, mais dont le portrait, malheureusement, n'était pas exagéré. Un autre des problèmes de la police moderne pouvait se lire dans le nombre croissant de cadres affectés à des tâches administratives, et notamment de contrôle des activités de leurs collègues, au détriment du nombre – décroissant celui-là – d'agents battant le pavé, objets des contrôles en question. Pourtant, le maintien de l'ordre ne pouvait pas se télécommander par visioconférence depuis un écran d'ordinateur. À un moment ou un autre, il fallait aller respirer l'humus de la rue, palper la couenne des voyous, se frotter au crépi des barres dans les cités.

Cette conjugaison avait eu pour effet le foisonnement des rapports et des données statistiques, et, de façon concomitante, la raréfaction des voitures de police dans les quartiers qui en avaient le plus besoin.

– Enquête sur quoi ?

Question rhétorique. Ne surtout pas répondre, cela ne ferait qu'envenimer l'humeur de son patron. Bien que Cérisol se fît silencieux – ou peut-être justement parce qu'il demeurait imperturbable –, le commissaire monta d'un ton :

– Suicide égale affaire classée, égale vous passez à autre chose, égale vous vous occupez de cette histoire de cadavre dans le caveau des Cartiaux. Vous n'allez pas chercher à élucider tous les suicides des Yvelines.

– Madame le vice-procureur m'a autorisé à procéder à des vérifications.

– À quoi bon ?

– S'assurer qu'il n'y avait pas anguille sous roche.

– Nous sommes des policiers, Cérisol, pas des pêcheurs. C'est Gairal qui était de garde au parquet ?

– Oui, monsieur.

– Quelle emmerdeuse, celle-là ! Elle voit des causes de décès suspectes partout. À croire qu'elle n'a jamais entendu parler de la pénurie de moyens et du manque d'hommes ! À l'avenir, faites-moi le plaisir de boucler les affaires courantes… En courant, justement. Il faut que ça pulse un peu plus dans ce service.

– Si nous n'avions pas à traiter des affaires autres que criminelles, peut-être que…

– Cessez vos jérémiades, Cérisol. La réforme est passée, c'est comme ça, maintenant on fait avec, on va de l'avant.

– Bien, monsieur.

Cérisol redescendit à son service. Auray était un con et ses jeux de mots étaient très moyens, mais il était loin d'être bête. Il voyait clair dans le jeu du chef de groupe. En même temps, c'était de bonne guerre : les officiers de police et les commissaires constituaient deux corps distincts qui s'aimaient, *eux non plus*.

Le commandant retrouva ses collègues dans leur fief, les deux bureaux au fond du couloir dédiés à la brigade criminelle. Nicodemo leva le nez de son travail.

– Alors ? fit-il.

– Il veut que je classe le suicide et que je m'intéresse davantage au macchabée du cimetière.

– Il fallait s'y attendre. Je ne comprends pas pourquoi tu as perdu autant de temps avec ce suicide. Un cadavre sans nom et sans provenance, c'est tout de même plus excitant, intellectuellement parlant.

– Pour une fois, tu es de l'avis du commissaire.

– Comme quoi, tout arrive.

Cérisol s'étira. Il observa la course ininterrompue des secondes autour du disque noir de l'horloge à leds rouges en haut de l'armoire de Nicodemo. Cela lui rappelait une montre qu'il avait eue, dans les années 1980, inspirée d'une série de science-fiction ; elle lui avait valu la réputation de mec hyper moderne au collège, voire avant-gardiste. Aujourd'hui, il mesurait l'ironie de la chose.

Il revint à ses préoccupations du jour.

– De toute façon, c'est bouclé. Le rapport part demain matin chez la proc. Malgré tout, je maintiens : il y a quelque chose de pas normal dans ce suicide.

– Évidemment, ce n'est jamais *normal* de se suicider.

– Non, je veux dire… Pourquoi se suicider quand on est amoureuse, jeune, mignonne, et qu'on est enceinte ?

– Que dit le légiste ? Il y a un élément suspect ?

Cérisol secoua la tête.

– Jean-Pierre ! N'oublie pas ce que dit le manuel.

Il soupira, sachant ce que Nicodemo allait dire.

– Traces de lutte ?

– Non.

– Effraction ?

– Non.

– Lettres de menaces ?

– Non.

– Altercation au travail ?

– Elle pratiquait seule.

– Un différend avec un client ?

– Pas qu'on sache.

– Conclusion : suicide et basta. C'est clair comme de l'eau de roche. Si tu nous avais écoutés, tu aurais économisé ton temps et ton énergie.

– Je sais tout ça, mais je ne peux pas m'empêcher de trouver ça louche.

– Objectivement, qu'est-ce qui est louche ?

– Son gynécologue, par exemple… On dirait qu'il n'a pas la conscience tranquille.

– On est des flics, pas des curés.

– Ni des pêcheurs. Mais tu as raison : les curés pardonnent, nous non.

– Comment ?

– Rien, *private joke*, laisse tomber.

Nicodemo n'écoutait déjà plus. Il se reconcentra sur son travail.

Après une heure passée à défoncer les touches de son PC de ses index velus pour écrire son rapport, il commença à ranger ses affaires. Cérisol leva les yeux vers l'horloge. 17 h 30. En effet, leur journée de travail touchait à sa fin.

Pourtant, il n'avait pas le cœur à rentrer, peu enthousiaste à l'idée de passer une soirée sans personne à la maison à qui raconter sa journée.

Il allait acheter une barquette de taboulé et deux saucisses de Strasbourg sous vide, et mangerait seul devant un documentaire.

Heureusement, il venait de recevoir le vinyle d'Eugénie Buffet qu'il avait commandé sur eBay. Le 33 tours l'attendait sur la table de la cuisine. Il avait pris le temps d'en ouvrir l'emballage, le matin même, pour vérifier qu'il n'était pas rayé, mais pas de l'écouter. Il l'enregistrerait sur WhatsApp et le ferait écouter à Sylvia…

Jean-Pierre savait qu'elle n'avait pas de véritable appétence pour la chanson réaliste française, mais elle faisait semblant de s'y intéresser, par amour, pour partager quelque chose avec son mari… Tout comme il assistait à ses matchs de torball et de goalball alors que le sport et lui, ça faisait deux. Pourtant, il était prêt à casser la figure du premier supporter adverse qui aurait critiqué sa chérie. Plus d'une fois, d'ailleurs, il avait failli en venir aux mains sur le bord de touche et il avait fallu l'intervention de Sylvia pour le faire rasseoir.

Cérisol aimait sa femme au point de suivre son championnat avec assiduité, et elle l'aimait au point d'écouter avec dévotion Fréhel et Mistinguett.

Malgré leurs douze ans d'écart, ils partageaient tout le reste : la marche en pleine nature – même s'il fallait que le terrain fût plat pour Cérisol –, leur chienne Djouk – ou plutôt la chienne de Sylvia qui tolérait la présence de Jean-Pierre dans son couple avec sa maîtresse – et le bowling. Ils y allaient régulièrement. Ils possédaient leurs propres boules et avaient investi dans des chaussures *ad hoc*. Le samedi soir au bowling des Clayes avec leurs amis Odile et Jean-Jacques était l'équivalent d'une messe pour eux. C'était le rendez-vous immanquable de la semaine.

Une aveugle qui lançait une boule sur une allée parquetée ne passait pas inaperçue. Si, en plus, elle affichait des scores systématiquement supérieurs à 140 en décrochant au moins cinq strikes par partie, elle devenait rapidement la coqueluche de l'établissement. Quand elle gagnait, ce qui arrivait à chaque fois, elle demandait au DJ d'envoyer *Stayin' Alive* et obligeait Cérisol à la rejoindre dans un disco endiablé applaudi par toute l'assemblée. C'était un grand moment de honte pour Cérisol dont le corps n'était pas adapté aux déhanchements travoltiens et dont la pudeur naturelle lui faisait détester toute exhibition… Et de fierté en même temps, car sa femme était un personnage, une énergie indomptable, une force de vie, et il appréciait que cela se vît et se sût.

Aussi, depuis une semaine, la maison lui semblait vide et ses journées dépourvues de sens.

Il songea une nouvelle fois avec inquiétude que les huit heures de décalage entre le Japon et la France n'expliquaient pas l'absence de nouvelles de la part de son amoureuse.

Il chercha sans les retrouver les coordonnées de la coach de Sylvia dans ses contacts, et réalisa qu'il n'avait pas non plus celles de ses coéquipières.

Il alla sur le site de la fédération de torball pour voir si les derniers résultats de l'équipe étaient publiés, mais il n'avait pas encore été mis à jour. Dans le sport pour handicapés, les entraîneurs n'avaient pas d'assistants ; ils devaient tout faire eux-mêmes et la plupart étaient bénévoles.

Cérisol se rabattit sur la rubrique Contact et laissa un message en expliquant qui il était et en demandant qu'on le rappelât pour lui dire comment allait sa femme.

Autrefois, il se serait consolé en engloutissant pot de confiture sur pot de confiture et whisky sur whisky. Aujourd'hui, il ne dérogeait pas à son régime sans sucre et sans alcool. Il trompait ses sens en grignotant des pipas dont il semait les coques un peu partout dans la maison, ce qui exaspérait Sylvia. Comment les *voyait*-elle ? Au craquement qu'elles émettaient lorsqu'elle marchait dessus, ou lorsque Djouk se précipitait pour les avaler d'un coup de langue.

Il acheva le rapport entamé la semaine précédente et rouvrit le dossier du cadavre anonyme dans le cimetière. Il parcourut les procès-verbaux établis par Grospierres et Nicodemo, histoire de voir si quelque chose lui sautait aux yeux. À défaut, cela lui permettrait d'y réfléchir sans y réfléchir au cours de la soirée. Quand la matière grise seule ne suffisait pas, Cérisol comptait sur l'œuvre de l'inconscient.

CHAPITRE 7

Louise Gairal appréciait Cérisol et son équipe. Elle n'était pas en poste au tribunal de Versailles depuis très longtemps, mais la bonne réputation du troisième groupe de la brigade criminelle du SRPJ des Yvelines lui était tout de suite parvenue. Peggy, notamment, pensait le plus grand bien du trio Cérisol, Nicodemo, Grospierres. Elle avait d'ailleurs un faible pour ce dernier mais il était jeune papa et elle ne trouvait rien de plus ennuyeux qu'un homme épanoui dans la paternité.

Un mystère planait autour du jeune homme, cependant.

– La rumeur dit qu'il a fait une espèce de crise l'an dernier. Il a demandé une mise en disponibilité pour partir en Israël avec sa femme et leur gamin.

– Il est juif ? demanda Louise.

– Je ne sais pas. Grospierres, ça ne fait pas très juif. En tout cas, neuf mois plus tard, ils sont revenus. Comme ça faisait moins d'un an qu'il avait quitté ses fonctions, il a pu retrouver son poste à la Crim'. Mais bon, ça fait désordre.

– Pourquoi ?

– Eh bien, le type entre dans la police et cinq ans plus tard, il plaque tout. On dit que c'est suite à des dissensions avec Cérisol. En tout cas, il y a une faille en lui.

– Hum. Intéressant. Il a des failles, ton Greg ?

Louise Gairal prit le temps de la réflexion.

– Non, finit-elle par dire, presque comme un aveu.

Elle se demanda si son mari pensait la même chose d'elle. Son métier lui avait appris à dissimuler ses fêlures, à ne leur laisser aucune emprise sur ses décisions, sur ses rapports avec les autres… En était-il de même avec Greg ?

– En tout cas, il est beau gosse.

– Qui ?

– Grospierres.

Grospierres était surtout efficace, tout comme ses compères, Cérisol, le chef de groupe auquel le parquet avait le plus souvent affaire, et Nicodemo, le vieux Portugais ronchon. Depuis peu, un quatrième élément s'était joint au groupe : Krzyzaniak. La seule fois où Louise Gairal l'avait croisée, la jeune policière lui avait fait très bonne impression.

La veille, Cérisol avait émis des réserves quant au classement du suicide d'une jeune femme et avait sollicité l'autorisation de creuser un peu, au moins en surface. Louise l'avait suivi. Ne jamais négliger l'instinct d'un flic expérimenté. Il n'avait rien trouvé, cependant. À présent, il lui fallait clore la procédure.

En revanche, il semblait piétiner dans cette histoire de cadavre sans identité retrouvé dans le cimetière municipal de Versailles. Louise Gairal n'avait pas la charge de ce dossier, mais elle était de permanence le jour où la famille Cartiaux, propriétaire d'un caveau censé être vide, avait eu la désagréable surprise d'y découvrir un corps inconnu. C'était Victor Bagur, un collègue, qui avait hérité du dossier.

La concession achetée deux ans auparavant dans la nouvelle partie du cimetière municipal aurait dû être vierge au moment d'accueillir la dépouille de madame Cartiaux mère-grand. Le choc fut tel quand sa fille découvrit l'occupation clandestine le jour des funérailles, qu'elle faillit rejoindre *illico presto* sa génitrice dans l'au-delà.

La direction du cimetière avait été immédiatement prévenue, puis la police. La mairie s'en était mêlée, pressant les services judiciaires pour qu'ils fissent preuve d'une extrême diligence : un squat à Versailles, même mortuaire, était proprement inacceptable !

La vice-procureur avait cru comprendre que le cabinet du maire mettait la pression sur les supérieurs de Cérisol. Cela n'allait pas l'aider à faire son travail sereinement.

– Tu ne trouves pas ?

– Quoi ?

– Mais enfin, Grospierres ! Tu ne le trouves pas mignon ?

– Tu m'as dit que les jeunes papas te laissaient froide.

– C'est vrai, mais bon… Lui, il est vraiment canon. La plupart des flics sont cramés à quarante ans. Lui fait vraiment en forme.

– Hum. C'est parce qu'il n'a pas quarante ans.

– Tu savais qu'il était ceinture noire de taekwondo, genre dixième dent ?

– D'abord, on dit *dan*. Et puis, dixième *dan*, je ne suis même pas certaine que ça existe, alors calme-toi.

– T'es pas drôle. J'y retourne. Bon courage pour ton audience cet après-midi. Tu vas en avoir besoin. Je déteste ces histoires de prise d'intérêts.

– Pff ! Ne m'en parle pas. Toi aussi, travaille bien.

Peggy s'éloigna en faisant flotter derrière elle sa robe d'apparat. Louise la suivit des yeux en souriant. Elle était attachante, mais elle pouvait se montrer épuisante par moments. Aujourd'hui, par exemple, elle aurait échoué au test de Bechdel. C'était probablement lié au fait que depuis plusieurs semaines, Peggy n'avait plus de petit ami et ça commençait à déteindre sur son niveau cérébral.

Peggy prétendait qu'à leur âge – elles n'avaient pas encore atteint la quarantaine – après quelques semaines d'abstinence, les hormones parlaient ; la nature animale de l'être humain reprenait le dessus. Elle affirmait également que passé un certain délai, après plusieurs mois, elles finissaient par se taire. En même temps, Peggy n'était jamais restée seule suffisamment longtemps pour expérimenter un tel reflux.

Peggy affirmait qu'elle aimait être amoureuse, se lover dans les bras d'un homme, répondre à ses textos érotiques pendant les plaidoiries barbantes des avocats de la défense, courir le retrouver à l'abri des regards sous une porte cochère, le laisser lui caresser les fesses, mouiller à la simple évocation de leurs baisers, se laisser distraire par le souvenir de leurs promenades clandestines, oublier ses affaires et ses rendez-vous… À l'instar d'une collégienne, ne plus penser qu'à lui à en avoir mal au ventre, se lâcher pendant l'amour, dire « je veux baiser » et « défonce-moi » et non plus simplement consentir à une saillie hebdomadaire convenue.

Décidément, les vies et les préoccupations d'une mère et d'une célibataire sans enfant n'étaient pas du même ordre.

Heureusement, Louise connaissait les autres qualités de son amie, et il leur arrivait de parler d'autre chose.

Elle se pencha sur son clavier et envoya un mail à Cérisol : « Bonjour, Commandant. Je lève les scellés dans l'affaire Emilie Vaudrey et je vais signer le permis d'inhumer. Merci d'en informer la famille. Cordialement, L.G. »

CHAPITRE 8

Cérisol avait beau fanfaronner auprès de Krzyzaniak, cette histoire de cadavre sans nom était un véritable casse-tête. Il commençait à y perdre son latin.

Dans le quartier versaillais de Saint-Louis, seul le bon Dieu était autorisé à jouer les David Copperfield avec les trépassés… Et encore, avec parcimonie, la dernière fois datant de deux mille ans, et le trépassé en question étant le fils du Seigneur lui-même. La cheffe de cabinet du maire en personne s'était fendue d'une visite de courtoisie au commissaire pour lui signifier que, là-haut, à l'hôtel de ville, on ne goûtait guère la plaisanterie.

Le commandant du troisième groupe de la brigade criminelle du SRPJ de Versailles soupira. Il était sur l'affaire depuis plusieurs jours, il avait effectué les recherches qui s'imposaient – traitement des antécédents judiciaires, consultation du fichier des personnes recherchées, lecture des mains courantes – et n'avait rien trouvé : le corps n'avait subi aucun outrage, le décès remontait à six mois, et, détail notable, il était le résultat d'une mort naturelle : embolie pulmonaire suite à une infection par le virus SARS-CoV-2. En d'autres termes, il était mort de la Covid-19.

Autre fait remarquable : l'absence de cercueil. Le corps avait été entièrement enveloppé dans du film étirable, à la manière d'une momie, et déposé à même le sol. L'équipe de la police scientifique et technique n'avait relevé aucune empreinte, aucun résidu d'ADN exploitable. Il ne présentait pas de signes et ne portait pas d'artefacts susceptibles de rendre son identification possible : ni bijou, ni tatouage visible, ni vêtement. Pour l'instant, le cadavre demeurait celui d'un monsieur Durand âgé de cinquante à soixante ans, de type africain. On avait procédé aux relevés dentaires habituels, mais cela prendrait des semaines avant qu'on puisse faire le rapprochement avec la clientèle d'un dentiste de la région, si, d'aventure, l'homme fréquentait un cabinet local. Un élargissement au territoire national était inconcevable ; on pouvait le regretter, mais on n'était pas dans *NCIS*. En France, on ne fichait pas toute la population.

Le taulier appelait Cérisol tous les jours pour lui demander où il en était dans ses investigations et quand il pourrait offrir une explication à l'apparition mystérieuse qui avait troublé les funérailles, légitimes et officielles celles-là, de madame Cartiaux.

S'il n'avait été contraint par son diabète de renoncer à son régime alimentaire suicidaire, Cérisol se serait enfilé un pot de confiture d'abricot – rien de tel que les classiques –, histoire de se changer les idées et de se remonter le moral.

Il n'avait pas encore trouvé le dérivatif satisfaisant à sa passion pour les fruits sucrés et cristallisés. Tout autre vice était accompagné d'effets délétères pour ses artères ou son cœur, ou son cerveau. Il s'était mis au cigare, sans avaler la fumée, mais Sylvia et Djouk avaient aussitôt mis le holà. Essayez de tromper le nez d'une aveugle ! Et d'un chien d'aveugle !

On lui avait conseillé les jeux de société, la philatélie, la généalogie… Rien n'avait trouvé grâce à ses yeux. Son médecin avait un moment évoqué des groupes de parole et d'éducation thérapeutique, mais l'idée n'avait pas non plus emporté l'adhésion de Cérisol. Ses amis lui avaient recommandé l'apprentissage d'un instrument de musique, lui qui aimait tant la chanson réaliste française, mais il y avait un gouffre entre l'écoute et la pratique.

Non, il lui fallait du gras ou du sucré, vivre dans la transgression. Il avait découvert à cinquante-six ans que l'inoffensif était sans saveur, et le savoureux quasi systématiquement nocif. Il entendit la voix du spécialiste à l'hôpital, très raisonnable : « Rien n'est toxique, tout est toxique, ce n'est qu'une question de dose. » Gnagnagni gnagnagna. Lui aimait la confiture à haute dose ; il ne voyait pas l'intérêt de la modération.

Aussi avait-il jeté son dévolu sur les chewing-gums à l'aspartame, qu'il mâchait à longueur de journée, et quand cela ne suffisait pas, il passait ses humeurs sur ses collègues ; aujourd'hui, les heures s'écoulant et le silence radio de Sylvia s'installant, il était de plus en plus inquiet, et donc irritable.

– Bon, Grospierres, t'as avancé sur les racketteurs du RER ?

Depuis la réforme des services de police, dite réforme Darmanin, l'équipe de Cérisol était susceptible de recevoir toutes sortes d'affaires *généralistes*, et ce malgré le haut niveau de spécialisation de leur brigade, normalement dédiée exclusivement aux affaires criminelles.

Dans cette distribution des rôles aussi nouvelle qu'absurde, les transports en commun revenaient à Grospierres, le benjamin du groupe… qui ne l'était plus tout à fait depuis que Krzyzaniak était arrivée à la Criminelle.

De façon étonnante, ou tout au moins inhabituelle, la jeune femme avait été versée à la PJ dès sa première affectation.

« Combien de bites elle a dû sucer ! » avait commenté Ricard – un nom qui lui allait comme un gant –, du deuxième groupe. Cérisol avait levé les yeux au ciel, non pas qu'il fût choqué, mais il ne goûtait guère la vulgarité.

Nicodemo avait voulu réagir, mais le vieux Portugais ne faisait plus peur à personne. C'est Grospierres et son quatrième *dan* de taekwondo qui avaient fait ravaler ses paroles à Ricard. Celui-ci était immédiatement monté en première position sur le podium des abrutis du commissariat.

Cependant, Cérisol connaissait les gars ; il savait que Ricard avait dit tout haut ce qu'ils étaient nombreux à penser tout bas. La petite allait avoir du mal. Cérisol se doutait qu'elle devait sa place à son excellent score en sortie d'école de police, mais il savait aussi que, justement, on n'aime pas trop les premiers de la classe à la PJ. La plupart des collègues en civil s'étaient tapé des années de quart en tenue, à ramasser les poivrots et à courir après les petits cons qui crachent, au sens propre, sur la police, et ressortent du commissariat le soir même de leur arrestation, l'air triomphant, et le majeur dressé vers le ciel.

Sara Krzyzaniak avait été nommée en remplacement de Husseren, qui s'était donné la mort avec son arme de service. Le groupe avait été amputé d'un quart de son effectif pendant plus d'un an. Nicodemo s'était enfoncé dans une dépression déjà chronique, Cérisol avait doublé sa consommation de confitures, ce qui l'avait mené droit aux urgences, et Clemente, le quatrième larron de l'équipe, avait demandé et obtenu sa mutation. Il était enfin retourné dans son Béarn natal.

Grospierres était arrivé en renfort à cette époque-là ; il les avait littéralement sauvés, Nicodemo et lui.

Étant donné son âge et sa forme physique, les affaires qui impliquaient de se déplacer à pied sur de longues distances, à l'instar de celle des racketteurs du RER, lui étaient confiées.

– Je t'ai fait passer les images vidéo. Elles sont sur ton bureau.

– Et ?

– Ça colle. On le tient.

Nicodemo, quant à lui, était sur un cas de proxénétisme et d'abus de personne dépendante, une handicapée de vingt-deux ans. Les affaires de famille, c'était pour lui. Il devait cette prérogative particulière à son statut de patriarche au sein de la communauté portugaise de Rosay, et au nombre élevé d'enfants et petits-enfants – dont Cérisol ne faisait plus l'effort de mémoriser les prénoms – que son épouse et lui avaient générés. À croire qu'ils avaient voulu offrir une colonie à la France en remerciement pour l'accueil qu'elle leur avait réservé lorsqu'ils avaient fui la dictature, juste avant la révolution des Œillets en 1974.

– José, le rapport d'expertise du psychiatre ?

– Toujours pas.

De son côté – et c'était sa première affaire – Krzyzaniak venait de boucler le dossier du lycée Hoche de Versailles. Ce qui avait commencé par un simple racket lui avait permis de mettre au jour un trafic de drogue, de téléphones portables volés et de prostitution. Des gamines de bonne famille proposaient un dépucelage en bonne et due forme dans les toilettes du lycée moyennant rétribution. Derrière le slogan « Je fais ce que je veux de mon corps » se dissimulaient des proxénètes en herbe, dont certains étaient les frères des minettes concernées, qui en profitaient pour filmer le rapport tarifé et faire chanter le client infortuné. Ils avaient aussi investi dans la vente au détail de stupéfiants et le recyclage de smartphones arrachés à leur propriétaire.

Le miniséisme dans la société versaillaise serait vite étouffé par l'entregent des parents d'élèves concernés. Aucune des victimes du chantage à la *sextape* ne se porterait partie civile, les délinquants de bonne famille seraient convoqués pour une audience en peine négociée, écoperaient d'un travail d'intérêt général accompagné d'une condamnation assortie de sursis et le tour serait joué. Un passage par la case internat dans un lycée privé finirait de convaincre le parquet qu'il serait inutile de s'acharner sur ces têtes blondes mal inspirées, certes, mais pas mal intentionnées. Au fond, c'étaient de bons gars.

Cérisol n'avait toujours pas le rapport de la lieutenant. Elle était à la PJ, il faudrait qu'elle apprenne la diligence.

– K ? dit-il suffisamment fort pour être entendu depuis son bureau.

Elle ne réagit pas.

– K ?

Toujours pas de réponse.

– *Krizaniak* ?

– D'abord, c'est Krzyzaniak.

Il sursauta presque ; sa collègue se tenait dans l'embrasure de la porte. Cérisol ne l'avait pas entendue arriver.

– Ton rapport de transmission, il est où ?

– Avec la procédure. En attente de votre signature.

Cérisol n'avait pas pris la peine de vérifier. Il bougonna :

– OK, merci. Tu voulais me dire quelque chose ?

– Les gars du service informatique ont cracké le mot de passe de l'ordinateur portable d'Emilie Vaudrey.

– Et ?

– J'ai réussi à entrer dans son courrier électronique.

– Et ?

– Je suis tombée sur un mail d'un laboratoire d'analyses biologiques.

– Et ?

– Elle avait la chorée.

– La quoi ?

– Chorée, ou maladie de Huntington. C'est génétique. On l'appelle aussi la danse de Saint-Guy.

– C'est grave ?

– Ouais, une saloperie dégénérative. Il n'y a pas de traitement. On en meurt à coup sûr.

– Merde !

– C'est ça que nous cachait le gynéco. D'ailleurs, c'est lui qui avait prescrit le test.

– Ça fait partie des examens de routine pour une grossesse ?

– Je n'en sais rien ; je n'ai jamais été enceinte.

Cérisol ne releva pas le sarcasme de la remarque. Toujours sur la brèche, la petite lieutenant. Génération *woke*, elle ne lâchait rien.

Krzyzaniak dut percevoir qu'elle avait été un brin irrévérencieuse au goût de son chef, car elle ajouta, sur un ton plus doux :

– Cela dit, non, je ne pense pas que ça fasse partie des trucs qu'on cherche habituellement, dit-elle. Je n'avais jamais entendu parler de cette maladie.

– Il faut poser la question au gynéco.

– Qu'est-ce que ça change ? Le fait qu'elle soit malade justifie son geste, du moins en partie. On a les explications qu'on cherchait.

– Il faut qu'on connaisse la raison pour laquelle il lui a prescrit ce test.

– En quoi est-ce pertinent ?

Cérisol réfléchit. Krzyzaniak avait raison. Lui-même ne comprenait pas ce qui le poussait à s'obstiner, ce qui le retenait de classer l'affaire tout de suite. À la façon dont Nicodemo et Grospierres le dévisageaient, il était évident qu'ils partageaient l'avis de leur jeune collègue. Pourtant, il ne parvenait pas à s'y résoudre, à sceller le cercueil d'Emilie Vaudrey et à l'envoyer dans les limbes de l'état civil : s'est donné la mort le 29 octobre 2023 en absorbant une dose létale de barbituriques.

– Simple curiosité. J'ai envie de connaître le fin mot de l'histoire.

– Mais… ?

Krzyzaniak s'interrompit, se rappelant que Cérisol était son supérieur, qu'elle était nouvelle dans le service, nouvelle dans le métier. Elle se tourna vers Grospierres, espérant qu'il formulerait à sa place ce qu'elle n'osait pas exprimer, mais lui-même revenait d'un an de mise en disponibilité ; elle sentait bien que, sans être sur un siège éjectable, il n'était pas à l'aise. Son comportement laissait penser qu'il y avait une relation forte entre eux trois, mais que Cérisol et Nicodemo lui faisaient payer quelque chose. Comme s'il y avait un passif au sein du groupe, qu'elle seule ignorait. Il faudrait qu'elle en parle à Kissel ou à Forette, des membres des autres groupes de la brigade avec qui elle s'entendait bien.

Le téléphone sonna. C'était le centre de commandement. Cérisol activa le haut-parleur.

– Est-ce qu'une de vos équipes pourrait se rendre au 175, chemin de l'Abreuvoir à Noisy-le-Roi ?

– Motif ?

– C'est pour un meurtre.

– L'IJ est déjà sur place ?

– Il ne s'agit pas d'une scène de crime.

– Quelqu'un a été témoin d'un meurtre ?

– Non plus.

– Je ne comprends pas, dit Cérisol. Qui vous a appelé ?

– Ce serait l'auteur, si j'ai bien compris.

– Quelqu'un a confessé un meurtre ?

– C'est ça.

– Le meurtre de qui ?

– Le type n'a pas voulu le dire. Il n'a donné ni son nom ni son prénom. Juste son adresse. On a tracé l'appel, ça correspond. Il a exigé de parler à quelqu'un de la brigade criminelle, et qu'on vienne le chercher chez lui.

– Qu'est-ce que c'est que ces conneries ?

– Je me suis posé la même question. J'imagine que vous connaîtrez la réponse une fois sur place.

– Bon, on s'en occupe. Merci.

Cérisol raccrocha.

– Putain, il y a des tarés, dit Krzyzaniak, qui avait tout entendu.

Cérisol étudia sa nouvelle recrue, se tourna vers Nicodemo qui n'attendit même pas qu'il lui posât la question.

– Non. J'ai du boulot.

Le chef de groupe soupira. Son autorité sur le doyen de la brigade fondait comme neige au soleil ; le vieux Portugais n'en faisait qu'à sa guise. Il se tourna vers Grospierres.

– Allez-y, K et toi. J'ai une tonne de paperasse à traiter et je dois encore aller voir le taulier.

– OK.

– Mais faites gaffe. C'est peut-être le genre de barjot prêt à tout pour passer à la postérité.

Krzyzaniak et Grospierres enfilèrent leur gilet pare-balles, se harnachèrent de leur holster et s'engouffrèrent dans la cage d'escalier.

Quand Cérisol ne parvenait pas à sortir la tête de l'eau, noyé par les feuilles de frais à établir pour son groupe, les relances par mail des magistrats auxquelles il aurait dû répondre depuis trois jours, les notes de service à diffuser après en avoir pris connaissance, il repoussait le moment de s'y atteler en se trouvant tout autre chose à faire. Cela portait un nom, procrastination, et il était d'accord pour considérer cette affection comme une maladie professionnelle. Il était conscient que sa stratégie d'évitement ne faisait qu'empirer sa charge mentale, mais il n'avait pas trouvé d'autre moyen de survie.

Ainsi, au lieu de se remettre à son rapport de synthèse en cours, il décrocha son téléphone et appela le cabinet du gynécologue dont il trouva le numéro sur Internet. Cette fois, il tomba sur la secrétaire qui lui précisa que le docteur Wagner était occupé mais lui assura qu'il la rappellerait dès qu'il serait disponible, entre deux consultations. Ce contretemps contraignit Cérisol à reprendre sa laborieuse rédaction.

Son supplice ne dura pas plus d'un quart d'heure, après lequel son portable se mit à vibrer.

– Allô.

– Commandant Cérisol ?

Il reconnut la voix du gynécologue. Elle contenait mal son agacement ; Cérisol n'en avait cure.

– Docteur Wagner, merci de me rappeler.

– Avais-je le choix ?

Le ton était donné. Cérisol pensa « On a toujours le choix d'agir contre son intérêt », mais il s'abstint de partager sa réflexion avec son interlocuteur.

– Non, répondit-il simplement.

L'autre poursuivit sans cesser de prendre le policier de haut :

– Je vous écoute, commandant. Mais faites vite, je n'ai que peu de temps à vous consacrer.

– Emilie Vaudrey était atteinte de la maladie de Huntington.

– Je ne peux pas divulguer ce genre d'informations, vous le savez aussi bien que moi.

– Ce n'était pas une question. En fouillant son domicile, nous sommes tombés sur les analyses que vous avez ordonnées. Tout ce qui m'intéresse, c'est savoir si c'est cela qui l'a poussée à commettre l'irréparable.

– Comment affirmer que quelqu'un se suicide pour telle ou telle raison ? C'est toujours multifactoriel.

– Certes. Mais lorsque nous nous sommes vus, ce matin, vous avez exprimé le regret de ne pas avoir informé son médecin traitant de l'état psychologique d'Emilie Vaudrey. Était-ce une allusion à ses résultats d'analyses médicales ?

– Évidemment.

– Elle vous avait donc fait part de son désarroi ?

– Si vous sous-entendez que je suis pour quelque chose dans…

– Docteur Wagner, soyons bien clairs : je ne vous accuse de rien, je ne suis pas là pour vous juger. J'essaie juste de comprendre ce qu'il s'est passé parce qu'il va falloir que j'explique au père d'Emilie

Vaudrey pourquoi, à tout juste trente ans, alors qu'elle était enceinte et que tout, du moins en surface, se passait à merveille dans sa vie, sa fille a décidé d'avaler une boîte de barbituriques pour en finir. Le moindre élément que vous pourrez me fournir sera utile.

Silence à l'autre bout du fil.

– Il ne s'agit pas de vous, docteur. Il n'est question que d'Emilie Vaudrey.

Les paroles du policier infusaient dans l'esprit du gynécologue. Et comme il n'était ni idiot ni mauvais bougre, il finit par se résoudre à dire ce qu'il savait.

– Emilie Vaudrey était consciente du risque qu'elle courait d'être potentiellement porteuse de la maladie, sa mère en ayant été victime elle-même. D'ailleurs, celle-ci en est morte alors qu'Emilie Vaudrey n'avait pas huit ans. Quand vous avez un parent atteint, vous avez 50 % de risques de l'être également.

– Elle ne s'était jamais fait tester ?

– Non.

– C'est étonnant, tout de même. Elle était dans le déni ?

– C'est une attitude plus fréquente qu'on ne le pense. Certains individus préfèrent ne pas savoir. Emilie Vaudrey avait fait l'autruche jusqu'ici, mais dès qu'elle a su qu'elle était enceinte, elle a pris conscience qu'elle pouvait à son tour transmettre la maladie à son enfant. C'est ce qui l'a décidée à se faire tester. Malheureusement, ses résultats se sont avérés positifs. Elle n'aura pas supporté l'idée de mettre au monde un bébé qui grandirait avec la même épée de Damoclès au-dessus de la tête qu'elle.

– Il n'y avait pas moyen de détecter la maladie par un test génétique avant la naissance du bébé, quitte à avorter au cas où ça se serait révélé positif ?

– Si, mais on ne le fait qu'après avoir déterminé que la mère est bien porteuse de la maladie. Emilie Vaudrey s'est donné la mort dès qu'elle a été fixée sur son sort.

– J'ai du mal à comprendre.

– Ce résultat positif impliquait que son espérance de vie était très réduite. De moitié, quasiment. J'imagine que donner naissance à un bébé tout en le condamnant à devenir rapidement orphelin de mère n'était pas une perspective enthousiasmante.

– De là à se suicider !

– La maladie, la mort… C'est l'antithèse de la grossesse. Quand on est enceinte, on est très fragile ; et il faut savoir que le taux de suicide chez les gens atteints de la maladie de Huntington est multiplié par deux. Je lui ai proposé de voir un psy. J'aurais dû insister… Mais dans mon métier, on n'a pas toujours le temps d'effectuer le suivi nécessaire ; mon rôle s'arrête au moment où la consultation prend fin.

Cérisol avait pris le gynécologue pour un de ces médecins hautains, mais au final, il avait bon fond. Lui-même, en tant que policier, connaissait ce genre de frustration.

– Je suis désolé, dit-il, soudain plein d'empathie.

– Pas autant que moi, croyez-moi.

Les deux hommes se saluèrent et raccrochèrent.

Cérisol garda un long moment sa main sur le combiné du téléphone.

Il n'avait plus d'excuse : il devait classer l'affaire. Emilie Vaudrey s'était suicidée parce qu'elle était maudite, et sa mort – et celle de son futur bébé – était le seul moyen de rompre la malédiction. Fin de la triste histoire.

Pourtant, il se dit que le rapport à la proc pouvait attendre le lendemain. Après tout, il ne se passerait rien pendant la nuit. Le permis d'inhumer ne serait de toute façon pas signé tout de suite, même si la reconnaissance du corps n'était pas nécessaire ; le père ne pourrait entamer la procédure de rapatriement du corps que le lendemain en fin d'après-midi, voire le surlendemain.

Cérisol soupira. Avant cela, il devait le rencontrer ; il n'y couperait pas. Le mieux était de le convoquer au commissariat, cela lui ferait gagner du temps.

CHAPITRE 9

Les gens de la fédération de torball n'ayant toujours pas répondu, Cérisol se décida à aller sur le site de *L'Équipe* en se disant qu'avec un peu de chance, le journal avait un correspondant sur place pour suivre les épreuves ; il y aurait peut-être des photos, et même une interview de Sylvia, en tant que capitaine de l'équipe de France.

Il avait vu juste : un article posté le jour même faisait état d'un huitième de finale dans le championnat du monde de torball interrompu par le malaise de l'une des joueuses françaises. L'événement était d'autant plus remarquable qu'il impliquait la meneuse de l'équipe en personne : Sylvia Cérisol avait dû être remplacée et n'était pas reparue, mais les tricolores avaient tout de même remporté la victoire. L'entrefilet ne donnait aucune explication sur sa défection.

Sans perdre une seconde, Cérisol ouvrit sa messagerie électronique, mais elle ne contenait aucun message des encadrants de Sylvia. Il commença à voir rouge : elle avait eu un pépin et personne n'avait songé à l'en informer !

Il retourna sur le site de la fédération pour en relever le numéro de téléphone. Il les appela immédiatement. En vain, car bien sûr, le standard n'avait pas de standardiste. Vous deviez laisser un message et attendre d'être rappelé… Ce que Cérisol ne fit pas.

Il raccrocha d'un geste rageur et réfléchit : il connaissait quelqu'un au ministère des Affaires étrangères, un ancien collègue de la BRI de Versailles, devenu conseiller auprès de l'ambassade française dans un des pays du golfe Persique – en d'autres termes, un espion ou un barbouze, Cérisol n'avait jamais osé lui demander le genre d'activités qu'il menait exactement.

Il avait son numéro personnel, mais il hésitait. Benjamin Foissac n'était pas un ami intime ; l'idée de lui être redevable n'enchantait pas Cérisol.

Il se donna jusqu'au lendemain avant d'activer ce levier. Il espérait être contacté par la fédération d'ici là.

Un calme inhabituel régnait au deuxième étage, celui de la Crim'. D'habitude, le service bruissait de discussions, de conversations téléphoniques, de portes qui claquaient, d'allées et venues. Exceptionnellement, leurs collègues des autres groupes de la brigade étaient tous sur le terrain.

C'est peut-être la raison pour laquelle Cérisol entendit son *cobureau* soupirer à plusieurs reprises. Il le regarda à la dérobée. Nicodemo était un râleur et un taciturne. Jamais content, jamais satisfait, même pas de lui-même. Un éternel mélancolique flirtant avec la dépression. À croire qu'il s'abreuvait de bile le matin, et non de café noir.

Pourtant, il avait toutes les raisons d'être reconnaissant à la vie. Petit Portugais indigent parti de rien dans les années 1970, il avait été naturalisé français et avait su monter au bon moment à bord de l'ascenseur social. Après avoir obtenu le statut de fonctionnaire, sorte de Graal dans le milieu des immigrés, il avait gravi un à un les échelons. Aujourd'hui, il était major dans la police nationale, à la PJ de Versailles, brigade criminelle qui plus est, la Rolls de la flicaille.

Il était si proche de la retraite qu'on pouvait voir le bout de son nez se tendre lorsque la voiture de service longeait l'étang de la Minière ou franchissait la Seine à Boulogne-Billancourt. « L'appel du goujon », le taquinait Cérisol.

– C'est quoi qui te mine ? lui demanda celui-ci.

– Rien en particulier, et tout en général.

– Allons bon.

Cérisol connaissait son nounours ibérique. Il lui faisait le coup du blues existentiel de façon récurrente. Quand son marasme latent – d'habitude contenu – s'épanchait de la sorte, c'était lié à un différend domestique chez les Nicodemo, et, en général, les enfants en étaient responsables.

– Un souci à la maison ?

– Non. C'est cette affaire de gamine abusée. Elle est autiste et ses propres parents la prostituent. Tu le crois, ça ? Et leur ligne de défense consiste à prétendre qu'ils faisaient cela pour lui rendre service, pour qu'elle ait du plaisir malgré son handicap. Ils oublient juste un détail : ce sont les mecs qui les payaient, pas l'inverse !

Cérisol hocha la tête.

– Ils affirment que tout l'argent allait à leur fille. Que son allocation aux adultes handicapés ne suffit pas à lui offrir la vie décente à laquelle elle a droit.

– Hum.

– Je n'en peux plus, moi, de ces histoires sordides. On devrait les vasectomiser d'office, ces gens-là. Tout le monde ne devrait pas avoir le droit de faire des enfants.

Cérisol ne dit rien. Il fallait que ça sorte, il le savait. Le trop-plein, l'abattement, le dégoût, la capacité d'empathie saturée, le ras-le-bol de patauger dans un bourbier que personne ne veut voir, le goût amer de la lie lorsque le calice est vide… Cérisol connaissait.

Nicodemo avait certainement raison : les parents de l'autiste étaient à n'en pas douter de fieffés salauds, mais il savait aussi que la vie des familles de handicapés était un parcours du combattant interminable. Littéralement. Il ne fallait espérer aucune fin à leur lutte contre le système éducatif, médical, administratif… Ni aucune guérison pour leur rejeton. À cela, s'ajoutait la certitude qu'une fois qu'ils seraient devenus trop âgés pour continuer à porter leur gamin à bout de bras, celui-ci serait livré aux bons soins des autorités médicales et de la protection sociale. Autrement dit, après leur décès, la probabilité qu'il terminât en hôpital psychiatrique bourré de neuroleptiques était multipliée par cent. Ils n'avaient pas le droit de mourir avant leur gamin. Paradoxalement, cela les contraignait à rester en forme, eux qu'une existence âpre aurait dû user.

S'occuper d'un enfant autiste était un travail à temps plein, solitaire, et largement méconnu, voire incompris. Votre vie ne s'arrêtait pas, mais elle se mettait à tourner autour d'un soleil noir. Cérisol savait que ce n'était pas ainsi que le formulaient les familles d'autistes, mais il ne pouvait pas condamner un père ou une mère d'en arriver à le penser.

De là à prostituer sa fille, il y avait une marge, certes, et heureusement, tous les parents de handicapés ne finissaient pas à la tête d'une entreprise de proxénétisme.

Cérisol voyait le problème de Nicodemo : il s'était mis dans la situation qu'un flic doit à tout prix éviter ; il avait laissé son boulot s'immiscer dans la vie du papa et du papi qu'il était. Les psychologues alertaient les policiers sur ce phénomène. En tant que chef de groupe, Cérisol avait la responsabilité de le rappeler à son ami.

– T'es trop poreux, là, José. Tu devrais faire un break.

– Je reviens de congé.

– Je parle de coupure, pas de vacances en famille, qui sont tout sauf reposantes pour toi.

Nicodemo haussa les épaules et dit :

– Tu peux parler. T'as vu ta gueule, ces derniers temps ?

Cérisol eut envie de hurler « Quoi, ma gueule ? Qu'eeeeeeest-ce qu'elle a, ma gueule ? » mais il aurait fallu avouer son faible pour Johnny. Et cela était impossible. Il avait bâti sa réputation d'amateur exigeant et rigoureux de chanson réaliste française en n'acceptant de jeter son dévolu que sur des artistes triés sur le volet. La première de ses sacro-saintes règles consistait à s'interdire toute référence postérieure à 1958, date à laquelle il avait défini la fin de la belle époque. Pourquoi 1958 ? Il aurait été bien en peine de l'expliquer. Cependant, il avait la conviction que passé cette date, l'humanité avait basculé dans le mauvais goût. Musical, architectural, vestimentaire, gastronomique, politique…

Maintenant qu'il y réfléchissait, c'était peut-être lié à l'avènement de la Ve République, ou à l'arrivée de De Gaulle au pouvoir, deux phénomènes qui coïncidaient, évidemment.

José Nicodemo n'était pas d'humeur à refaire la Constitution et l'histoire de la décolonisation. Il avait l'impression d'être une goutte dans un océan de chienlit, et rien ni personne ne pourrait le détourner de sa morosité.

Ceci étant, il avait raison : le commandant Cérisol avait mauvaise mine depuis quelques jours.

– Moi, c'est différent, dit celui-ci. Je dors mal.

– Pareil, dit Nicodemo.

– Pas pour les mêmes raisons. Toi, tu as trop de responsabilités familiales. Tu devrais te changer les idées, faire davantage de sport.

– Pff.

– Tu ne vas plus à la piscine le mardi soir ?

– J'ai arrêté.

– Pourquoi ? Ça avait l'air de te faire du bien

– Une vieille de quatre-vingt-cinq ans n'arrêtait pas de me doubler ; ça m'a coupé les jambes.

Cérisol éclata de rire. Nicodemo lui-même sourit. C'était gagne.

– Pourquoi tu dors mal ? demanda ce dernier.

– Bah, fit Cérisol.

Son collègue n'insista pas. Il se rappela que la femme de Cérisol était au Japon pour les championnats du monde de torball. Sylvia absente, Djouk l'était forcément aussi. Le trio mari, épouse et chienne d'aveugle constituait une cellule tellement fusionnelle que Cérisol avait du mal à se séparer de « ses deux femmes ». L'absence d'enfants n'avait rien arrangé à leur interdépendance. D'autant que le chiot sur lequel Cérisol avait jeté son dévolu quelques mois auparavant lui avait été retiré au bout de cinq semaines par l'association qui le lui avait confié. La raison était noble – son petit labrador avait finalement réussi le test pour entrer dans le programme de formation handi'chien – mais le policier avait vécu la décision comme un drame personnel.

Nicodemo, lui, ne savait plus ce que c'était que d'avoir cinq minutes en tête-à-tête avec son épouse. La meute de cousins, neveux, petits-enfants et petits-neveux qui gravitaient autour d'eux lui donnait parfois l'impression de tenir le rôle de régisseur dans le film *Gremlins*.

Le commandant Cérisol avait perdu le sommeil parce qu'il n'y avait plus personne dans son lit, plus personne dans la maison ; Nicodemo, lui, ne le trouvait plus parce que sa demeure grouillait de monde.

Cependant, le voir se débattre avec sa horde familiale n'avait pas guéri Cérisol du désir, à jamais inassouvi, d'avoir un bébé. Chez lui, le point de rupture se situait là, et Nicodemo, même dans les moments de tension entre eux, même dans leurs pires désaccords, ne s'était jamais permis d'y faire allusion.

Penser à Sylvia fut comme un coup de canif dans le ventre de Cérisol, comme à chaque fois depuis qu'il n'avait plus de nouvelles d'elle.

– Tiens, on va se faire du bien, dit-il.

Nicodemo fronça les sourcils. Il savait ce que cela signifiait.

– Oh non, dit-il en suppliant.

Mais Cérisol était lancé. Déjà, il ouvrait son application Deezer, une des rares concessions aux nouvelles technologies, pour ne pas dire la seule, qu'il avait accepté de faire.

– Fred Gouin. Il ne chante que des histoires d'amour.

Nicodemo soupira.

– Je bosse, là. Ce n'est pas le moment.

– Juste une ou deux.

– Une.

– D'accord. Je vais te faire écouter *Je t'ai donné mon cœur*. Tu vas voir, il a une voix magnifique.

Cérisol mit le haut-parleur et se renversa sur sa chaise. Dès que vibrèrent les premières cordes des violons, il frissonna d'aise.

Mais dès les premiers accords, son humeur passa du bien-être à l'amertume, et quand il entendit les trois vers du premier couplet – « Tu tiens en toi tout mon bonheur / Sans ton baiser il meurt / Car sans soleil meurent les fleurs » –, il plongea dans un état de profonde tristesse : Sylvia lui manquait, Djouk lui manquait. Il lui semblait qu'elles étaient à l'autre bout de la planète, et en y réfléchissant, le Japon se trouvait bien à l'autre bout de la planète. Que s'était-il passé ? Ne pas savoir le désespérait. Ils n'avaient jamais été séparés aussi longtemps. Pourquoi n'appelait-elle pas ? Pas même un message !

Le téléphone sonna. Cérisol reconnut le numéro de poste ; il n'attendit pas que son interlocuteur formulât sa demande. Il décrocha, dit « J'arrive, monsieur », et raccrocha. Il se leva aussitôt. On aurait dit qu'il se mettait au garde-à-vous.

– Je vais chez le taulier. Il veut faire un énième point avec moi sur l'affaire du cimetière. Dis-moi, vu que tu as bientôt fini de taper ton rapport, tu pourrais rédiger celui de la tentative de meurtre à la gare de Versailles-Chantiers ?

– Tu plaisantes, j'espère ?

– José, sois sympa, j'ai des tas de dossiers en retard.

– Pas mon problème.

– Allez, quoi. Je vais finir à pas d'heure.

– Personne ne t'attend à la maison, alors que moi… Et puis, je ne suis pas ta secrétaire.

Qu'on le considérât comme un faire-valoir était la hantise de Nicodemo.

– Tu fais chier, bougonna Cérisol avant de s'extirper de son fauteuil.

– Moi aussi je t'aime, dit Nicodemo.

Cérisol adorait son vieux partenaire, mais il était pénible avec son éternel complexe de l'immigré dévalorisé.

En passant devant le bureau de Grospierres et de Krzyzaniak, ses yeux se posèrent sur le carton « École maternelle » qu'il avait apposé la veille sur leur porte. « Ça te fait marrer, hein ? » avait lancé Grospierres lorsqu'il avait découvert la blague de son chef de groupe. Cependant, il n'avait pas arraché le carton. Le lieutenant Grospierres, jeune papa et détenteur d'une thèse d'université en anthropologie, ne manquait pas d'humour.

Cérisol sourit pour lui-même. Ses plaisanteries de collégien constituaient un baume aux rugosités de leur métier. Et le commissaire Auray, son supérieur direct, ne faisait pas partie des moindres. Il se remit en mouvement.

Alors qu'il était arrivé à l'ascenseur, Krzyzaniak et Grospierres en sortirent ; ils encadraient un homme d'une trentaine d'années, qu'ils avaient menotté. Il avait le dos voûté, les cheveux longs et gras et l'air hagard. Cérisol jugea tout de suite qu'ils avaient affaire à un tox.

Pendant que Krzyzaniak l'emmenait pour l'entraver au crochet ancré dans le sol de leur bureau, Grospierres fit un bref compte-rendu à son chef : il s'agissait d'un certain Antoine Romero, chauffeur-livreur au chômage.

– Il prétend avoir égorgé, ou étranglé, ce n'est pas très clair, une inconnue qu'il a soi-disant suivie dans la rue.

– Vous avez un cadavre ?

– Non, justement. Il a été incapable de nous guider à l'endroit où il est censé avoir laissé le corps.

– Et chez lui ?

– Rien qui corrobore ses dires : pas de taches de sang, pas de traces de fluides corporels, absence d'hématomes sur lui à première vue… La description qu'il nous a faite de son mode opératoire était digne d'une série policière des années 1970… Totalement irréaliste.

Cérisol sourit pour lui-même. La deuxième affaire de Krzyzaniak allait lui permettre d'inaugurer le chapitre *Mytho* de ses futurs souvenirs d'enquêtrice.

Tout policier était tôt ou tard confronté aux affabulations de déséquilibrés soucieux de s'accuser des pires choses. Leurs motivations n'étaient pas claires : entrer dans l'Histoire en défrayant la chronique ? Faire peur à quelqu'un en particulier, ou faire trembler la bourgeoisie en général ? Impressionner une fille convoitée ? Attirer l'attention de parents défaillants ? Être reconnu ? Être aimé ?

– Qu'est-ce qu'on fait de lui ? demanda Grospierres, décontenancé.

– Procédez à une audition, pour la forme.

Cérisol revint vers le bureau des deux juniors pour observer Antoine Romero. Le pauvre garçon était de dos, penché en avant. Il semblait pleurer à présent, ou peut-être était-il prostré. En tout cas, ça n'allait pas fort pour lui.

– Informe le parquet. Ils retiendront peut-être la fausse déclaration ou l'outrage à magistrat, mais de toute façon, un rapport d'expert démontrera que ce type est bon pour l'HP ; ils ne pourront pas le poursuivre.

– On le renvoie chez lui ?

– Fais venir le SAMU psychiatrique. D'après moi, il est en plein délire. Et puis, rentre à la maison. Va voir ta femme et ton gosse.

– OK. Merci.

Cérisol rappela l'ascenseur ; là-haut, à l'étage de la direction, le commissaire n'aimait pas qu'on le fît attendre.

Amos

Grace est loin. Un Soudanais dit l'avoir vue entrer dans l'eau froide de son plein gré en pleine nuit. Amos s'est énervé après lui ; il a déchiré son t-shirt en voulant le saisir par le cou. Il hurlait « Pourquoi tu l'as laissée faire ? Pourquoi tu ne m'as pas réveillé ? » mais il a tout de suite été pris de vertige. Et puis l'autre était comme une chiffe molle au bout de son bras, rendu hagard par la faim et la soif.

– J'étais à moitié endormi, a-t-il bredouillé. Je me suis penché pour voir, mais il n'y avait rien à la surface. J'ai cru que j'avais halluciné.

Les autres ont cherché à calmer Amos.

– C'était sa décision, ont-ils dit.

– Tu n'aurais rien pu faire.

– Il était trop tard.

Amos a lâché le Soudanais et s'est rassis dans le bateau gonflable.

Blaise, leur enfant de cinq ans, est loin aussi. C'est peut-être mieux ainsi. S'ils avaient survécu au voyage, comment auraient-ils enduré les épreuves qui les attendaient après le bateau ?

Amos se console en se disant qu'au moins, à présent, son épouse et son fils sont dans des paysages apaisés qui leur ressemblent, faits de sel et de chaleur. Avec un peu de chance, le corps de Grace a été poussé vers l'Afrique, rejeté par la mer sur une côte familière. Quant à celui de Blaise, qui git dans le sable… il est un peu chez eux.

Deux ans qu'ils sont partis, tous les trois. Deux ans qu'Amos, seul désormais, puise dans des ressources qui se tarissent. Il voudrait pleurer les siens mais il n'en a pas le loisir tant il est occupé à ne pas mourir lui-même.

En arrivant en Italie, il pensait que le pire était derrière lui : d'abord la perte de leur unique enfant ; ensuite le travail avec Grace dans les champs de patates en Libye, payé au lance-pierre – et encore, eux ont eu la chance de tomber sur un employeur qui les rémunérait, d'autres ont été réduits à l'état d'esclaves, ne travaillant que pour être nourris –, l'hébergement dans des conditions sordides ; le danger permanent, les brimades ; le corps de Grace qu'il a fallu à plusieurs reprises protéger des convoitises ; le viol dont elle a été victime et qu'il n'a pas réussi à éviter malgré sa vigilance ; les coups qu'il a pris à cette occasion en tentant de faire rempart de son corps ; le traumatisme pour elle, la honte d'avoir échoué à la défendre pour lui ; les rixes entre candidats à l'exil, les vols… Et puis, la traversée, les morts.

Grace a été la première mais pas la dernière. Il y a eu ceux qui se sont noyés alors que leur calvaire était terminé, au moment où la frégate de la Marine italienne les abordait. Pris par leur enthousiasme, soulagés d'être enfin secourus après trois jours d'attente insupportable et d'angoisse, ils se sont jetés à la mer, oubliant qu'ils ne savaient pas nager. Ils ont péri sous les yeux impuissants de leurs camarades avant que les militaires n'aient eu le temps de réagir. Les autres menaçaient de faire chavirer le zodiac en se levant et en gesticulant… À tel point que le bâtiment de guerre a dû faire machine arrière pour s'immobiliser à bonne distance et leur donner l'ordre de s'asseoir par porte-voix.

Puis, deux canots ont été mis à l'eau. Afin d'éviter que les occupants du zodiac ne se précipitent tous du même côté, ce qui aurait envoyé tout le monde par le fond, les Italiens ont procédé à une approche simultanée de chaque côté de l'embarcation. Malgré ces précautions, d'autres sont tombés, repêchés *in extremis* par les militaires.

Amos a été le dernier à quitter le zodiac. Ce jour-là, il s'est dit que Dieu avait voulu qu'il survive. Dieu avait un dessein pour lui… Qu'il se devait d'accomplir.

CHAPITRE 10

Un entretien avec le commissaire Auray était toujours un moment désagréable. Cérisol en sortait systématiquement avec un sentiment de perte de temps et d'irritation. Ça démangeait, mais il ne fallait surtout pas gratter. Il s'agissait de faire acte d'allégeance, de contrition et de bonne volonté renouvelée, et d'accepter des reproches dont on ne comprenait pas l'origine. Et puis on reprenait son activité normale.

Cette fois encore, le supérieur direct de Cérisol n'avait pas grand-chose à lui dire ; il souhaitait simplement « faire un point » avec lui sur les affaires en cours.

Cérisol perçut surtout l'angoisse de son chef à l'idée de n'avoir rien à offrir concernant celui qu'on appelait désormais « le monsieur Durand des Gonards » à son propre chef, le commissaire divisionnaire, lors de leur prochaine réunion de service. Cette pratique répondait au doux nom de ruissellement. Autrefois, on l'appelait l'art d'ouvrir le parapluie… Cérisol avait l'impression que les hiérarques passaient leur temps à cela.

Auray ne le lâcha pas avant 20 heures, manière de lui rappeler qu'un chef de groupe n'avait pas d'horaires. Cérisol, qui avait encore des dossiers à boucler, ne fut pas chez lui à Montigny-le-Bretonneux avant 22 heures.

Juste avant de se coucher, il jeta un dernier coup d'œil à ses notifications : aucun message de Sylvia, de la fédération pas davantage. Il consulta le groupe WhatsApp que Sylvia partageait avec ses sœurs et leurs maris, mais ce canal était aussi silencieux que les autres. Ses derniers posts dataient de quarante-huit heures ; il n'osa pas laisser un message qui aurait affolé toute la famille, du genre « Quelqu'un a-t-il des nouvelles de Sylvia ? »

Il soupira et plaça son téléphone sur sa table de nuit, à portée de main, sans le mettre en mode avion, pas même sur vibreur.

La première chose qu'il fit le lendemain, peu avant 5 heures, poussé hors du lit par son célibat forcé, fut de tendre le bras pour attraper son portable et le porter à hauteur de son visage. Mais aucune magie n'avait opéré pendant la nuit ; l'écran affichait toujours la même absence d'activité.

Quand il claqua la porte de son domicile, il eut l'impression de n'avoir pas quitté son travail.

Il pointa au commissariat avant Nicodemo, qui, pourtant, parce qu'il avait conservé les habitudes ouvrières de ses ancêtres portugais, des durs à l'ouvrage qui embauchaient au soleil levant, était systématiquement là le premier.

– T'es tombé du lit ? lui demanda le doyen de l'équipe lorsqu'il arriva.

– Hum.

Ni l'un ni l'autre n'étaient très bavards le matin, mais Nicodemo trouva à son collègue un air plus grognon qu'à l'accoutumée. Il le mit sur le compte du cadavre inconnu, sachant que Cérisol pouvait ruminer une affaire toute la nuit.

D'ailleurs, les premières paroles de son chef confirmèrent ses soupçons :

– Dis-moi, José, est-ce que vous avez fait une enquête de proximité ? Grospierres et toi ne mentionnez rien à ce propos dans votre rapport.

– C'est un cimetière. Quels voisins veux-tu qu'on interroge ?

– Il y a bien des gens qui fréquentent le cimetière, qui y travaillent…

– On a parlé aux gardiens, oui. Mais ils n'ont rien remarqué d'anormal ces derniers mois. Et personne ne leur a signalé le moindre incident. Mais c'est écrit noir sur blanc, ça.

– Il n'y a pas de caméras de surveillance ?

– Eh, oh, Jean-Pierre ! On connaît notre boulot. On a vérifié, évidemment.

– Et ?

– Et rien, sinon ce serait dans le rapport. Tout ce qu'on a trouvé, ce sont des webcams privées braquées sur certains caveaux. On a contacté les propriétaires mais ce sont des gadgets dont la mémoire est écrasée tous les cinq jours. Or, la mort de notre inconnu est bien plus ancienne que cela.

– Putain, on n'a rien. C'est dingue ça.

– Espérons que l'avis passé dans la presse et par voie d'affichage portera ses fruits.

Cérisol ne pouvait pas exiger de ses collègues qu'ils se rendent une nouvelle fois sur place. Il se dit qu'il y passerait, lui. Il n'était pas rare qu'un détail saute aux yeux d'un enquêteur avec un regard neuf lors d'une deuxième inspection.

Mais d'abord, finir le rapport de synthèse du suicide d'Emilie Vaudrey, puis l'envoyer à la proc, et enfin appeler le père de la jeune femme.

Jean-Pierre Cérisol jouissait de ces moments de tranquillité au commissariat, avant l'horaire de pointe. C'est là qu'il réfléchissait le mieux, écrivait le mieux. Les collègues arrivaient au compte-gouttes, se faisaient couler un café à tour de rôle, mais dans le calme. Plus tard, à la pause de 10 heures ou après le déjeuner, ils parlaient haut, se racontaient des blagues, rivalisaient de rires gras.

Ces heures matinales constituaient des moments privilégiés.

Certains se réfugiaient sur la terrasse exposée au nord, celle qui était invisible depuis la rue, dernier lieu où les fumeurs étaient encore tolérés, pour tirer sur leur première cigarette de la journée, la meilleure paraît-il. Depuis son bureau, situé à proximité de la porte donnant sur les toits, Cérisol recevait des effluves de tabac qui lui rappelaient le temps béni où il fumait. Il ne faisait pas partie de ces fumeurs repentis qui harcèlent les non-convertis en prêchant à tout va la bonne parole hygiéniste. Au contraire, côtoyer les drogués de la nicotine ne représentait pas une tentation pour lui mais un plaisir nostalgique. Loin de redouter leur fréquentation, il craignait l'époque, proche à n'en pas douter, où fumer serait prohibé. Cette odeur lui manquerait alors, et il en concevait d'ores et déjà une grande tristesse ; comme lorsque votre boulangerie de quartier ferme ses portes au profit d'un magasin de téléphonie mobile. La vie vous semble plus fade, tout à coup.

Cérisol boucla enfin la procédure « Emilie Vaudrey » et transféra le dossier au parquet, à l'intention de madame le vice-procureur Gairal. Une bonne chose de faite.

Le moment de contacter monsieur Vaudrey était arrivé.

Celui-ci ne répondit pas sur son portable. Cérisol dut passer par le standard de l'Ibis pour être mis en relation avec le client de la 209. Il décrocha à la deuxième sonnerie.

– Francis Vaudrey ?

– Lui-même.

Ces deux mots suffirent à Cérisol pour reconnaître l'accent traînant du Vercors. Il sut immédiatement qu'il avait affaire à quelqu'un de simple, de bienveillant, mais en colère. Un père qui ne comprenait pas ce qu'il fichait dans cette chambre d'hôtel grise comme un jour dans le brouillard, étranger dans une ville inconnue où sa fille avait vécu et était morte, dans une région sans montagnes, sans amis, sans mari, qui se disait heureuse – « Oui, ça va » – lorsqu'elle téléphonait, une fois par semaine, accomplissant un devoir hebdomadaire destiné à rassurer sa famille. Le père mentait à son tour aux oncles et tantes, surtout aux cousins restés dans la région, eux, au pays de la noix... Des sacs entiers de noix qu'il mettait de côté pour sa fille et qu'il déposait dans le coffre de sa voiture à l'occasion de ses rares visites. Elle s'épanouissait, prétendait-il, elle avait créé son autoentreprise, ça marchait bien, elle était en train de s'associer avec un collègue pour monter un centre de je ne sais quoi, une espèce de clinique privée pour le bien-être et la santé comme on faisait aujourd'hui, c'était en vogue chez les gens de la ville.

Il savait bien, lui, qu'elle n'allait pas. Elle n'allait déjà pas en quittant Grenoble, pourquoi est-ce que ça irait mieux en Île-de-France, sans les siens, loin de tout ? Tout de même, il n'imaginait pas qu'elle ferait une chose pareille. La vie de monsieur Vaudrey, décidément, ne lui avait rien épargné : veuf à trente-huit ans, jamais remarié, orphelin de sa fille unique à soixante ans. Comment disait-on, quand on avait perdu un enfant ? Ça s'appelait comment, ce malheur qui le collerait jusqu'à la fin de ses jours ? Il était en forme. S'il vivait aussi longtemps que ses propres parents, il en avait pour vingt ou trente ans encore. Certains assassins ne restaient pas aussi longtemps derrière les barreaux. Qu'avait-il fait pour mériter cela ?

– Je suis le commandant Cérisol, du commissariat central de Versailles. C'est moi qui suis chargé de… C'est moi qui m'occupe de votre fille.

– …

– Je suis désolé, monsieur Vaudrey. J'imagine aisément votre douleur…

– Vous avez déjà perdu un enfant ?

Cérisol ferma les yeux. Comment dire à monsieur Vaudrey « Non, je n'en ai même pas eu » ?

– Je sais que ce n'est pas le bon moment mais…

– Quand est-ce que je pourrai la voir ?

– Dès cet après-midi. J'ai fait le nécessaire. Le permis d'inhumer sera signé très rapidement.

– Bien. Je vous remercie.

Le type n'était pas du genre à se répandre inutilement ; Cérisol comprit qu'il allait déjà raccrocher.

– Monsieur Vaudrey ! Monsieur Vaudrey, vous êtes toujours là ? Je n'ai pas fini.

– Qu'est-ce que vous voulez ?

– Je… Il y a certaines informations qui… Certains éléments qui vous aideront peut-être à comprendre le geste de votre fille. Je sais que ce n'est jamais simple, que seul un faisceau de circonstances peut expliquer que quelqu'un…

– Si vous en veniez au fait, commandant.

Cérisol avait appris à user de pincettes avec les familles des victimes, mais l'Isérois était d'une autre trempe.

– Votre fille était enceinte.

– …

– Et elle venait d'apprendre qu'elle était porteuse de la maladie de Huntington.

– Nom de Dieu.

– Je sais que votre épouse en est morte quand Emilie avait tout juste huit ans. Selon nous, elle n'a pas supporté l'idée de donner naissance à un bébé qui aurait pu en être lui-même porteur, et qui, de toute façon, aurait perdu sa mère assez tôt, comme elle.

– …

– Emilie se savait condamnée.

Pendant de longues secondes, Cérisol n'entendit plus rien à l'autre bout du fil. Le père d'Emilie Vaudrey avait beau être coriace, il lui fallait le temps de digérer l'information… Le verdict qui condamnait sa fille à mort, post mortem.

– Et le père ?

– Euh… Le père ?

– C'est cet enfoiré de Fousseret ?

La phase de sidération n'avait duré qu'un instant ; monsieur Vaudrey était à nouveau sur le sentier de la guerre.

– C'est-à-dire… On peut en effet supposer que c'est lui le père, mais la paternité n'est pas officiellement établie. De toute façon, la question ne se pose pas.

– Un homme marié !

– Je comprends votre colère, mais les relations adultères ne sont pas interdites par la loi.

– Qu'il ne s'approche pas de ma fille. Je vous préviens. Vous pouvez le lui dire : je ne veux pas le voir aux obsèques. Sinon, je lui casse la gueule. Et croyez-moi, ce ne sont pas ses trente ans de moins qui me font peur.

– C'est vous la famille. Vous organisez les funérailles de votre fille comme bon vous semble. Je veillerai à ce que monsieur Fousseret ne vous importune pas. Les clefs de l'appartement de votre fille vous seront restituées, ainsi que son ordinateur et son téléphone portable que nous avons saisis pour les besoins de la procédure. Vous n'aurez qu'à venir les chercher cet après-midi à l'hôtel de police.

– Commandant comment, déjà ?

– Cérisol. Demandez quelqu'un du troisième groupe de la brigade criminelle si je suis absent. Mes collaborateurs sont au courant.

– Bien. Au revoir.

– À plus tard, monsieur Vaudrey.

Cérisol expira profondément en raccrochant. Il ne s'était jamais accoutumé à la douleur des proches. Les cadavres, les autopsies, même lorsqu'il s'agissait d'un enfant… il avait appris la bonne distance. Mais les familles, les vivants, il ne s'y était jamais fait.

Dans ces moments, et seulement dans ces moments-là, il se disait que le fait de ne pas être père lui avait au moins épargné une telle affliction.

CHAPITRE 11

Bientôt midi et toujours rien du côté du Japon. Cérisol allait devoir se résoudre à solliciter Benjamin Foissac, son *contact* au ministère des Affaires étrangères.

Le cimetière des Gonards n'étant qu'à une encablure, il choisit de délaisser la voiture et d'y aller à pied ; un peu d'exercice physique ne lui ferait pas de mal.

Il décida aussi de s'y rendre seul. Il n'avait vraiment pas envie d'infliger sa mauvaise humeur à Krzyzaniak ; elle était trop jeune pour qu'il s'ouvrît à elle de ses déboires domestiques.

Il aurait pu y aller avec Grospierres, mais leurs rapports n'étaient plus aussi chaleureux. Il avait aimé Jean-Baptiste comme le fils qu'il n'avait pas eu. À présent, il lui en voulait comme on peut en vouloir à son rejeton qui vous a trahi : vous ne lui en tenez pas rigueur ouvertement, mais quelque chose vous reste en travers de la gorge.

Cérisol reprochait à Grospierres d'avoir mené, un an plus tôt, une enquête dans le dos de ses collègues, et par là même démontré que son supérieur avait fait envoyer derrière les barreaux un innocent, un fils accusé à tort d'avoir assassiné son père.

Cérisol, en tant que chef de groupe, avait été désavoué ; ce qu'il avait accepté, puisque Grospierres avait eu raison, au final. Mais il n'avait pas compris que son protégé démissionnât pour tenter sa chance avec son épouse juive et leur bébé en Israël. Lui qui avait une haute opinion de leur mission républicaine avait vécu cela comme un coup de poignard dans le dos.

Même si Grospierres en était revenu, les deux anciens amis n'avaient pas pris la peine ou le temps d'en parler et de se dire leurs quatre vérités. Peut-être faudrait-il qu'ils y viennent, un jour, car plus le temps passait, plus ça s'enkystait. Sylvia lui conseillait souvent de crever l'abcès.

Nicodemo n'avait pas ce problème, mais Nicodemo n'avait jamais été très expressif, et il n'entretenait pas les mêmes rapports avec Grospierres. Il avait suffisamment d'enfants et de petits-enfants sans en adopter de nouveaux. Parfois, il trouvait que Cérisol se faisait des nœuds dans la tête pour rien. Il faut dire qu'il avait la charge d'une tribu qui attendait tout de lui : conseils, arbitrages, aide, recommandations… Il prétendait que cela l'épuisait, mais Cérisol voyait bien que c'était aussi ce qui le portait. Son équilibre était là, dans son statut de parrain, entouré de l'amour et de la reconnaissance des siens.

Avant de franchir la maison-porche qui marquait l'entrée du cimetière, Cérisol refit le calcul mental auquel il se livrait inlassablement depuis plus d'une semaine : quelle heure était-il au Japon ? H + 8, déjà 7 heures du soir. Qu'est-ce qu'elle foutait ? Elle connaissait sa nature inquiète. Pourquoi ne l'appelait-elle pas ? Et ses coéquipières, et leur coach ? Le mari est la première personne que l'on informe en cas de pépin ! Décidément, ce silence général était incompréhensible.

Cérisol enfonça son téléphone dans la poche arrière de son jean et pénétra dans l'enceinte du cimetière. Il réalisa qu'en vingt-deux ans, il n'y avait jamais mis les pieds. Les allées convergeaient toutes vers le haut d'une butte arborée qui dominait la ville. Il fut étonné par l'impression de sérénité qui s'en dégageait. Non moins singulière, la présence de ruches et d'espaces verts laissés en friche « pour favoriser la biodiversité », comme il était écrit sur un panneau explicatif.

Dans la partie la plus récente, là où les caveaux n'avaient pas plus de dix ans, Cérisol trouva facilement celui de la famille Cartiaux, décoré d'une Rubalise reprenant le mot « police » à l'envi et interdisant à quiconque de s'en approcher.

La zone ne jouxtait pas de quartier résidentiel, aucun immeuble n'avait vue sur ce royaume des morts ; les probabilités de dégoter un témoin étaient très faibles, surtout plusieurs mois après les faits. Si quelqu'un avait vu quoi que ce fût de louche, il ou elle l'aurait signalé aux autorités depuis belle lurette. Quant à l'appel à la population diffusé depuis plusieurs jours dans toute la commune, Cérisol avait peu d'espoir qu'il donnât le moindre résultat. Les gens réagissaient sur le coup ou se taisaient à jamais de peur d'être accusés de n'avoir rien fait plus tôt.

Le policier s'assit sur les marches en béton du caveau des Cartiaux et soupira. Le cadavre n'était pas là par erreur ou par hasard. On l'avait déshabillé, démis de tout bijou ou objet personnel, et enveloppé dans du film étirable. Enfin, on l'avait déposé au fond d'un caveau – choisi de façon aléatoire ? – à la manière d'un poulet rôti au frigidaire ; il y avait donc bien entreprise criminelle.

L'enquête sur les Cartiaux n'avait rien apporté : une famille sans histoires, lui pilote de ligne chez Air France, elle prof de SVT à Viroflay… Jamais le moindre écart fiscal ou judiciaire ; score de 10/10 au test du porte-à-porte, ce questionnaire soumis aux riverains tant prisé par les services de police depuis Fouché. Et pourtant, il était très difficile de faire l'unanimité ; il y avait toujours un mauvais coucheur pour se plaindre d'un voisin.

Par ailleurs, selon le légiste, il n'y avait aucune trace de violence. La mort serait naturelle. Qui pouvait avoir intérêt à se débarrasser d'un corps en toute discrétion s'il n'était pas responsable du passage à trépas du propriétaire dudit corps ?

Ce genre d'énigme à la Maurice Leblanc exaspérait Cérisol… Exaspérait n'importe quel enquêteur, à vrai dire. Dans la vie réelle, il y avait toujours une explication rationnelle aux mystères. Nul sorcier ou prestidigitateur ne manipulait en coulisse les protagonistes d'un fait divers.

Dans 99 % des cas, le crime était passionnel, accidentel ou vénal. Or, les passionnés ne faisaient pas preuve de discrétion ou de délicatesse ; ils en mettaient partout. Bien souvent, ils se présentaient de leur propre chef le lendemain du drame au commissariat pour avouer leur méfait.

Il en allait de même pour les colériques et tous ceux qui tuaient sans intention de donner la mort : leur culpabilité était un fardeau trop lourd pour qu'ils ne se dénoncent pas eux-mêmes rapidement.

Les vénaux représentaient des adversaires plus élusifs, mais ils finissaient toujours par commettre un faux pas. Ils étaient des professionnels du gain, pas du crime.

Les professionnels du crime – tueurs à gages, mafieux, etc. –, eux, ne laissaient pas de cadavres. Ils mouraient comme ils avaient vécu, par les armes, ou de leur belle mort, entre des draps de soie, sans jamais avoir été inquiétés. Ou alors, ils tombaient pour fraude fiscale. Sauf que les truands de haut vol avaient retenu la leçon donnée par l'exemple d'Al Capone et tenaient à jour leurs cotisations URSSAF.

Le menu fretin se faisait prendre, à l'instar des caïds des quartiers qui s'affichaient sur les réseaux sociaux au volant de voitures volées, mais ceux-là ne se fatiguaient pas à stocker des cadavres lyophilisés dans les caveaux bourgeois du cimetière de Versailles.

Quelque chose clochait dans cette affaire ; comme dans toutes celles qui lui étaient confiées ces derniers temps, semblait-il. Même les agissements de sa femme le laissaient perplexe.

Le policier étira les jambes et frappa le sol de ses talons. L'air humide était revigorant. Il devait se rendre à l'évidence : il avait voulu constater par lui-même, la promenade n'avait pas été désagréable, mais Nicodemo avait raison, il avait fait le déplacement pour rien.

Il se leva et redescendit l'allée centrale en passant par les carrés militaires dont les croix blanches impeccablement alignées s'expliquaient par la présence, entre autres bâtiments et antennes ministérielles, d'un centre de formation de l'armée de terre à Versailles.

Cela lui rappela des vacances en famille en Normandie au cours desquelles son père leur avait fait arpenter les plages du débarquement, ainsi que des kilomètres de rangées de tombes de toutes les nationalités. Le petit Jean-Pierre, alors âgé de onze ans, en avait fait des cauchemars pendant plusieurs nuits. « La guerre est loin, maintenant. La paix règne en Europe, et c'est grâce à tous ces pauvres gars venus mourir pour nous sur nos côtes. Heureusement, vous n'aurez plus à revivre ces horreurs », disait son père. S'il avait assisté au spectacle du monde d'aujourd'hui, il se serait retourné dans son urne funéraire.

Quand il arriva au commissariat, les membres des deuxième et troisième groupes de la brigade criminelle étaient réunis autour de la machine à café. Gourdan racontait une histoire qui se voulait drôle. Il était question de brouette et d'Arabe. Certains riaient à gorge déployée ; d'autres, comme Nicodemo et Mérigon, souriaient poliment. Ils étaient peu nombreux à montrer ostensiblement leur ennui, voire leur désapprobation.

Ali Benarfa, notamment, regagna son bureau avant la fin de la blague. Il avait compris depuis longtemps que ça ne servait à rien de s'insurger. Au contraire, c'était contre-productif. Plus tu t'énervais, plus tu passais pour le fauteur de troubles, l'empêcheur de tourner en rond, le paranoïaque. Les types comme Gourdan et Ricard étaient tellement habitués à travailler à ses côtés qu'ils ne se rendaient plus compte de ses origines. Si Ali leur était rentré dans le lard, leur bêtise crasse ne leur aurait pas permis de faire le rapprochement entre la tranche de la population qu'ils visaient et l'individu qui la représentait, et qui se tenait devant eux. Ils se moquaient *gentiment* des Arabes, pas de lui, Benarfa. Lui était différent !

Krzyzaniak aussi avait déjà quitté le petit cercle de gais lurons lorsque Cérisol sortit de l'ascenseur.

– Encore Gourdan et ses blagues de camping ? demanda ce dernier.

– Il en tient une couche.

– Bah. Il est un peu couillon, mais pas bien méchant.

– Ça tue, la bêtise.

– Moi, ce qui me tue, c'est la paperasse.

Cérisol se laissa choir dans son fauteuil.

– J'ai encore des tonnes de trucs en retard. Au fait, le père d'Emilie Vaudrey est passé ?

– Oui. Il a tout récupéré. Le pauvre, il était en vrac. Entre colère et abattement.

Cérisol fit une grimace. Le contraire l'aurait étonné. Il allait rallumer son PC quand son téléphone vibra. Numéro inconnu.

– Cérisol, j'écoute.

– Monsieur Jean-Pierre Cérisol ?

La voix était lointaine.

– C'est Emilie Bimont, la coach de Sylvia.

– La… Qu'est-ce qu'il y a ?

– Désolée de vous déranger, je sais que vous êtes au travail, mais…

– Qu'est-ce qu'il s'est passé ?

– Elle va bien, rassurez-vous.

– Mais alors… ?

– Enfin, pas si bien que cela. Mais rien de grave, ne vous inquiétez pas.

– Vous allez me dire ce qu'il lui est arrivé ou quoi ?

– Sylvia a fait une espèce de crise de panique. Nous sommes en train d'organiser son rapatriement sanitaire. En fait, c'est en cours, elle est déjà dans l'avion qui va la ramener en France.

– Une crise de panique ?

– D'angoisse, oui. Assez sévère pour que le personnel médical de l'organisation ait dû intervenir. On ne parvenait presque plus à la contrôler. Nous avions peur qu'elle se blesse ou… bref, ils l'ont hospitalisée pendant quarante-huit heures pour la stabiliser, et maintenant ils la renvoient chez elle, enfin chez vous. Elle atterrira à 23 h 15 à Charles-de-Gaulle, heure française. Il faudrait venir à sa rencontre, ce serait le mieux.

– Elle a été hospitalisée pendant deux jours et vous n'avez pas été foutus de me prévenir ?!

– Nous n'avions pas votre numéro. Pas le bon numéro, en tout cas, apparemment.

– Vous vous foutez de moi ? Je suis dans le répertoire de Sylvia, il suffisait de consulter son téléphone.

– Elle n'était pas en mesure de nous donner son code. Il a fallu attendre qu'elle soit consciente pour…

– Elle voyage seule ?

– Non, bien sûr. Quelqu'un de la fédération l'accompagne, ainsi qu'une accompagnante dépêchée par Mondial Assistance, mais il serait préférable que quelqu'un de familier l'accueille à sa descente d'avion.

– Une crise de panique ? Elle n'a jamais… C'est incompréhensible, il a dû se passer quelque chose pour que… Elle n'est pas du tout sujette à ce genre de problème. C'est tout le contraire. Elle se réjouissait de faire ce mondial.

– Je ne sais pas. Cela vaudrait le coup qu'elle voie quelqu'un afin de se faire aider pour… passer ce cap, disons.

– Qu'est-ce qui a déclenché ça ?

– Nous ne savons pas. Je crois que le mieux est d'en parler avec elle.

– Comment est-ce que ses coéquipières l'expliquent ?

– Elles ne l'expliquent pas.

– Passez-moi Karina. Elles s'entendent très bien. Je suis sûr qu'elle saura me dire ce que…

– Karina n'est pas avec moi. Je suis à l'aéroport. Je peux vous donner son numéro de téléphone, mais… Vous devriez parler à Sylvia auparavant. Les filles sont assez remuées par toute cette histoire. Il ne faudrait pas ajouter de l'angoisse à l'angoisse. La perte de leur capitaine est un coup suffisamment dur pour l'équipe…

– Alors là, excusez-moi, mais je me contrefous du moral de l'équipe. Tout ce que je veux, c'est comprendre ce qui est arrivé à ma femme.

– Bien sûr, je respecte cela, mais mettez-vous à ma place…

– 23 h 15 à Roissy. J'y serai.

CHAPITRE 12

Jean-Pierre avait le sentiment étrange de ne pas reconnaître son épouse. C'était elle et c'était quelqu'un d'autre. Qu'avaient-ils fait à Sylvia ? Quelle était l'ampleur des dommages ? Combien de temps sa prostration allait-elle durer ?

Le traitement de cheval prescrit par les médecins japonais n'était pas étranger à son état, Cérisol le savait. Dans l'exercice de ses fonctions, il avait déjà vu les effets d'une injection d'anxiolytique puissant sur un individu pris de démence.

Dans un couple sans enfant, la perte de l'autre est ce qui peut arriver de pire. On y pense. On s'y attend. Mais pas à quarante-six ans. On craint le cancer du sein, on guette les premiers signes d'Alzheimer, on redoute l'accident de la voie publique, surtout si votre douce est aveugle, mais on n'envisage jamais la maladie mentale. Sylvia n'éprouvait ni phobie ni névrose, encore moins de psychose. Elle dormait comme un loir et avait un appétit de fauve. Elle aimait la vie, même dans l'obscurité, riait avec son mari et jouait avec sa chienne, et inversement. Elle écoutait patiemment Jean-Pierre parler de ses enquêtes, le conseillait lorsqu'il traversait une mauvaise période ou en cas de brouille avec un de ses collègues, elle remontait le moral de ses amies, consolait ses sœurs… Elle était un exemple de combativité pour tous ceux qui la fréquentaient.

Alors, comment en était-on arrivé là ?

Jean-Pierre bouillait intérieurement, d'un mélange de colère et de frustration. Il ne se reconnaissait pas non plus. Il aurait voulu tuer. Écraser de ses poings la gueule, il n'avait pas d'autre mot, la gueule de celui ou celle qui avait mis sa femme dans cet état. La cause était forcément extérieure ; quelqu'un lui avait infligé quelque chose. Il était policier, il trouverait.

Pour l'instant, Sylvia était mutique, comme pétrifiée. Cela se passait en dedans d'elle. Il ne saurait pas tout de suite. Plus tard. Il fallait faire preuve de patience, ça viendrait, avait dit la personne de Mondial Assistance qui semblait avoir une expérience dans le domaine.

– Ça arrive plus souvent qu'on ne croit. Les voyages à l'étranger, loin de chez soi et de sa famille, déclenchent parfois des processus de prise de conscience qui n'auraient pas eu lieu dans la zone de confort du domestique et du quotidien.

Prise de conscience de quoi ? Cérisol aurait voulu aboyer après cette femme. Pour qui se prenait-elle ? Était-elle seulement médecin ou infirmière ? Elle ne savait rien de Sylvia, de leur vie, et elle se permettait de lancer un pavé dans leur mare avec une telle désinvolture, entre les deux portes automatiques d'une salle froide et pleine de courants d'air du service de la police aux frontières : « Votre épouse souffre d'un trauma, une névrose qui vient de se faire jour et de s'imposer dans vos existences. » C'est tout juste si elle n'avait pas insinué que c'était de sa faute, qu'il était responsable de n'avoir rien vu venir, peut-être même d'avoir encouragé l'installation de la maladie, voire d'en être la cause.

Et si Sylvia avait été agressée, là-bas ? Quelqu'un y avait-il seulement songé ? Avait-on pensé à interroger son entourage sur place ? La police avait-elle été alertée ?

Cérisol signa sans moufter la décharge exigée par Mondial Assistance. L'heure n'était pas à la polémique, surtout pas devant Sylvia qui se tenait là, sidérée et frigorifiée.

Il verrait plus tard. Demain, il prendrait rendez-vous avec leur médecin généraliste, et il aviserait. Pour l'instant, il fallait rentrer chez eux, retrouver leur cocon, se blottir l'un contre l'autre… Se blottir tous les trois avec Djouk, l'amie fidèle un peu perdue dans les couloirs presque déserts de l'aérogare, qui suivait des yeux sa maîtresse en se demandant à quoi cette dernière jouait, ce qu'on attendait d'elle. Elle marchait un peu plus près de Cérisol que d'habitude, visiblement rassurée de retrouver un humain familier au comportement rationnel.

Au commissariat, son groupe et le taulier étaient au courant. Il avait posé trois jours de congé pour commencer, qu'il prolongerait en fonction de l'évolution de la situation.

Quand il se réveilla le lendemain matin, Cérisol ne sentit pas Sylvia à côté de lui. Sa place dans le lit était froide ; cela faisait donc un petit moment qu'elle avait quitté sa couche. Il bondit hors des draps, vérifia les W.-C. et la salle de bains, dévala les escaliers. Elle ne se trouvait pas non plus dans les pièces du bas. Il revint à la cuisine, scanna rapidement l'évier pour voir s'il y avait de la vaisselle sale – les vasques étaient vides –, chercha des yeux une quelconque note, enveloppe… Il ne remarqua rien. Les chaussures de Sylvia étaient toujours rangées dans le meuble du couloir, son manteau suspendu à l'une des patères de l'entrée.

– Putain ! Elle ne serait pas sortie pieds nus et sans se couvrir !

Pas en temps normal, mais vu son comportement de la veille, c'était de l'ordre du possible. Et la chienne ? Si Djouk n'était pas là, c'est que Sylvia était partie ; elle la suivait partout.

Il allait remonter dans leur chambre pour enfiler des vêtements et se lancer à sa poursuite en voiture, quand il l'aperçut sur la terrasse, assise sur le banc qui faisait face à leur mètre carré de potager, Djouk sur son séant contre elle.

Sylvia portait une simple robe de chambre et des pantoufles. Un léger crachin avait recouvert ses cheveux d'un voile cristallin qui rappelait la mousse dont on décore les arbres de Noël. Sous l'effet du froid, elle s'était recroquevillée ; elle ne tarderait pas à grelotter si elle restait là. L'air absent, elle caressait la chienne machinalement. Si elle n'avait pas été aveugle, on aurait dit qu'elle fixait quelque chose droit devant elle : les deux pommiers du jardin ou la haie en fond de terrain. Dieu seul savait depuis combien de temps elle se tenait là.

Cérisol ouvrit la baie vitrée, ce qui fit réagir l'une et l'autre ; chienne et maîtresse tournèrent la tête dans sa direction en un mouvement synchrone. Sylvia esquissa un vague sourire qui ressemblait à des excuses ou des regrets.

– Rentre, chérie. Tu vas attraper froid.

Cérisol avait usé de sa voix la plus calme et la plus basse afin de ne pas l'effrayer, mais il avait envie de la tirer de force à l'intérieur. Il fut rassuré de constater qu'elle obéissait sans rechigner.

Djouk, qui trouvait aussi que ce n'était pas un temps à mettre un labrador dehors, la devança et alla directement s'installer sur son coussin au pied des escaliers.

Sylvia posa une main hésitante sur l'épaule de son mari en passant devant lui. On était loin des effusions, mais il y vit le signe d'une amélioration.

Pour autant, au cours des jours qui suivirent, elle ne donna aucune explication sur ce qui s'était passé à Kyoto et n'en dit pas davantage sur ce qui la laissait dans une telle hébétude.

Malgré l'inquiétude qui le taraudait, Jean-Pierre se retint de lui infliger un interrogatoire digne du policier qu'il était. Il prit sur lui pour ne rien laisser transparaître de son désarroi. Pourtant, ne pas savoir, ne pas comprendre, ne pas avoir prise sur les événements le mettait à la torture.

Il obtint un rendez-vous en urgence avec leur médecin généraliste. Le fait que celui-ci connaissait le couple depuis des années aida Sylvia à verbaliser ce qu'elle ressentait, même si elle ne put donner davantage d'éléments de réponse aux questions que se posait son mari.

Elle utilisa peu de mots pour décrire son tourment, mais l'idée qui revenait était celle de panne électrique.

– C'est comme si quelqu'un m'avait débranchée. Un arrêt brutal. Maintenant, je me sens vide. J'ai l'impression de marcher au-dessus du vide.

Le docteur Millot la soumit à un long questionnaire auquel elle répondit sur un ton monocorde, comme si elle n'était pas concernée. Puis, après avoir procédé à un examen général en profondeur, il exclut toute cause neurologique ou physiologique.

Au cours de la consultation, Sylvia, d'elle-même, évoqua l'idée d'une psychothérapie.

À l'issue de leur entretien, le docteur Millot demanda à parler à Cérisol en aparté. Il se voulut rassurant : ce dont elle souffrait ressemblait à une dépression. Cela passerait mais il faudrait du temps, et énormément de patience. Ne surtout pas céder au découragement. Agir normalement, continuer à prodiguer beaucoup d'amour à Sylvia même si, en retour, il ne fallait rien attendre. Ne pas se sentir frustré si elle n'y paraissait pas sensible. Cela reviendrait. Un trouble profond l'affligeait, mais le fait qu'elle ait formulé le souhait de parler à un psy était très positif.

– Ce qu'elle a fait là revient à réclamer un soutien extérieur pour mettre à plat le maelström d'émotions et de réflexions qu'elle ne parvient pas à démêler seule…

Et un patient qui appelait à l'aide était déjà sur la voie de la guérison.

CHAPITRE 13

Le lundi suivant, Cérisol reprenait le chemin du commissariat. D'un côté, il s'en voulait de retourner si tôt au travail, Sylvia étant encore très fragile ; de l'autre, il était heureux de changer d'air. De toute façon, il n'y avait pas grand-chose qu'il pût faire. Cependant, il se promit que si quelqu'un, là-bas au Japon, parmi le personnel encadrant, les membres du comité d'organisation ou d'une autre équipe, avait fait quoi que ce fût à sa femme, il aurait affaire à lui. Dès que Sylvia pourrait parler, il parlerait aussi. Il foutrait le bordel au sein de la fédération s'il le fallait, mais il ne demeurerait pas silencieux.

À la brigade, tout le monde fut plein de sollicitude, même parmi les autres groupes que le sien. Cela lui fit chaud au cœur.

Bien sûr, en dehors du vieux Portugais, il ne donna à personne la véritable explication du rapatriement précipité de Sylvia. Il prétexta un virus avec des effets secondaires très handicapants, des pertes d'équilibre, des étourdissements, une déshydratation sévère, une fatigue générale très profonde… Bref, il avait fallu la rapatrier dans un état presque critique ; son moral étant au plus bas à cause du mondial interrompu après des années de préparation, elle avait besoin de beaucoup de repos. Personne ne chercha plus loin. Bien évidemment, si son état persistait, il faudrait que sa hiérarchie soit informée de la dépression de Sylvia, ne serait-ce que pour aménager son emploi du temps, mais on n'en était pas là. Cérisol voulait croire à son prompt rétablissement ; il avait confiance dans les capacités de rebond de son épouse.

Dès son retour, Nicodemo le briefa sur les affaires en cours : ils avaient du nouveau dans l'affaire du cadavre non identifié découvert au cimetière de Versailles, « l'inconnu des Gonards », comme l'avaient surnommé les journalistes du *Petit Versaillais*. En effet, un SDF s'était présenté au commissariat l'avant-veille, tard dans la nuit, en affirmant détenir des informations au sujet de l'identité du cadavre.

– D'après Frouzins, qui était à l'accueil cette nuit-là, il était sacrément aviné, ce qui nous invite à la prudence quant à la véracité de ses dires.

– Il faut tout de même vérifier. On ne sait jamais. Ils ont pris son identité au moins ?

– Un certain Sergueï Azaña, alias Pastaga.

– Azaña, comme le président de la République ?

– On a eu un président qui s'appelait Azaña ?

– Pas en France, mais en Espagne. C'est lui qui s'est fait déboulonner par Franco, si mes souvenirs sont bons.

Nicodemo fit une moue ignorante.

– Dis donc, c'est vers chez toi. Tu devrais savoir.

– L'Espagne et le Portugal, je ne sais pas si tu es au courant, mais ce sont deux pays différents.

– C'est la péninsule Ibérique, tout ça c'est du pareil au même, dit-il sur le ton de la plaisanterie.

– Ben voyons.

– Où est-ce qu'on peut le trouver, ce monsieur Azaña ?

– Il traîne du côté de la pièce d'eau des Suisses.

– Ah, les tentes qu'il y a au fond, dans le bosquet, derrière la statue de Louis XIV ?

– Probablement.

– J'ai déjà vu ce campement. Ils sont trois ou quatre. Ils ne font de mal à personne mais il est vrai qu'ils ont l'air de pas mal biberonner. Le sol est souvent jonché de bouteilles par là-bas.

– Tu veux que j'y aille avec Jean-Baptiste ?

– Oui, parfait. Prenez K avec vous. C'est bien qu'elle aille sur le terrain pour se familiariser avec les lieux.

– Elle est au tribunal ce matin.

Cérisol leva la main pour interrompre Nicodemo, son smartphone s'étant mis à vibrer dans sa poche. C'était Gairal.

– Madame le procureur ?

Cérisol fit signe à Nicodemo d'y aller. Celui-ci s'esquiva.

– Bonjour commandant. Je vous appelle au sujet du suicide d'Emilie Vaudrey.

– Mince ! Est-ce que j'aurais oublié de vous transmettre le rapport de synthèse ? Je suis désolé, j'ai été un peu bousculé ces derniers jours...

– Ce n'est pas cela, commandant. J'ai bien reçu votre rapport.

– Il y a un problème ?

– Je vais vous demander d'ouvrir une enquête préliminaire.

– Pardon ?

– Vous avez parlé au père ?

– Bien sûr ! Pourquoi ?

– Il vient de porter plainte auprès de la gendarmerie de Versailles. Ce sont eux qui nous ont communiqué le dossier.

– Porter plainte ? Contre qui ?

– L'amant… Julien Fousseret.

– Pour quel motif ?

– Motifs au pluriel : incitation au suicide, abus de faiblesse, abus de confiance. Selon son avocat, Julien Fousseret aurait détroussé la fille de son client qui était psychologiquement fragile, et il aurait investi tout l'argent dans l'entreprise qu'ils étaient en train de monter, soi-disant ensemble. En fait, tout serait à son nom.

– OK. Mais incitation au suicide, c'est très difficile à établir.

– Je sais. Mais bon, il y a plainte. Impossible de regarder ailleurs. Vous allez entendre le père et lui poser les questions idoines. Il va aussi falloir interroger les amis proches d'Emilie Vaudrey, ses collègues de travail…

– Elle travaillait en indépendante.

– Débrouillez-vous, mais je veux un portrait détaillé d'Emilie Vaudrey et de Julien Fousseret, et une idée précise de leurs relations. Du factuel, il faut que ce soit étayé, pas de simples ouï-dire.

« Questions idoines », « ouï-dire »... Les gens du parquet avaient de ces expressions !

– On met l'amant en garde à vue ?

– Ce n'est pas nécessaire pour l'instant, mais ce n'est pas exclu. On verra en fonction de ce que donnent les auditions.

– Bien.

– Merci, commandant.

Elle avait déjà raccroché. Les magistrats, comme les flics, n'avaient pas de temps à perdre en salamalecs.

Cérisol se laissa tomber dans son fauteuil, se gratta un sourcil, puis l'autre. Il n'y avait pas trente-six manières d'aborder cette enquête, de routine, somme toute : il fallait commencer par le voisinage, réinterroger la propriétaire, aller toquer à la porte des commerces de proximité, la mairie, *et cætera*, afin de recueillir d'éventuels témoignages concernant Fousseret ou Vaudrey. Vérifier cette histoire de société et de capital, lancer une réquisition auprès de la banque, éventuellement passer à la CCI. Récupérer le PC portable et le téléphone mobile d'Emilie Vaudrey, fouiller davantage dans ses contacts, chercher des amis ou amies. Prendre l'amant entre quatre yeux, le charcuter un peu, même si Cérisol n'y croyait pas trop, interroger ses collègues chez Norauto... Mais cette étape viendrait en dernier.

Commencer par le père : écouter ce qu'il reprochait à Julien Fousseret, se faire remettre les éléments tangibles qu'il possédait contre lui, faire la part des choses entre ce qui relevait de la douleur et de la colère, et de faits établis.

Bref, ils avaient du pain sur la planche et l'idée lui plaisait. Cela lui changerait les idées, parce que depuis quatre jours, il se posait la même question en boucle : qu'est-ce qui avait provoqué la « panne d'électricité » de Sylvia ? Cela le rendait fou. En comparaison, le travail d'enquêteur était à sa portée.

Cérisol n'attendit pas que Krzyzaniak fût débarrassée de ses obligations au tribunal pour se rendre au domicile d'Emilie Vaudrey. Il se fit ouvrir l'appartement par la propriétaire, qu'il interrogea au passage. Elle ne lui apprit rien de plus : le couple n'en était pas vraiment un, elle ne les voyait jamais ensemble à l'extérieur. Lui venait régulièrement mais ne restait jamais très longtemps. Il passait rarement une nuit entière à l'appartement d'Emilie Vaudrey et ne se montrait pas le week-end…

– Si vous voulez mon avis, ils vivaient dans le péché.

– Que voulez-vous dire ?

– Vous m'avez très bien comprise : c'était un couple adultérin.

– Qu'est-ce qui vous fait dire cela ?

– Oh !

La vieille dame fit un geste et regarda ailleurs : il ne fallait pas lui en conter, elle n'était pas tombée de la dernière pluie.

– Je crois même l'avoir vu avec une autre dame, ce monsieur. Une dame plus âgée que mademoiselle Vaudrey.

– Où ? Ici ?

– Meuh non ! Vous pensez bien ! C'était un dimanche, chez le fleuriste. Ils en sortaient alors que j'y entrais pour acheter des chrysanthèmes. C'était à la Toussaint. Je mettrais ma main à couper qu'il m'a reconnue. Il a fait comme s'il ne m'avait jamais vue mais il était tout penaud. Il ne savait plus où se mettre ! Ça devait être sa dame, la légitime.

– Vous avez assisté ou entendu des disputes entre Emilie Vaudrey et lui ?

– Jamais. Au contraire, ils étaient plutôt du genre discret. Voyez-vous, quand on entretient ce genre de relations, on fait profil bas. On ne cherche pas à attirer l'attention.

– Elle avait l'air heureuse en sa présence ?

La propriétaire prit le temps de la réflexion.

– Elle n'avait pas l'air d'être malheureuse, non. En même temps, je ne les ai jamais trop vus ensemble. Mais il y avait quelque chose de triste, chez cette jeune femme. *Mélancolique* serait un terme plus approprié. Certaines femmes sont ainsi. Et ça plaît aux hommes, paraît-il. Moi, ça m'agacerait. Je préfère les gens joyeux, personnellement.

Cérisol sourit intérieurement ; il ne lui présenterait pas Nicodemo ! Puis, immédiatement après cette pensée amusée, l'image de Sylvia lui traversa l'esprit : si on les interrogeait sur son épouse, leurs voisins diraient-ils que c'était une femme mélancolique ou triste ? Cérisol se remémora l'image de celle qu'il avait amenée à l'aéroport, quinze jours plus tôt : souriante, enthousiaste, rassurante, toujours prête à le taquiner, et à l'embrasser tout de suite après…

Cachait-elle son jeu ce jour-là ? Était-elle déjà en train de couver sa dépression ?

Dans l'appartement d'Emilie Vaudrey, du rangement avait été fait. Son père avait certainement commencé à trier ses affaires. Certains ne pouvaient se résoudre à ramasser le plus petit objet, à bouger le moindre meuble pendant des années. Ils ne parvenaient même pas à pénétrer dans la chambre de l'être aimé. D'autres faisaient le vide dans un mouvement irrépressible le jour même. Monsieur Vaudrey semblait appartenir à cette deuxième catégorie, mais il avait été interrompu dans son élan. Cérisol imaginait le vieil Isérois, pourtant pas du genre à se plaindre, lâcher ce qu'il tenait à la main et s'affaler sur le canapé, rattrapé par la douleur.

Quelques cartons avaient été remplis de linge et de livres. Le bureau, notamment, avait fait l'objet d'une fouille en règle. C'est là que le père d'Emilie Vaudrey avait dû trouver les motifs de sa plainte.

Cérisol détacha la photo du couple Emilie-Julien qu'il avait repérée dans la cuisine lors de leur première visite, et referma la porte derrière lui.

Plus tard, Krzyzaniak appela Cérisol pour lui demander s'il avait besoin d'aide. Il lui donna rendez-vous sur le parking du centre commercial, à deux rues du domicile d'Emilie Vaudrey.

Il y avait là un Spar, dont les gérants ne voyaient pas de qui les policiers parlaient, un bar PMU qui ne ressemblait pas du tout au genre d'établissements qu'Emilie Vaudrey avait pu fréquenter, et une boulangerie, dont les trois employées reconnurent immédiatement une cliente habituée sur la photo, mais à qui le visage de l'homme contre elle ne disait rien. Elles furent unanimes : « Une dame très gentille, très polie, mais très discrète. » « Bonjour au revoir, rien de plus. » « Et toujours seule, ça c'est certain. »

Enfin, le centre commercial comptait une librairie-salon de thé qui n'avait de librairie que le nom. Une unique étagère d'à peine 1,50 mètre linéaire affichait une trentaine de romans très convenus, des classiques que plus personne ne lisait – et qui d'ailleurs étaient comme neufs – ou des polars sans grand intérêt qu'on pouvait trouver dans toutes les grandes surfaces.

Les serveuses, en revanche, avaient des révélations à faire aux deux policiers : elles n'avaient jamais vu l'homme sur la photo, mais la femme, elle, ne leur était pas étrangère.

– On s'en souviendra, de ces deux-là !

– Ces *deux*-là ?

– Cette dame et une autre, plus âgée. Pas des amies intimes, si vous voulez mon avis.

– Que s'est-il passé ? demanda Krzyzaniak.

– On n'a pas compris. Elles sont arrivées séparément. Visiblement, elles s'étaient donné rendez-vous ici…

– Mais elles n'avaient pas l'air de se connaître.

– Elles ont parlé à voix basse pendant un certain temps…

– Mais c'était tendu, entre elles, ça se sentait.

– À un moment donné, la plus âgée des deux s'est levée et lui a jeté son thé à la figure.

– À elle.

La serveuse pointait le portrait d'Emilie Vaudrey.

– Heureusement qu'il avait refroidi.

– On n'avait jamais vu ça !

– Ensuite, elle lui a lancé : « Espèce de traînée ! Ne crois pas que ça va se passer comme ça. »

– L'autre – la serveuse avait toujours le doigt posé sur le buste d'Emilie Vaudrey –, elle se marrait, elle faisait celle qui n'était pas affectée et qui conservait son calme, mais on voyait bien que ça l'avait remuée.

– Puis, elle est sortie.

– La vieille. Enfin, la moins jeune…

– Oui, parce qu'elle n'était pas très vieille non plus.

– Quel âge ?

– La quarantaine, je dirais.

– Et le reste.

– Quarante-cinq, maximum.

Les deux femmes hochèrent la tête de concert. Leur numéro était si bien rodé que Krzyzaniak se demanda si elles n'étaient pas sœurs… Ou alors, elles avaient été choisies par leur direction pour leur ressemblance et avaient déteint l'une sur l'autre à force de travailler ensemble.

– En tout cas, on aurait dit une scène de jalousie, reprit la première.

– Deux nanas qui se disputent le même mec. L'épouse et la maîtresse.

– Oui, c'était tout à fait cela.

Nouvel acquiescement synchrone de la part des sœurs siamoises. Krzyzaniak et Cérisol se dévisagèrent. *Madame Fousseret !* Ça ne pouvait être qu'elle. Mais alors, ça voulait dire qu'elle était au courant des frasques de son mari. Elle avait rencontré sa rivale. Elle leur avait menti.

Leurs investigations prenaient une nouvelle tournure.

– La question est de savoir pourquoi, dit Cérisol en sortant du salon de thé.

– On retourne lui parler ?

– Plus tard. Prochaine étape : le père d'Emilie Vaudrey.

– On le convoque ?

– On va l'entendre à son hôtel, pour commencer.

– Vous l'avez prévenu qu'on passait ?

– Non, mais il a déposé plainte en gendarmerie. Ils ont dû lui dire de rester joignable et disponible.

Cérisol conduisait la Skoda gris métallisé de service avec allant, entraîné par une valse de Darcelys où il était question de pétanque. À l'approche de l'hiver, ça lui donnait des envies de Midi et donc de pastis et de miel de lavande – la seule sucrerie pour laquelle il aurait accepté de faire des infidélités à la confiture.

Dans les voitures de service, il lui avait longtemps été impossible d'écouter sa musique. Nicodemo avait donné l'ordre à Krzyzaniak et Grospierres – plus au fait de ces nouvelles pratiques – de ne pas lui montrer comment connecter son smartphone via le Bluetooth, mais Cérisol s'était renseigné auprès des policiers adjoints, et ceux-ci s'étaient fait un plaisir de rendre service au commandant de la PJ en paramétrant son smartphone.

Krzyzaniak se prenait la tête entre les mains, effarée par l'ineptie des paroles du refrain que Cérisol reprenait à tue-tête : « Une partie de pétanque, ça fait plaisir. La boule part et se planque, comme à loisir… »

– Non, mais, franchement ! Qui écoute encore ce genre de musique ?

– Moi ! Je suis le dernier des Mohicans !

– Le dernier des dinosaures, oui ! Sérieux, vous pouvez baisser le volume ?

Cérisol était hilare. Il admettait que la philosophie n'était pas le fort des chanteurs méridionaux, mais un peu de culture générale ne pouvait pas nuire à la nouvelle génération.

– S'il vous plaît ! Ça casse les oreilles ! dit la nouvelle génération.

Il éteignit le lecteur. Ils étaient arrivés de toute façon. Et puis, Tino Rossi allait suivre ; il ne tenait pas à lui infliger cela. Cérisol lui-même avait du mal à supporter le chanteur corse à la voix de fausset dont les histoires d'amour finissaient toujours bien.

L'Ibis de Jouy-en-Josas se trouvait en dehors de la ville, à l'orée d'un bois, en bout de piste de l'aéroport de Villacoublay.

Depuis le parking, on apercevait la piste et la tour de contrôle. Des images de journaux télévisés revinrent à l'esprit de Cérisol : le retour d'otages français descendant du Falcon présidentiel, les gars du GIGN rentrant au bercail après une intervention musclée, l'équipe de France masculine débarquant après avoir défait les Allemands en demi-finale de l'Euro de football en 2016 – suite au traumatisme du match volé de 1982, le pays marquait toujours le coup en cas de victoire-revanche sur son vieil ennemi de Verdun. Pour l'occasion, la République avait prêté son aéroport militaire et présidentiel au ballon rond.

Cérisol repensa à Sylvia, rapatriée sur un vol commercial : pas d'accueil officiel pour une athlète handisport, même de haut niveau, surtout si elle quittait prématurément la compétition. Pas de cellule psychologique, pas de séjour régénérant dans un établissement de luxe d'une station balnéaire. Sylvia devrait se remettre seule dans leur villa de Montigny-le-Bretonneux, avec pour unique soutien celui de son mari policier.

Monsieur Vaudrey était attablé devant une bière au bar de l'hôtel. Il n'attendait pas spécialement les policiers, mais n'eut pas non plus l'air surpris de les voir entrer dans l'espace commun. Les lieux étaient déserts et avaient le parfum de l'impersonnalité. On aurait pu se trouver aussi bien dans le club-house d'un terrain de golf que dans la salle des mariages d'un Relais & Châteaux.

Bien qu'il fût à peine 13 heures, cette partie de l'établissement était plongée dans la pénombre. Apparemment, la direction n'avait pas jugé nécessaire d'allumer tout le système d'éclairage pour un seul client.

Monsieur Vaudrey observait ce qu'il se passait à l'extérieur. Son regard gris un peu perdu rappela celui de Sylvia à Cérisol. Une main sous la table, l'autre posée sur un paquet de Philip Morris jaune… Des saloperies que Cérisol fumait encore quand il avait rencontré Sylvia. La *PM jaune* était à la cigarette ce que la Navigator était à la bière : pas raffinée, mais à fort potentiel de ramonage et haut niveau d'addiction. Des produits manufacturés pour tuer à grande échelle et dans un consentement mutuel étonnant. Sur les dix euros que coûtait chaque paquet, un euro était reversé à la recherche *contre* le cancer, quatre – les taxes – au système de santé censé traiter les victimes dudit cancer, le reste – les bénéfices – était destiné à la recherche *pour* le cancer. Cherchez la logique dans tout cela ! Seuls les actionnaires des compagnies de tabac décryptaient, à travers le nuage de fumée, la cohérence d'un tel système.

Comment un Isérois réfléchi, un montagnard habitué à respirer l'air pur des cimes, un taiseux libre comme lui, pouvait se laisser avoir par le marketing des lobbies d'une telle industrie ? La réponse s'imposa à Cérisol en même temps qu'il se posait la question : monsieur Vaudrey venait de perdre sa fille, il avait le droit de se foutre de ses poumons comme de sa première paire de skis.

– Monsieur Vaudrey ?

Celui-ci leva des yeux vides vers eux.

– Je suis le commandant Cérisol, je travaille à la brigade criminelle du SRPJ de Versailles. Nous nous sommes parlé au téléphone il y a quelques jours.

– Peut-être.

– Nous sommes là pour la plainte que vous avez déposée à l'encontre de monsieur Fousseret, votre… L'amant de votre fille. Mon groupe est chargé de l'enquête préliminaire.

L'homme enfonça son menton dans sa poitrine, prit une longue inspiration, vida son verre d'une traite et se leva.

– Je vais chercher les documents que j'ai mis de côté pour vous.

L'entrée en matière était peu orthodoxe. Habituellement, les policiers menaient la danse, mais l'Isérois n'était pas un client comme les autres. Et puis, Cérisol et Krzyzaniak comprenaient son supplice ; ils n'étaient pas là pour le bousculer.

Quelques minutes à peine s'écoulèrent. Le père d'Emilie Vaudrey revint d'un pas las, et jeta une chemise cartonnée sur la table devant lui.

– Tout est là. Ce sont les relevés bancaires et les éléments de comptabilité que j'ai trouvés chez ma fille, ainsi que les papiers en lien avec la création par Julien Fousseret de la SASU « Espace Bien Renaître »… Ici, vous avez la preuve qu'elle avait vidé son assurance-vie ainsi que celle de sa mère peu de temps avant qu'il ne monte sa boîte. J'ai trouvé les codes confidentiels de ma fille, je vous ai imprimé les relevés depuis un an : il n'y a aucune trace de cet argent sur aucun de ses comptes. Les fonds sont forcément partis dans la création du centre de bien-être. Or, tout est au nom de ce salopard.

– Elle a pu utiliser cet argent à d'autres fins…

– Quelles fins ? Vous avez vu une Maserati dans son garage ?

– L'enquête le dira. Tout comme elle dira d'où provient l'argent qui a servi à créer la SASU de monsieur Fousseret.

– Je mets ma main à couper que c'est là que sont passées les assurances-vie de ma fille et de mon épouse. De toute façon, je n'ai jamais fait confiance à ce type.

– Vous le connaissez ?

– Jamais rencontré. Justement ! Pour moi, le fait qu'il se débrouille toujours pour ne pas être disponible quand je venais en région parisienne démontre qu'il n'avait pas la conscience tranquille. Je l'avais dit à Emilie : ce genre de mec ne quittera jamais sa femme. Ne perds pas ton temps avec lui. Mais dès que je me mêlais de ses affaires…

Il leva deux bras fatalistes au ciel.

– On voit où ça l'a menée !

Krzyzaniak tenta de s'enfoncer dans la brèche :

– Elle s'est suicidée, monsieur Vaudrey. Il y avait certainement d'autres raisons que…

– Il l'a poussée à se suicider. Pour moi, c'est un meurtre. Il la savait fragile, et il avait tout intérêt à ce qu'elle disparaisse du paysage.

– Quel intérêt ?

– Je suis certain qu'il lui avait signé une reconnaissance de dette. Bien évidemment, il a dû revenir à son appartement après le passage des pompiers et la récupérer.

Cérisol revit les papiers éparpillés sur le bureau d'Emilie Vaudrey. Son père n'avait peut-être pas tort. En tout cas, lui aussi avait passé les affaires de sa fille au peigne fin en quête de la preuve – hypothétique – d'un mobile.

Le policier ne se ferait une idée qu'après avoir pris connaissance du contenu des documents fournis par le plaignant, et ne se prononcerait pas avant d'avoir consulté les statuts de la SASU à la CCI ainsi que les registres de la banque qui avait accordé le prêt à Julien Fousseret. Il avait bien fait de lancer les réquisitions auprès des organismes concernés le matin même.

Pendant que le commandant de la PJ se plongeait dans la lecture des fac-similés produits par monsieur Vaudrey, sa collègue continuait à faire parler ce dernier sur sa fille : quelles relations entretenait-elle avec les siens ? Lui connaissait-il un confident ou une confidente ? Quelqu'un, dans le cercle familial, qui pourrait éclairer leur lanterne à propos de ses liens avec Julien Fousseret ? Son comportement avait-il changé récemment ? Lui avait-elle fait part d'un malaise existentiel ou d'un problème quelconque ?

Le portrait qu'il brossa de sa fille était celui d'une femme réservée, qui comptait peu de relations, parmi lesquelles des femmes essentiellement. Une en particulier : Laura Boudon. Elles étaient allées à l'école primaire ensemble, à Vinay, au pied du Vercors, puis au collège et au lycée. Elles ne s'étaient jamais perdues de vue. Laura Boudon avait déjà été informée du décès d'Emilie Vaudrey ; elle s'était même proposée pour accompagner le papa de son amie, mais il avait préféré traverser cette épreuve seul. D'après lui, Laura Boudon ne les éclairerait pas davantage. Elle non plus n'avait rien vu venir ; elle ne comprenait pas ce qui avait poussé Emilie à commettre l'irréparable.

Krzyzaniak se dit qu'elle l'appellerait dès qu'elle en aurait fini avec lui.

– Et ses antécédents psychiatriques ?

– Quels antécédents psychiatriques ?

– Nous savons qu'Emilie avait ete internee.

– Qui vous a dit ça ?

Le père d'Emilie Vaudrey avait élevé la voix. Krzyzaniak fit un signe d'apaisement.

– Monsieur Vaudrey, j'essaie juste d'établir le profil psychologique de votre fille afin de comprendre les raisons de son geste…

– Elle n'était pas dépressive ! Elle a perdu sa mère alors qu'elle venait d'avoir huit ans. Bon sang, quel gamin ne serait pas affecté ? Elle avait surmonté ce traumatisme. Pour moi, c'est une preuve de force de caractère ! On ne se suicide pas sans y être poussée quand on a un tel esprit combatif. Alors, oui, elle a fait un séjour dans une résidence spécialisée, mais c'était il y a des années ! Elle allait très bien avant de rencontrer ce… ce sale type !

Krzyzaniak n'en dit rien, mais monsieur Vaudrey se contredisait lui-même. Deux minutes plus tôt, il affirmait que sa fille était fragile ; à présent, elle était un parangon de résilience et de survivance.

– On ne peut tout de même pas écarter la maladie de Huntington, dit-elle. Apprendre qu'elle en était porteuse a nécessairement fragilisé votre…

– Vous n'êtes pas censés enquêter sur ma fille. La plainte, c'est contre Julien Fousseret que je l'ai déposée. Alors, si vous voulez mon avis, c'est sur son cas que vous devriez vous pencher ; c'est son profil psychologique à lui que vous devriez établir pour comprendre ce qui a mené ma fille au cimetière.

Cérisol releva la tête. Le mot « cimetière » lui rappela le cadavre sans nom des Gonards. Il se demanda ce que Nicodemo et Grospierres étaient arrivés à soutirer à Azaña, le SDF qui prétendait pouvoir aider la police.

Il attira l'attention de Krzyzaniak et désigna le parking d'un mouvement de tête. La policière salua monsieur Vaudrey et se rendit à la voiture.

Cérisol laissa passer quelques secondes avant de se lever en rajustant sa veste.

– Merci de nous avoir consacré ces quelques instants, monsieur Vaudrey. Une nouvelle fois, toutes mes condoléances.

L'Isérois ne répondit pas, il se contenta de hocher la tête. Il vit juste que Cérisol s'emparait du dossier qu'il avait compilé pour eux, mais il ne le suivit pas des yeux alors qu'il s'éloignait vers la sortie.

CHAPITRE 14

– D'où je viens, on mange les pommes en entier, y compris le trognon. La peau, les pépins, tout. Ce que tu laisses, là, c'est du gaspillage.

Sergueï fixait durement son camarade d'infortune. Celui-ci rouspéta, pour la forme :

– Eh, oh !

Quand la voix de Django se faisait pâteuse et rocailleuse, comme à cet instant-là, cela signifiait qu'il était déjà pas mal aviné.

– Y a pas de « eh, oh ! » qui tienne. Tu gâches.

Django ne discuta pas davantage. « Eh, oh » étaient ses seuls arguments, passé une certaine heure. Onze heures du matin, midi tout au plus, selon sa consommation.

Quant à Sergueï, on n'avait jamais trop su d'où il venait. Une fois c'était la Géorgie, une autre l'Ukraine ou l'Albanie. Son nom, Azaña, avait pourtant des consonances ibériques. Quand on le mettait devant ses contradictions, il commençait à jurer dans une langue étrangère, soi-disant slave, sans qu'on sût s'il la maîtrisait vraiment ou si c'était une espèce de sabir improvisé. Il finissait toujours par conclure avec aplomb et mauvaise foi : « Mon pays, monsieur, c'est la Légion ! Quinze ans de béret vert, monsieur ! » Son physique dissuadait quiconque de le contredire.

De fait, Sergueï était en forme. Des dents pourries par manque de soins appropriés et des yeux injectés d'alcool, mais une musculature saillante et une attitude tonique. Toujours droit comme un i.

Pendant toutes ces années à la rue, il ne s'était jamais laissé aller.

Sergueï était plus connu sous le sobriquet de Pastaga. Il lui avait été attribué à l'époque où il faisait la manche dans le 6e, par les gueusards avec qui il traînait. Il le devait non seulement aux quantités phénoménales d'apéritif marseillais qu'il ingurgitait du matin au soir, mais aussi à son habitude peu ragoûtante de prélever l'eau de la Seine pour noyer le liquide jaune. Il avait pris Jacques Chirac au mot sans attendre que ce dernier tînt sa promesse de se baigner dans le fleuve parisien.

Les compagnons de Sergueï lui avaient promis une mort par empoisonnement à court ou moyen terme. Pourtant, trois décennies plus tard, il avait enterré Chirac et la plupart de ses copains.

À Versailles, il avait perpétué la tradition et se servait dans le bassin de la pièce d'eau des Suisses pour faire ses apéritifs, ses ablutions, et laver ses sous-vêtements. Le fait que canards et cygnes y pataugeaient et le souillaient n'avait pas l'air de le déranger.

Django, par comparaison, était en plus mauvais état. Lui non plus n'était pas très clair sur ses origines. Il prétendait appartenir au peuple gitan et venir d'Italie. On le surnommait Django non pas pour ses talents de guitariste mais parce que plusieurs doigts manquaient à chacune de ses mains. « Un accident de pêche »… « Pêche à la grenade », précisait-il dans un sourire édenté qui n'avait rien à envier à celui de Sergueï.

Sergueï et lui étaient inséparables, même s'ils passaient leur temps à se chamailler. Le premier reprochait notamment au deuxième sa manie de faire ses besoins contre leur cabane.

– Même les clébards savent ça : on ne chie pas où l'on dort.

Django rétorquait qu'il ne connaissait rien de plus subversif et de plus jouissif, pour un traîne-misère comme lui, que de pisser tous les matins face au château du Roi-Soleil.

– Avoue que c'est la classe. Tout le monde ne peut pas en dire autant.

Le troisième larron, Kévin, était beaucoup plus jeune – vingt-cinq ans à peine – et moins haut en couleur. Kévin venait du Nord.

Les Hauts-de-France, comme il disait. Il parlait peu et laissait ses aînés deviser sur les moyens de refaire le monde ; les sujets ne manquaient pas et les conversations débouchaient systématiquement sur un dialogue entre les borborygmes éthyliques de Django et les envolées lyriques, tout aussi alcoolisées, de Sergueï. Ce dernier était particulièrement véhément, voire violent, quand il avait bu. Il était prudent de ne pas initier un débat avec lui dans ces moments-là.

C'est une de ces nuits où il était particulièrement en verve, vers 2 heures du matin, que Sergueï avait quitté leur campement pour se rendre au commissariat. Ses deux collègues avaient tenté de l'en dissuader parce que, même saouls, ils conservaient cet instinct de survie qui vous dicte d'éviter tout contact avec la gent policière, mais le chef de la meute avait montré les crocs et il leur avait été impossible de l'en empêcher. Il devait absolument parler aux flics, leur dire qu'il connaissait l'identité du macchabée trouvé dans le cimetière des Gonards. Du moins, il savait où il créchait.

– C'est pas nos oignons, Sergueï.

– C'était un gars bien, Le Noiraud. Il a été réglo avec nous. On lui doit bien ça.

– Tu vas nous attirer des emmerdes, c'est tout ce que tu vas réussir à faire.

– Il a raison, avait dit Kévin.

Ça avait coupé la chique de Sergueï, parce que « le jeunot » prenait rarement la parole. Pour autant, cela ne le fit pas fléchir ; Sergueï tituba dans la nuit jusqu'au commissariat central, à une vingtaine de minutes de marche en temps normal… Le double pour lui ce soir-là.

En arrivant sur place, il tomba sur un planton qui le prit de haut. Lui exigea de parler à un inspecteur.

– Ça n'existe plus, les inspecteurs. Que voulez-vous rapporter ?

– J'suis pas un rapporteur, moi ! Je veux rétablir la justice pour Le Noiraud.

Le policier adjoint de garde s'obstina à ne pas prendre au sérieux le poivrot qui se tenait face à lui, pas droit mais face à lui, et Sergueï s'obstina à demander à parler à quelqu'un de la police judiciaire.

La conversation tourna court. Sergueï repartit avant de perdre patience et de casser la figure du blanc-bec qui aurait pu être son fils, mais le policier, bien qu'inexpérimenté, eut le temps de noter qu'un certain Sergueï Azaña avait une déclaration à faire au sujet de l'affaire du cimetière. Il transmit l'information au groupe de Cérisol dont il savait qu'ils étaient sur le coup.

Sergueï était venu jusqu'à eux. À présent, les policiers venaient à lui. Django repéra Nicodemo et Grospierres dès qu'ils sortirent de leur voiture pour se diriger vers eux.

– Ces deux-là, ils puent la flicaille, annonça-t-il.

Au loin, Nicodemo et Grospierres comprirent que leur présence avait été éventée ; les gens de la rue ont un instinct pour détecter les ennuis, la police au premier chef.

Ils allongèrent le pas. Autour des tentes, ça commençait à s'affoler ; les SDF se levèrent et s'égaillèrent en direction de la voie ferrée alors qu'il restait une centaine de mètres aux policiers pour les rejoindre.

Ces derniers s'élancèrent à leur tour. En quelques foulées, Grospierres atteignit une vitesse de sprint, laissant Nicodemo sur le carreau, comme à l'arrêt.

Très vite, le jeune policier n'entendit plus que le bruit de sa course et de sa respiration ; son collègue avait disparu de son champ de vision.

Il restait concentré sur les silhouettes des trois SDF, notamment celui qu'il avait identifié comme étant le fameux Azaña, car elles étaient en train de s'évanouir dans le bosquet.

Il accéléra davantage, estimant ses chances de rattraper Azaña à 80 % compte tenu de la différence d'âge et de condition physique. Il espérait simplement que les trois hommes se sépareraient dans leur fuite et n'auraient pas la mauvaise idée de s'unir pour lui tomber dessus.

Avant de pénétrer dans le sous-bois, Grospierres jeta un coup d'œil en arrière pour connaître la position de Nicodemo : pourrait-il compter sur lui si les choses dégénéraient ? Il ne vit pas tout de suite le vieux Portugais. Ce n'est qu'après s'être retourné une deuxième fois qu'il aperçut une masse étalée dans l'herbe. Nicodemo s'était cassé la figure. « Le con ! » dit Grospierres.

Le jeune homme fonça de plus belle. De toute façon, s'il fallait en venir aux mains, il avait les arguments nécessaires.

Il aperçut le blouson noir d'Azaña qui évoluait laborieusement dans les fougères. Là où le SDF peinait en jurant et en repoussant la végétation de ses deux mains, le policier progressait en bondissant par-dessus les larges feuilles vertes.

– Arrête-toi, Azaña ! cria-t-il.

L'autre se retourna et lança un juron qui concernait la mère du policier.

Grospierres, qui ignorait les activités de péripatéticienne de sa maman, fut à son niveau au moment où l'autre atteignait le ballast. Azaña se retourna et se campa sur ses jambes, prêt à en découdre.

Grospierres s'immobilisa à son tour. Son opposant se trouvait en hauteur par rapport à lui. Pas la situation idéale en cas de rixe. D'autant que, dans son dos, il perçut l'approche des deux autres. Un rapide coup d'œil circulaire lui permit d'évaluer les forces en présence : elles comptaient un jeune gringalet dont il ne ferait qu'une bouchée même s'il était armé d'un gourdin fait maison ; une épave apparemment très avinée, dotée d'un bout de planche arraché à une palette et d'un couteau qu'il tenait mal quand on connaissait les techniques de close-combat ; et enfin Azaña, qui, des trois, était le plus en forme et affichait un sourire mauvais.

– Alors, poulet, on est venu se jeter dans la gueule du renard ?

Grospierres apprécia l'humour et la qualité rhétorique. Le genre d'adversaire qu'il affectionnait.

Amos

Amos regarde ses pieds s'enfoncer dans l'étrange et inquiétant sable blanc. Il a découvert la neige en même temps que la montagne. Ce n'est pas seulement froid, c'est aussi mouillé. Ça s'immisce partout, se glisse dans les moindres interstices, fuit sous le poids pour mieux vous entraîner dans l'un des mille pièges qu'elle dissimule.

Pourtant, il a attendu les premiers signes du printemps pour se lancer dans cette ultime aventure, pensant que les névés auraient fondu.

L'Italie n'était qu'une étape. Les sept mois passés dans le Centre d'identification et d'expulsion de Trapani n'ont servi qu'à confirmer ce qu'il savait déjà : ce pays ne veut pas d'eux.

Apprendre l'italien n'est pas aussi évident que ce que l'on dit, même quand on maîtrise déjà le français comme Amos. Cependant, ce sont des langues proches, et grâce aux cours qui étaient dispensés au *centro*, il a fini par le maîtriser. Mais on ne les aime pas, et on leur a fait comprendre dès leur arrivée que tout ceci n'était qu'une mascarade à l'intention de l'Europe : on les nourrissait, on leur mettait des habits sur le dos, on les hébergeait, on leur enseignait l'italien et on les soignait, on leur donnait même un pécule de soixante-dix euros par mois, mais jamais ils n'obtiendraient leurs « documents ». Ils croupiraient à Trapani jusqu'à ce qu'ils se découragent et qu'ils partent ailleurs. En France ou en Allemagne, où ils voulaient, pourvu qu'ils ne restent pas ici. Bon débarras ! On ne les retenait pas.

D'ailleurs, les portes du *campo* étaient grandes ouvertes ; il n'y avait ni gardiens ni policiers, ils étaient libres de s'en aller. Mais une fois partis, ils sortiraient du système et ne pourraient plus prétendre à l'aide de l'Italie.

Amos a estimé qu'un toit et une pitance trois fois par jour n'étaient pas une motivation suffisante pour rester. Rapidement, vivre à l'arrêt sans perspective lui a paru insupportable.

Il a attendu les beaux jours, et au bout de sept mois, il a fait son baluchon et faussé compagnie aux travailleurs sociaux, direction la France.

Pourquoi la France ? Parce qu'il parlait la langue. Parce qu'on disait que c'était le pays des droits de l'humain. Parce que les gens là-bas ne pouvaient pas être plus racistes que les Italiens.

Depuis, il est officiellement un sans-papiers.

Il a voyagé jusqu'au Piémont en utilisant toutes sortes de modes de transport : la marche, le stop, le train surtout. Il est demeuré sur ses gardes, évitant les mauvaises rencontres.

Cependant, malgré sa discrétion, une fois arrivé à Rome, à peine descendu du train, un Africain a fondu sur lui et lui a demandé sans détour où il souhaitait aller.

Comme Amos ne répondait pas, il a répété la même question en anglais. Au ton employé, Amos a compris que son interlocuteur n'avait aucun doute sur le fait qu'il était un migrant. Il a balayé d'un rapide coup d'œil le hall de la gare. La police était-elle là ? Avait-il été repéré ?

– La France ? a insisté l'autre.

Amos a hoché la tête. Le type l'a détaillé de haut en bas.

– Avec un tel look, tu passeras jamais les contrôles douaniers.

À la rue, tout a un prix. Le moindre renseignement, le moindre tuyau, le moindre coup de main… Tu le payes.

Le business de Yaya, le jeune homme qui avait abordé Amos, était l'enseignement accéléré de la survie en Europe ; ses clients, les migrants fraîchement débarqués qui, parce qu'ils ne possédaient pas les codes du pays, se voyaient dans une foule comme le nez au milieu de la figure. Amos ressemblait à ce qu'il était : un clandestin qui essaie de passer la frontière.

Moyennant vingt euros, Yaya lui a appris comment se comporter, comment s'adresser aux gens sans les fixer mais sans fuir leur regard non plus, comment avoir l'air dans son élément et d'être en règle pour décourager les patrouilles de te demander tes papiers, comment ne pas prêter le flanc – ne jamais voyager sans titre de transport, par exemple –, comment laisser traîner ce dernier négligemment sur la tablette devant toi dans le train, comment passer inaperçu en ressemblant à un jeune Européen : des écouteurs dans les oreilles, même non connectés, un smartphone dernier cri à la main, même volé, même sans abonnement, arborer des fringues propres…

Mais surtout, s'inventer une histoire plausible et la mémoriser jusqu'à pouvoir la déblatérer sans hésitation, au pied levé, à la moindre question : une famille, une adresse, un boulot ou des études, une description de ta ville, ton quartier, ta rue… Et pour commencer, les raisons de ton voyage. Être capable d'affirmer tout cela avec aplomb et stoïcisme, sans non plus donner l'impression de réciter une fable.

– Dernier conseil : ne cherche pas à franchir la frontière par la Ligurie…

– La Ligurie ?

– La côte méditerranéenne, le train par Vintimille. Les policiers sont présents vingt-quatre heures sur vingt-quatre. Y en a partout, à chaque arrêt entre la frontière et Nice. Et puis, vous êtes trop nombreux à tenter de passer par là.

– Comment faire, alors ?

– Les Alpes, de nuit. Ça caille, c'est dur, mais au moins t'es sûr d'arriver à Briançon. Et là-bas, tu tomberas sur des associations qui t'aideront.

Le lendemain, Amos montait dans le bus qui fait la navette entre Turin et Bardonnèche. Ils étaient une dizaine comme lui, tous africains : des Guinéens, des Soudanais, des Burkinabés… Il y avait des policiers à la descente de l'autobus mais c'étaient des Italiens, et ils ont fait comme s'ils ne les avaient pas vus.

Aussitôt, tout le monde s'est égaillé et a trouvé refuge dans la forêt ou dans des parkings souterrains en attendant le crépuscule.

Une fois la nuit tombée, Amos s'est élancé en suivant le trait qu'un compatriote tchadien rencontré dans le bus avait tracé au stylo bille sur un plan récupéré à l'office de tourisme.

– Il faut suivre la piste jusque-là, puis tu tournes à gauche et tu montes tout droit jusqu'au col de l'Échelle, et enfin tu redescends sur le village de Névache. Tu verras les lumières de la ville de Briançon ; elles te guideront. Fais attention aux ruisseaux recouverts de neige, et ne t'enfonce pas trop profond dans les sous-bois. Tu dois rester sur le sentier. Évite la route, même si c'est tentant de marcher sur le goudron… Les gendarmes font des rondes nuit et jour.

– Et dans la montagne, il y a des patrouilles ?

– Des militaires, mais c'est rare. De toute façon, tu les apercevras de loin à cause de leurs lampes torches. Tu te jettes alors dans la neige et tu te caches. Quand ils t'ont dépassé, tu peux repartir.

Ces renseignements et la carte ont coûté dix euros supplémentaires à Amos, mais il ne les regrette pas. Le plan, bien que sommaire, est une aide précieuse.

Amos est convaincu que Dieu est toujours avec lui.

En effet, le voyage continue à se dérouler sans embûches. Jusqu'ici, il n'a pas rencontré de problème, exception faite d'une course en pleine nuit en bordure d'une autoroute quand il s'est fait surprendre par un camionneur en train de grimper à l'arrière d'un poids lourd qui remontait vers le nord depuis la Sicile.

Les orteils d'Amos souffrent de plus en plus du gel. Il stoppe, lève un pied, étudie sa basket, puis l'autre. Depuis le départ, il a constaté qu'elles n'étaient vraiment pas adaptées à la montagne : elles glissent, tiennent mal la cheville… À présent, elles ont commencé à béer là où la colle a lâché.

Sans parler de son jean, qui, une fois trempé, a cessé de le protéger de la température, en baisse au fur et à mesure que la nuit avance et que l'altitude augmente.

Quant à la veste fauchée sur la terrasse d'un café à Milan, entre deux trains, elle s'est vite avérée insuffisante. Amos tremble de froid mais il n'a pas d'autre choix que d'avancer, faire un pas après l'autre, garder le col en vue, tout là-haut, éviter de dériver vers la forêt, de descendre dans le ravin, continuer de marcher… En se méfiant de tout et de tous.

En effet, quand il était encore au Centre d'identification et d'expulsion, à Trapani, il a entendu dire que certains habitants des vallées soutenaient les migrants, mais que d'autres les dénonçaient aux autorités françaises. Dans le doute, il faut considérer toute présence humaine comme hostile.

Amos enfonce le cou dans ses épaules. Il ouvre la bouche pour mieux respirer, mais l'air frais lui fait mal aux poumons. Un peu de bave vient se perdre dans sa barbe. Il n'écoute plus que sa respiration, se concentre sur chaque enjambée, inspire en même temps qu'il lève le pied gauche, expire quand il repose le droit. Il voyage seul, mais Grace et Blaise l'accompagnent ; ils l'encouragent.

À des dizaines, peut-être des centaines de reprises, il s'est dit que tout cela était vain, qu'il ferait mieux d'abandonner et de retourner chez eux, au Tchad. Mais Grace l'a houspillé à chaque fois, à chaque signe de faiblesse : « On ne s'est pas sacrifiés pour rien. Tu n'as pas le droit de renoncer. »

Dans ces moments-là, il repense à leurs voisins, massacrés par les rebelles sous prétexte qu'ils avaient travaillé pour la même ONG française que lui et donc, selon eux, soutenu le régime d'Idriss Déby. Il se rappelle la mort certaine qui l'attend s'il rentre au pays.

En France, il ne sait ni où il ira, ni comment il subsistera, mais il acceptera tout, n'importe quel travail, n'importe quelle situation, pourvu qu'il ne soit pas renvoyé en Italie.

CHAPITRE 15

Krzyzaniak échangea longuement avec Laura Boudon au téléphone. La meilleure – pour ne pas dire l'unique – amie d'Emilie Vaudrey décrivit une jeune femme à fleur de peau, d'une sensibilité extrême, à la limite de l'asociabilité. Bien évidemment, Laura Boudon savait qu'elle avait rencontré un homme, Julien Fousseret. Elle savait aussi qu'il était marié.

– Emilie était consciente que la situation familiale de son amant constituait une entrave à leur idylle. Mais, que voulez-vous, elle avait jeté son dévolu sur lui… De façon inconsidérée, si vous demandez mon avis. Il faut avouer qu'elle n'a jamais été très douée pour les histoires d'amour… Ni très heureuse dans ce domaine.

Laura Boudon avait mis son amie en garde, mais celle-ci ne jurait plus que par Julien. Il était son sauveur.

– Elle était en train de monter une affaire avec lui. Une espèce de centre de bien-être. Emilie disait que, pour la première fois de sa vie, un homme s'intéressait à ce qu'elle faisait, la comprenait et la respectait… Au point de bâtir un projet commun avec elle. Moi, j'avais surtout l'impression qu'il s'intéressait à l'apport financier qu'elle représentait.

– Qu'est-ce qui vous fait penser cela ?

Le ton de Krzyzaniak était préoccupé et empathique. Entre les deux femmes, la confiance était établie alors qu'elles se parlaient pour la première fois, au téléphone qui plus est. Il était clair que la policière accordait du crédit à ses dires, qu'elle ne lui posait pas ces questions pour la tester, mais bien pour étayer le dossier, mieux cerner la personnalité de son amie, les relations qu'elle entretenait avec Julien Fousseret. Ce qu'elle dirait ne serait pas nécessairement retenu à charge contre lui ; elle pouvait parler librement. Alors, à un moment donné, elle s'adressa à Krzyzaniak comme à une copine :

– Honnêtement, vous trouvez normal qu'il n'ait jamais voulu me rencontrer, moi, la meilleure amie d'Emilie, alors qu'ils se fréquentaient depuis plus de deux ans ?

Krzyzaniak se remémora les paroles du père d'Emilie : à peu de chose près, il avait tenu les mêmes propos.

– Je n'ose pas dire qu'ils sortaient ensemble puisqu'ils ne faisaient rien ensemble. Il refusait d'avoir la moindre activité avec elle en dehors de son appartement sous prétexte que si sa femme les avait vus, ça l'aurait blessée. Soi-disant, elle n'était pas au courant.

– Elle l'était, selon vous ?

– Bien sûr ! Emilie l'avait même rencontrée, à la demande de Sandrine Fousseret. C'est elle qui l'avait contactée et lui avait donné rendez-vous dans un salon de thé.

Krzyzaniak ne lui révéla pas qu'elle était en train de confirmer les dires des deux serveuses, et par là même, que Sandrine Fousseret ne leur avait pas dit toute la vérité.

– Quand se sont-elles vues ?

– Je ne sais plus exactement. Il y a quelques semaines.

– Savez-vous ce qu'elles se sont dit ?

– Emilie m'a laissé entendre que ça s'était mal passé. En même temps, comment pouvait-il en être autrement ? Il n'y a que les hommes pour croire qu'une épouse trompée et une maîtresse menée en bateau peuvent trouver un terrain d'entente.

– Pourquoi dites-vous cela ?

– Parce qu'Emilie m'a dit que ce salaud avait laissé entendre qu'il n'avait rien contre l'idée de rester marié, et qu'elle devienne sa concubine. Il avait fait la même proposition à sa femme... Un ménage à trois, en quelque sorte.

Un silence accueillit cette révélation, qui, une nouvelle fois, n'en était pas une pour Krzyzaniak. Celle-ci reprit :

– Vous pensez qu'il a pu abuser d'elle ?

– Dans quel sens ?

– Financièrement.

– Oui. Comme je vous le disais, je suis convaincue qu'il a profité de sa naïveté et de ses sentiments pour lui soutirer de l'argent. Mais je n'ai aucune preuve pour l'affirmer.

Krzyzaniak se fit tout de suite rassurante :

– On n'est pas en audition, là, ni devant un tribunal. Je ne vais pas vous demander de signer un procès-verbal. Je me fais juste une opinion en écoutant les gens qui connaissaient Emilie.

Krzyzaniak et Laura Boudon continuèrent à deviser, la première jetant des lignes au hasard en espérant remonter une information à première vue triviale mais qui pourrait s'avérer déterminante.

L'exercice avait ses limites ; en effet, Cérisol et elle enquêtaient sur un possible abus de confiance, à la rigueur un abus de faiblesse. Ce n'était pas l'affaire criminelle du siècle. Quant à l'incitation au suicide, ni elle ni son supérieur n'y croyaient ; la procureur pas davantage. Fousseret avait certes le profil du fumier ordinaire, mais pas nécessairement celui d'un assassin par procuration ou d'un pervers narcissique. Les policiers avaient déjà abandonné cette charge, et le parquet les suivrait sans rechigner.

Les impressions de Laura Boudon furent confirmées par les informations que Cérisol, de son côté, dégota à la CCI et à la banque de Julien Fousseret : en effet, l'entreprise « Espace Bien Renaître » était enregistrée au tribunal du commerce sous son nom seul. Emilie Vaudrey n'avait aucune part dans l'affaire. L'apport avait été assumé par Julien Fousseret à hauteur de 100 % des capitaux, et Emilie Vaudrey ne figurait sur aucun des documents légaux. Pourtant, elle avait clairement effectué un versement de trois cent mille euros à son amant. Julien Fousseret se dirigeait droit vers la case garde à vue.

Cérisol était en train de faire le point avec sa jeune collègue quand Nicodemo et Grospierres revinrent à la brigade.

– Chou blanc avec le SDF, déclara Nicodemo, visiblement agacé.

Cérisol s'énerva :

– Trois heures que vous êtes partis, et vous revenez bredouilles ?

– Oh, ça va, ne commence pas.

Nicodemo rangea son arme, referma le tiroir de son bureau d'un geste rageur.

Cérisol commença à prendre la mesure de la situation : le vieux Portugais avait le souffle court, il était débraillé, et son pantalon, au niveau des genoux, était couvert de taches vertes et marron, comme un gamin qui serait allé jouer au foot avec ses copains à la sortie des classes.

Grospierres lui-même boitait quand il entra dans le bureau après avoir lui aussi mis son Glock sous clef.

– Qu'est-ce qu'il s'est passé ? demanda Cérisol en se radoucissant.

– Ces enfoirés nous sont tombés dessus. De vrais jobards !

– Pardon ?

– D'abord, il a fallu les courser. C'est la partie que José n'a pas appréciée, dit-il en charriant le doyen du groupe.

Cérisol fut rassuré de constater que lui, au moins, prenait les événements sur le ton de la plaisanterie.

– Après, bien sûr, on les a vite rattrapés…

– Enfin, *tu* les as rattrapés, parce que moi, j'ai cru que je faisais un *infractus*.

Cérisol sourit. Le vieux Portugais n'arriverait jamais à prononcer ce mot correctement. C'était un des derniers bastions de résistance à une langue, Cérisol ne l'oubliait pas, qu'il avait apprise sur le tas à l'âge de douze ans. Parfois, il devait le rappeler à certains de leurs collègues qui se moquaient de son accent.

– Et là, au lieu de s'avouer vaincus, ils nous sont tombés dessus…

– Enfin, ils *te* sont tombés dessus, parce que moi…

– Oui, on a compris : tu étais en train de te remettre de ton arrêt cardiaque, dit Cérisol.

– Moque-toi. J'aurais aimé t'y voir. Je me suis cassé la gueule, fit-il en montrant son pantalon.

– Pourquoi n'avez-vous pas demandé des secours ?

– Je n'en ai pas eu le temps. Jean-Baptiste leur a mis une dérouillée, ça n'a pas traîné.

– Sauf que le Sergueï, il a de beaux restes. Il m'a collé une béquille, le sagouin, je ne vous raconte pas.

– Tu les as vraiment dérouillés ?

– Non. Je me suis contenté de les maîtriser.

– Il les a foutus par terre, vous auriez dû voir ça. Ils sont tombés à plat dos, ça les a sonnés.

– Après ça, ils nous ont écoutés, conclut pudiquement Grospierres.

Le jeune homme ne s'étendait pas sur ses talents de combattant. Tout le monde était au courant des quatre *dan* qui ornaient sa ceinture noire de taekwondo, mais il n'en faisait pas la publicité. Par exemple, il refusait de simuler à tout bout de champ des coups de pied rotatifs en l'air pour montrer ses capacités d'amplitude.

Cet abruti de Ricard lui avait un jour demandé de décaniller l'orange qu'il avait placée sur la tête d'un prévenu. L'homme, déjà terrorisé par son arrestation, ne comprenait visiblement pas le français et se demandait ce qui lui arrivait.

Quand Grospierres avait refusé de se prêter à son petit jeu sadique, Ricard s'était exclamé que, de toute façon, il s'agissait d'un sans-papiers qui ne risquait pas de porter plainte. Grospierres avait eu beaucoup de mal à se retenir de lui envoyer un *dolyo tchagui* dans la figure.

– En revanche, ils ne nous ont rien dit, poursuivit Nicodemo. Une vraie tête de mule, cet Azaña. Il prétend qu'il ne sait rien, qu'il était bourré la nuit où il a voulu faire sa déclaration, qu'il ne savait pas ce qu'il racontait…

– Cela dit, il était bourré, rappela Krzyzaniak.

– Il est tout de même venu jusqu'au commissariat pour demander à s'entretenir avec quelqu'un de chez nous ! dit Cérisol.

– Il prétend que c'était une blague, que c'était pour fanfaronner.

Cérisol réfléchit un instant. Nicodemo était plus vexé qu'autre chose, et Grospierres se massait la cuisse. Bobo à l'ego pour l'un, bobo tout court pour l'autre. Rien de bien grave.

– Je vais me renseigner sur ce Sergueï Azaña. Ensuite, je lui rendrai visite. Ce soir.

– De nuit ?

– Vous êtes partis sur un mauvais pied avec lui.

– Comment tu comptes t'y prendre ? demanda Grospierres.

– Oui, pourquoi tu ferais mieux que nous ? renchérit Nicodemo.

– Vous y êtes allés comme des flics. Moi, je me rendrai sur place en ami, avec un drapeau blanc… et une fille.

– Une fille ?

Les regards se tournèrent vers Krzyzaniak.

– Pardon ?

– Ben quoi ? Tu vas nous démontrer tout le bien-fondé de la féminisation de la profession.

– Pas question. J'suis flic, pas *escort girl*.

– Techniquement, ce soir, c'est ce que tu seras : tu vas m'escorter.

– Je n'y crois pas ! Vous ne voulez pas que je porte une jupe courte, tant qu'on y est ?

Krzyzaniak consulta ses collègues.

– Et vous deux, vous cautionnez ?

– Il faut bien que quelqu'un s'y colle, admit Grospierres. Si une présence féminine peut faciliter l'approche…

– Je suis la caution maternelle, c'est ça ? dit-elle en s'agaçant.

– Oui, dit Nicodemo. Tout comme Jean-Baptiste est la caution taekwondo.

– C'est tout ce que je représente pour vous ?

Étant donné que les autres ne réagissaient pas, elle s'énerva carrément :

– Alors, quoi ? Parce qu'on est une femme, on est douce ?

Les trois hommes ricanèrent.

– Là, tout de suite, ça ne saute pas aux yeux, plaisanta Cérisol.

– Non mais vous vous foutez de moi ?

– Ne le prends pas comme ça, K.

– Oh, et puis ça suffit, cette histoire de K ! Changez de disque.

Cérisol contempla sa collègue. Pour lui, cette histoire de *présence féminine* était insignifiante, mais visiblement, pour elle, l'enjeu était important. Elle était contrariée et sur le point de laisser sa colère exploser. Or, non seulement il ne voulait pas compromettre l'ambiance au sein de son équipe, mais il ne tenait pas à blesser Krzyzaniak. Il leva les mains dans un geste d'apaisement et dit :

– OK. Comme tu veux. Quoi qu'il en soit, j'ai besoin de toi ce soir. Je passe te prendre ?

Krzyzaniak hocha la tête, reconnaissante de l'effort diplomatique de son chef. Du coup, elle répondit sur un ton plus conciliant, bien qu'encore bougon :

– Non, c'est bon, j'irai de mon côté.

– En ce cas, rendez-vous à la pièce d'eau des Suisses à 22 heures, dit Cérisol en enfilant sa veste.

D'après ses estimations, c'était le moment de la soirée où Sergueï Azaña et consorts seraient suffisamment alcoolisés pour qu'il soit aisé d'établir le contact, mais pas trop non plus, afin qu'ils puissent tenir des propos cohérents.

– Par rapport à Julien Fousseret, qu'est-ce qu'on fait ? demanda Krzyzaniak avant que Cérisol ne quittât les lieux.

– Qu'est-ce que tu veux faire ?

– On ne le convoque pas ?

– On verra ça demain. Rien ne presse.

– On part sur une garde à vue ?

– Simple audition pour commencer, mais ça finira très probablement en GAV.

– Vous ne voulez pas qu'on le fasse venir dès ce soir ? suggéra-t-elle. Comme ça on le fait mariner toute la nuit et quand on s'y mettra vraiment, demain matin, il sera mûr.

– On perdrait douze heures sur les quarante-huit auxquelles on a droit. Et puis, on n'a pas affaire à un multirécidiviste qui risque de passer une nouvelle fois à l'acte pendant la nuit.

– Sauf que, de toute évidence, il a abusé de la confiance et de la faiblesse d'une femme.

– Précisément. Il est assez éloigné du profil d'un tueur en série. Et puis, n'oublie pas que le bonhomme vient de perdre sa maîtresse. Même s'il était marié par ailleurs, il avait l'air d'être très amoureux d'Emilie Vaudrey.

– Il était marié et il avait une maîtresse *par ailleurs*.

– Oui, et alors ?

– Pas l'inverse. Il ne faudrait pas confondre.

Cérisol ne voulut pas ajouter de l'huile sur le feu, mais intérieurement, il mesura toute l'ironie de la réflexion de Krzyzaniak : au fond, la réac, c'était elle.

– Nous, les flics, on enquête et on interpelle. On n'est pas là pour juger, se contenta-t-il de dire en s'éloignant dans le couloir.

Krzyzaniak se tut. Elle aussi considéra qu'en matière de brouilles, ils avaient eu leur dose pour la journée.

Tout en descendant au parking, Cérisol repensa à la réaction de sa collègue. Il était conscient que le monde changeait, qu'il fallait faire attention à ce qu'on disait, à la manière dont on le disait, mais il n'avait pas pensé que cela s'imposerait si vite dans la police. Surtout, avant ce soir, il ne s'était pas senti directement concerné : il n'était ni misogyne, ni homophobe, ni raciste… Aujourd'hui, il se rendait compte que cela ne suffisait pas. Ça allait s'immiscer bien plus loin, ça allait forer bien plus bas et faire trembler des fondations bien plus profondes qu'il ne l'avait imaginé.

Ce soir, Krzyzaniak avait montré les crocs. Elle s'était retenue de mordre, mais un jour, bientôt…

Les portes de l'ascenseur se refermaient déjà dans son dos.

Il y pensait encore quand il salua distraitement Portet, qui, comme lui, s'installait au volant de sa voiture et s'apprêtait à quitter le commissariat.

Le ciel dégagé offrait un coucher de soleil rougeoyant de fin d'automne comme Cérisol les aimait, mais ce soir, il n'y fut pas sensible.

Il appuya sur « lecture aléatoire » dans sa liste de morceaux choisis sur Deezer, connecta son smartphone à l'autoradio, et laissa tomber ses épaules dans un mouvement de détente en même temps qu'il empoignait le volant à deux mains.

Dès les premières notes, il reconnut l'accordéon triste de *L'Amour des hommes*. Fréhel la magnifique ! Sa chanteuse préférée, celle vers qui il revenait toujours, la seule dont il pouvait dire qu'il n'y avait rien à jeter dans sa discographie. Il connaissait cette chanson par cœur, aussi accompagna-t-il la pervenche fatiguée en fredonnant :

« Les hommes nous aiment
Pas pour nous mais pour eux
Ils sont tous les mêmes
Des blasés, des vicieux !
Quand l'instinct les guide
Que cherchent-ils en nous ?
Une étreinte rapide
Et c'est tout ! »

Que cherchent-ils en nous ? Une étreinte rapide, et c'est tout. Les deux vers sautèrent aux oreilles de Cérisol. Il avait toujours cru que Fréhel parlait d'un coït rapide, mais il réalisa qu'il était peut-être question du viol dans cette chanson. Il avait écouté ces paroles des centaines de fois sans que jamais l'idée lui traversât l'esprit ; à présent, il n'entendait que cela : « Les injures et les coups ».

Malgré toute l'admiration qu'il vouait à la grande dame depuis des décennies, malgré toute l'empathie qu'avait suscitée en lui sa vie de misère, Cérisol n'avait jamais écouté la plainte, jamais vu le doigt pointé dans sa direction.

CHAPITRE 16

Sylvia l'attendait, tout comme Djouk. La chienne se rua sur lui dès qu'il fut dans l'entrée, comme si elle était en manque de câlins, elle aussi, comme si elle sentait que Sylvia n'allait pas bien et se réjouissait de voir enfin arriver son collègue, son partenaire qui allait pouvoir l'aider à sortir leur maîtresse de son marasme.

Sylvia se leva et se déplaça jusqu'à lui… Avec difficulté, remarqua-t-il. Elle avait des larmes aux yeux et le ciel carmin des Yvelines s'effondra dans le dos de Cérisol au moment où il claqua la porte derrière lui.

Sylvia trébucha presque, tomba dans ses bras, et se mit à pleurer en silence.

Dans ces moments-là, rien ne servait de la questionner, de chercher à savoir, de forcer la parole. Jean-Pierre connaissait Sylvia, et même s'il ne l'avait jamais vue dans un tel désarroi, il savait qu'il n'y avait rien à faire d'autre qu'être présent, rester à l'écoute, et la laisser faire le premier pas. Elle parlerait quand elle le pourrait. Quand elle aurait trouvé la force, ou les mots.

Pourtant, il était à la torture, hanté par l'éventualité du désastre qui sortirait de sa bouche quand elle se déciderait à lui dire ce qui la tourmentait. Crever de ne pas savoir, redouter de savoir. Il était pris dans cet étau.

Rien ne vint. Les deux époux demeurèrent blottis l'un contre l'autre, muets, pendant une heure. La chienne alla se coucher à sa place, laissant ses humains à leurs affres.

Cérisol eut l'impression que Sylvia s'était endormie dans ses bras ; il chuchota : « Dis-moi ce qu'il se passe » pour voir si c'était le cas, mais elle serra davantage son étreinte, comme un naufragé s'agrippant plus fermement à son morceau d'épave… Ce qui l'inquiéta et le rassura dans le même temps, car elle venait de lui donner confirmation que quelque chose se passait, et qu'elle savait quoi. Simplement, elle ne voulait pas ou ne pouvait pas encore le lui confier. Pourtant, elle avait demandé à consulter un psy ; c'est donc qu'elle était prête à le confier à quelqu'un. *Quelqu'un*, mais pas lui.

Cérisol se raisonna : quelques jours à peine s'étaient écoulés ; il était trop tôt.

Quand la cuisine fut plongée dans une obscurité totale et qu'il fut ankylosé par l'immobilité, il fit mine de se lever pour se faire à manger. Sylvia dut se détacher de lui et se redresser. Elle se frotta les yeux, remit de l'ordre dans ses cheveux et monta à l'étage.

– Je dois ressortir ce soir, dit Cérisol. Des témoins à interroger à Versailles.

Sylvia interrompit son ascension des escaliers et se retourna pour lui demander, avec un détachement qui surprit Cérisol :

– Vers quelle heure ?

– 21 h 30.

– Bien. Je sortirai la chienne à ce moment-là. Elle n'a pas bougé de la journée.

Cérisol garda ses réflexions pour lui, mais heureusement que leur amie à quatre pattes était là, sinon son épouse se serait complètement laissée aller.

– Tu ne manges pas avec moi ? demanda-t-il.

– Non, j'ai goûté.

Il secoua la tête. Cela signifiait qu'elle avait grignoté à 17 heures et qu'elle n'avait pratiquement rien dans le ventre.

Elle allait probablement se mettre au lit et écouter la radio, ou un livre audio emprunté à la bibliothèque sonore.

Cérisol sortit un plat cuisiné du congélateur, l'enfourna dans le micro-ondes et, en attendant qu'il fût chaud, passa au salon.

Il avait envahi la pièce petit à petit, à tel point qu'il l'appelait désormais « son bureau ». Les étagères étaient recouvertes d'objets hétéroclites, dont de nombreux articles de brocante chinés au fil des ans… Une maladie contractée quand il était adolescent. Aujourd'hui, ils constituaient une collection sans grande valeur vénale mais à laquelle il était très attaché : une armée de soldats de plomb, des appareils photographiques 6×6 et 6×9, une canne-épée façon Arsène Lupin, un vieux clairon datant des campagnes napoléoniennes, une série de tire-bouchons en corne ou métalliques, un vieux revolver Manufacture de France, des voitures et motos miniatures, des porte-cigares...

Avec ses affiches de films et ses romans dans leur édition originale, ces vieilleries représentaient son refuge, son sas de décompression. C'est par là qu'il transitait, chaque soir, en rentrant du travail, avant de passer à table et de raconter sa journée à Sylvia.

Celle-ci connaissait l'étendue du foutoir qu'il avait accumulé au fil des années, car, sans les avoir jamais vus, elle avait touché ces objets à maintes reprises. Elle pestait souvent car, disait-elle, c'étaient des nids à poussière. D'ailleurs, elle menaçait régulièrement de s'en débarrasser, mais Cérisol ne la prenait pas au sérieux car elle savait à quel point cet entourage familier importait pour son équilibre. Par le passé, Cérisol s'était adonné à certaines addictions très répandues chez ses collègues pour soulager la pression due à leur profession : tabac et alcools forts. Jean-Pierre n'avait plus recours à ces artifices, aussi lui fichait-elle la paix avec sa musique et ses bibelots d'un autre siècle.

Il farfouilla quelques instants dans ses vinyles et attrapa un album de Bourvil, parce que ce soir il avait besoin de quelque chose de léger. Puis il le plaça sur le tourne-disque. Il se laissa aller dans son fauteuil d'académicien – lui aussi trouvé aux puces de la porte de Vanves –, croisa ses bras derrière la nuque et lança ses pieds sur son bureau.

Il lorgna du côté de l'immense globe terrestre qui faisait office de bar et qui recelait des reliquats de whisky et d'armagnac, son péché mignon. Le meuble en bois sombre était une véritable boîte de Pandore. Il éprouvait la volonté de Cérisol chaque soir depuis presque un an, mais ce dernier avait tenu bon jusqu'ici, et tiendrait bon. Ce combat quotidien, défi silencieux mais constant à sa force de caractère, n'était pas pour lui déplaire… Car chaque soir, depuis sa crise de diabète et l'hospitalisation qui en avait découlé, Cérisol l'emportait sur la tentation sourde. Il en tirait une certaine fierté. D'ailleurs, pouvoir mettre un visage sur l'ennemi rendait les choses plus aisées. Ainsi, ce n'était pas le globe-cabinet des spiritueux qui condamnait Cérisol au rôle d'otage de sa dépendance passée, mais lui, Jean-Pierre, qui maintenait le mauvais génie prisonnier. L'autre le narguait, mais le contrôle de la situation revenait au policier.

Cérisol écouta encore quelques morceaux du chansonnier et comédien normand. Sous ses airs de benêt et sa voix de fausset, Bourvil pouvait vous arracher des larmes, de rire ou de mélancolie.

Enfin, il retourna à la cuisine où il avala son repas sur le pouce.

Il consulta sa montre : 20 h 30. Il avait encore une heure devant lui.

Quand il rejoignit Sylvia, la chambre était plongée dans le silence et Sylvia se tenait recroquevillée en chien de fusil sous la couette. Impossible de savoir si elle était éveillée mais souhaitait qu'il lui fichât la paix, ou déjà endormie. Il ne prit pas le risque d'interrompre son premier sommeil, mais si elle dormait vraiment, elle serait debout à 3 heures du matin.

Il se dit que, pour une fois, il sortirait la chienne. Cela lui éviterait de s'avachir devant la télé et de manquer l'heure de son rendez-vous avec Krzyzaniak.

Djouk, comme tout chien d'aveugle qui se respecte, avait été entraînée à faire face à toutes sortes de situations, d'obstacles et d'imprévus, mais surtout à obéir sans hésitation en toutes circonstances… La crème de la crème !

Ça, c'était quand elle travaillait avec Sylvia.

Avec Jean-Pierre, elle se lâchait et redevenait l'adolescente qu'elle était encore. Elle fonçait dans tous les sens, oubliait de revenir au rappel, avalait tout ce qui passait à portée de sa truffe, s'élançait derrière les trottinettes et se roulait dans la boue. Et lorsque Cérisol se mettait à lui aboyer dessus, elle le regardait droit dans les yeux pour lui signifier : « Le mari de ma maîtresse n'est pas mon maître. »

Cérisol se disait qu'après tout, le comportement qu'on lui demandait d'adopter vingt-quatre heures sur vingt-quatre sept jours sur sept n'était pas humain – enfin, pas canin – et qu'il pouvait la laisser se défouler de temps en temps… Tant qu'elle se tenait à carreau lorsqu'elle guidait Sylvia et que cela restait entre elle et lui.

– Pas un mot à la patronne, hein ?

Djouk poussa un jappement bref et reprit sa course effrénée après des moineaux qui avaient osé se poser dans l'herbe à quelques mètres de son museau.

Quand ils rentrèrent, Sylvia était toujours à l'étage. Cérisol ordonna à Djouk de se coucher, attrapa sa clef de voiture et ressortit aussitôt.

Les virées nocturnes dans le cadre de son travail de policier s'étaient raréfiées, au fil du temps. À la PJ, ses journées étaient calées sur le rythme métro-boulot-dodo, et les permanences étaient plutôt réservées aux policiers en tenue de la Sûreté… Un privilège remis en question par la réforme Darmanin, et une évolution que Cérisol ne condamnait pas car il connaissait la charge que représentaient les astreintes pour les policiers lambda. Mais il n'était pas non plus candide : les motivations de ladite réforme étaient moins honorables qu'annoncé et présentaient des effets délétères que le ministre de l'Intérieur refusait de prendre en considération. Ce dernier préférait accuser ceux qui tiraient la sonnette d'alarme de s'accrocher à des privilèges de seigneurs.

Même au niveau syndical, l'opposition à la réforme avait été ambiguë et loin d'être unanime. La hiérarchie avait profité de cette faille pour les lâcher. « Les *grands services* ont mangé leur pain blanc », disait-on en se félicitant de ces changements qui allaient soi-disant dans le sens de l'équité.

Cérisol n'avait rien contre le fait de niveler, sauf qu'on nivelait par le bas.

En attendant, il appréciait de renouer avec l'ambiance des planques, des patrouilles, du trafic fluidifié par les horaires décalés et des *clients* interlopes.

Il stoppa loin de la pièce d'eau des Suisses pour ne pas être vu trop tôt par la bande de SDF ; il voulait ménager son effet de surprise.

Il se gara dans une rue attenante aux pépinières du château et appela Krzyzaniak. Sa collègue ne décrocha pas. Cérisol pesta contre elle.

– Pas foutue d'être à l'heure !

Mais au moment où il jetait son smartphone sur le siège passager, il aperçut un appel de phares dans son rétroviseur.

– Quelle couillonne !

Krzyzaniak l'avait vu arriver et lui faisait signe à la manière d'une espionne. Le chef de groupe s'extirpa de sa voiture et attendit qu'elle le rejoignît.

Par réflexe, ils se mirent à couvert des platanes qui bordaient l'allée et que le vent du nord malmenait. Sous la frondaison, ils étaient invisibles. Invisibles, mais pas aveugles ; ils apercevaient déjà les lueurs d'un feu autour duquel étaient réunies trois silhouettes.

– Ne le prends pas mal, mais avec ce genre de loulous, il vaut mieux que tu me laisses parler. En tout cas, au début.

– Pas la peine de prendre des pincettes. Ce n'est pas non plus ce que je demande.

Cérisol sourit. Elle savait passer l'éponge, mais elle ne baissait pas entièrement la garde. Cette gamine lui plaisait. Il aimait sa combativité ; un flic en avait besoin pour survivre. *A fortiori* une flic.

– De toute façon, ils ne vont pas t'épargner, crois-moi. Ce sont eux qui vont venir te chercher.

Ils n'étaient plus qu'à une dizaine de mètres. Django les vit le premier. Il se redressa sur son tabouret.

– Putain, c'est qui, ça ?

Sa voix était altérée par l'alcool. Cérisol se dit que le minutage était le bon. Sergueï était assis sur un seau en plastique. Il avait une canette à la main ; il pivota sur lui-même pour leur faire face.

– Tiens, la flicaille ! dit-il, hilare. Ça vous a pas suffi ? Vos copains vous ont indiqué où se procurer de la soupe de phalanges ?

Cérisol émit un bref éclat de rire.

– D'après ce qu'ils m'ont raconté, ce sont eux qui ont assuré la distribution de gifles.

Sergueï crâna encore :

– S'ils n'avaient pas été flics, je les dérouillais, ton collègue en préretraite et l'autre morveux.

Cérisol fit quelques pas supplémentaires en direction du cercle, une main en l'air en signe de paix.

– Dans un western, j'aurais agité un drapeau blanc, dit-il pour plaisanter.

Il en profita pour dévisager Kévin, qu'il n'avait jamais vu. Celui-ci n'avait pas bougé des palettes sur lesquelles il était installé et paraissait indifférent à l'apparition des deux policiers. Certainement camé, en déduisit le policier.

– Je suis le commandant Cérisol, de la brigade criminelle de Versailles. Et voici le lieutenant *Krizaniak*.

– Krzyzaniak, reprit l'intéressée.

– C'est ce que je disais, *Krizaniak*.

Cérisol et elle échangèrent un rapide regard amusé. « Vieux con », lui disait-elle silencieusement. « Moi aussi je t'aime », lui répondait-il.

– Que d'honneurs ! railla Django. Quatre flics de la Crim' en une seule journée !

– On a déjà dit à vos petits copains qu'on n'avait rien à dire, ajouta Sergueï.

Cérisol les prit de court en saisissant une caisse en plastique, qu'il renversa, avant de se joindre à eux autour du feu. Krzyzaniak resta debout, bras croisés, légèrement en retrait, se tenant prête au cas où.

– Je sais, dit-il. Ce n'est pas vous qui m'intéressez.

– Qu'est-ce que vous voulez, alors ? Bobonne t'a jeté, tu as besoin de compagnie ?

Cérisol se demanda si Azaña avait des antennes. Il chassa immédiatement Sylvia de ses pensées.

– Non, je viens pour Le Noiraud.

Le coup de poker de Cérisol eut le résultat escompté : il venait de clouer le bec à Sergueï et Django. Toujours aucune réaction de la part de Kévin, mais ce n'est pas à lui que Cérisol s'adressait.

– Tu essaies de nous la jouer à l'envers, ou quoi ?

– Pas du tout. C'est sincère.

– Qu'est-ce que tu sais du Noiraud ?

– De lui, rien, justement. Mais de toi, Sergueï Azaña, je sais presque tout ce qu'il y a à savoir.

– Des menaces ? Ça ne marche pas avec moi.

– T'es une grande gueule, mais au fond, t'es un mec bien.

– La flatterie, à présent. Tu dois vraiment être désespéré, poulet.

– Tu fais très bien le distinguo entre le bien et le mal. Et ce qui est arrivé au Noiraud, tu sais que c'est mal. Toi et moi, on n'est peut-être pas dans le même camp, mais on partage au moins ça.

– Quoi ?

– On veut rendre justice au Noiraud.

– Qu'est-ce que t'en as à foutre, du Noiraud ? Qu'est-ce que tu as fait pour lui de son vivant ? Rien. Qu'est-ce que vous faites contre les salopards qui l'exploitaient ? Rien. Et tu veux que je te dise pourquoi ?

Sergueï se tourna vers ses camarades pour vérifier que son discours produisait l'effet recherché. Kévin buvait ses paroles ; Sergueï était le mâle alpha, le chef de la bande, Kévin le dominé consentant et admiratif. Sergueï était sa figure paternelle, il l'adulait. Django, en revanche, lui faisait signe de se taire. Il en avait déjà trop dit. Mais Sergueï était lancé, il avait envie de s'entendre faire la leçon à « ces putains de condés ».

– Parce que c'est des puissants, et vous leur léchez le cul. Un coup de fil à votre patron et ça vous retombe sur le coin de la gueule, alors vous regardez ailleurs et le cirque continue. Des années que ça dure ! Ils n'ont jamais été inquiétés.

– Qui ?

– Laisse tomber. Ça te dépasse, poulet. T'es trop petit.

– Justement, affranchis-moi. Je suis venu pour ça, pour faire éclater la vérité au grand jour, et faire cesser le cirque, comme tu dis.

– Bah !

Sergueï eut un geste de dépit et se détourna en ricanant. Fin de la discussion.

Cérisol ne bougea pas. Pendant plusieurs minutes, on n'entendait plus que le crépitement du bois vert qui se consumait dans le brasero improvisé. Cérisol savait qu'il avait hameçonné le meneur. Pour l'instant, il le laissait filer en lui donnant l'impression qu'il avait gagné la première manche, mais la partie ne faisait que commencer. D'ailleurs, Sergueï ne tint pas longtemps sans parler. Il revint à la charge.

– Tu vas boire un coup, poulet ?

– Je me demandais quand tu allais me le proposer.

Sergueï éclata de rire. Un rire sincère.

– Tu me plais, poulet. T'es moins con que les deux autres… Ceux que tu nous as envoyés ce tantôt.

Cérisol nota l'expression désuète. Dans quelle région de France utilisait-on encore « ce tantôt » pour dire « cet après-midi » ? Krzyzaniak ne l'avait probablement jamais entendue.

– Et la poulette ? Elle a soif la poulette ?

Cérisol craignit un instant qu'elle ne l'envoyât paître en lui retournant une réplique du genre « Elle t'emmerde, la poulette », mais elle le surprit.

– Et pourquoi elle n'aurait pas soif, la poulette ? dit-elle sur un ton plutôt affable quand on savait de quoi elle était capable.

Sergueï rit à nouveau et Django s'exclama :

– Ben dis donc, elle a du répondant, celle-là ! Ça, c'est de la g'zesse !

Cérisol jeta un coup d'œil rapide à sa collègue, puis à Django pour évaluer le risque potentiel qu'il représentait pour une femme, même flic. Il n'oubliait pas qu'à jeun, ces trois hurluberlus n'avaient pas hésité à s'en prendre à Nicodemo et Grospierres.

Mais déjà, Sergueï s'était emparé d'une bouteille de pastis sans marque achetée ou volée au Lidl du coin, et de cinq verres à l'hygiène douteuse. Il les essuya en se servant d'un bout de manche dont la propreté était encore plus douteuse, et, fidèle à sa réputation, alla remplir une carafe d'eau prélevée dans la pièce d'eau des Suisses. De nuit, la surface du bassin avait des allures d'hydrocarbure, ce qui laissait supposer une clarté très relative de jour, mais une fois cette eau associée au pastis, le liquide jaune pouvait passer pour un apéritif anisé.

Cérisol n'eut pas le loisir de se poser davantage de questions, car Sergueï donna le top départ :

– Santé !

Le policier avala le contenu cul sec en même temps que les trois SDF. Seule Krzyzaniak hésita, trempa les lèvres, hésita encore. Puis, sous le regard narquois de Sergueï et de ses camarades, et les encouragements muets de Cérisol, elle se décida à prendre une première gorgée. Cérisol se marra en silence en voyant le liquide franchir difficilement la glotte de sa collègue. Il aperçut même le haut-le-cœur qui s'empara d'elle et faillit lui faire rendre ce qu'elle venait d'avaler.

Django émit un énorme rot, Sergueï un râle de bonheur, et Kévin aida à faire descendre le pastis en vidant sa canette de bière.

Cérisol laissa passer quelques secondes avant de revenir à l'attaque :

– Qu'est-ce qui te fait penser que le cadavre retrouvé au cimetière est celui du Noiraud, Sergueï ?

– Tu m'auras pas comme ça, poulet. Je connais vos techniques pour faire parler les gens. C'est comme j'l'ai dit à tes collègues : j'étais bourré cette nuit-là, je délirais. Je ne sais rien, en fait.

– Tu sais où il se trouve, en ce moment, Le Noiraud ?

– N'insiste pas…

– À la morgue, avec une étiquette « Monsieur X » attachée au poignet. Et tu sais ce qu'il va lui arriver ?

– J'm'en fous de tes histoires, poulet.

– Je ne crois pas, non. Ils vont le refiler aux étudiants en médecine, qui vont le découper en morceaux, se marrer avec ses parties génitales momifiées, faire des blagues avec ses globes oculaires, peut-être même se prendre en photo avec la gueule du Noiraud à moitié lyophilisée en gros plan…

– C'est pas mon problème.

– Il est où, le respect, dans tout ça ?

– Il est où le respect ? s'écria Sergueï. Je te pose la question, poulet : qu'est-ce qu'il a reçu comme marques de respect, Le Noiraud, de son vivant ?

– Le respect des morts, Azaña. C'est ça dont je te parle ! Écoute, je sais que tu as été un soldat. Un légionnaire. Or, quand on a été légionnaire un jour, on le reste pour toujours.

– De quel droit tu parles de la Légion étrangère, toi ? Qu'est-ce que tu y connais ?

– Suffisamment pour savoir qu'un soldat respecte un camarade tombé au combat. Tout ce que je te demande, c'est d'honorer la mémoire d'un mort. Et puisque tu considères qu'on n'a rien fait pour lui de son vivant, aide-moi à faire une dernière chose pour lui… Quelque chose de bien.

Sergueï cracha par terre, mais c'était plus par embarras que par défi. Il consulta ses amis du regard. Il était acculé, coincé entre sa fierté et son sens du devoir, entre son envie de parler et sa répugnance à l'idée de collaborer avec la police.

C'est alors que Kévin mit fin à son mutisme, probablement pour sortir son copain de l'ornière.

– Le Noiraud s'appelait Amos.

– Ta gueule, toi ! vociféra Sergueï.

Il avait aboyé, mais il ne mordrait pas. Kévin le fixa, l'air de dire « C'est pour toi que je fais ça ». Peut-être moins camé, moins déboussolé qu'il n'en avait l'air, se dit Cérisol. L'autre baissa les yeux, et Kévin continua :

– Il venait quasiment tous les soirs. On parlait, c'était un chouette type. Il apportait souvent du vin. Toujours de grands crus. Des étiquettes super chères qu'il piquait dans la cave de ses patrons.

– Regarde, on a gardé les bouteilles vides, dit Django. C'est devenu notre tableau de chasse. On a fait ça pour que les copains nous *croivent*. Ils sont jaloux, tous autant qu'ils sont. Il y en a pour des mois à faire la manche, rien que là.

Django pointait du doigt des cadavres de bouteilles alignés à l'entrée de sa tente Quechua.

– Y a même des enfoirés qu'ont essayé de nous les piquer.

Cérisol crevait d'envie de poser la question : « C'était qui ses patrons ? » Mais Kévin reprit son récit et il ne voulut pas en interrompre le fragile filet.

– Un jour, Le Noiraud… enfin, je veux dire, Amos… Amos n'est plus venu. On n'a jamais su ce qu'il lui était arrivé. Jusqu'à ce qu'on tombe sur l'avis de recherche à la gare. Les flics recherchaient un Black qui a disparu dans la région au moment où Amos a cessé de venir le soir. En plus, vous dites que le gars en question avait entre cinquante et soixante ans, et ça colle avec l'âge d'Amos. On a fait le rapprochement, évidemment, mais on n'est pas certains que ce soit le même homme.

– Il habitait où ?

Tous les quatre se retournèrent comme un seul homme vers Krzyzaniak. Cérisol fronça les sourcils ; elle venait de rompre leur accord tacite et peut-être l'instant de révélations, par la même occasion. C'est le contraire qui se produisit. Django prit la parole :

– Je ne connais pas le nom de la rue, mais je sais y aller.

– Je vous préviens, ça ne va pas vous plaire, dit Sergueï. Parce que les enculés qui retenaient Amos prisonnier, c'est des gros bourgeois. Ils vont manigancer pour étouffer l'affaire.

– Comment ça, *prisonnier* ?

Les trois hommes se dévisagèrent, s'interrogeant pour savoir s'ils devaient aller jusqu'au bout des révélations ou se taire à partir de là. Après un temps de réflexion, Sergueï décida de poursuivre :

– Huit ans qu'Amos bossait pour eux. Nourri logé, mais pas payé. Il aurait bien voulu trouver un job à la régulière, mais sans papiers… Il était entré illégalement en France. S'il s'était plaint, ils l'auraient fait raccompagner direct à la frontière. Et dans son pays, Amos était recherché et menacé de mort. Donc, il fermait sa gueule.

Kévin prit le relais :

– Il était logé dans le grenier. Sa seule consolation, c'était de faire le mur par le balcon du premier et de nous apporter de bonnes bouteilles qu'on buvait ensemble dans de beaux verres. Il avait réussi à mettre la main sur les clefs de leur cave. Il effectuait des prélèvements discrets. Les autres enfoirés sont tellement riches qu'ils ne se sont jamais aperçus de rien.

Cérisol échangea un regard entendu avec Krzyzaniak : esclavage moderne, si tant est qu'on pût considérer l'esclavage comme un concept moderne. En tout cas, c'était un phénomène contemporain. Cérisol savait que des milliers de gens en France étaient retenus contre leur gré et forcés de servir un patron qui s'apparentait davantage à un maître qu'à un employeur. Les travailleuses du sexe en étaient un parfait exemple, mais elles n'étaient que la partie visible de l'iceberg. Il n'ignorait pas que des familles « bien sous tous rapports » étaient impliquées, souvent convaincues de faire acte d'humanisme en offrant le gîte et le couvert à « de pauvres bougres »… Seulement, il n'y avait jamais été confronté au cours de sa carrière.

Cérisol planta son regard dans celui de Django.

– Tu peux nous y conduire ?

– J'y vais pas sur une seule patte.

Il fit un signe de la tête à son camarade et lui tendit son verre. Krzyzaniak se liquéfia. Sergueï était déjà en train de lui servir un pastis.

– Honneur aux dames.

CHAPITRE 17

Krzyzaniak, pliée en deux, s'appuyait à un platane. Cérisol revenait vers elle.

– Ça va ?

Une distance de vingt mètres les séparait de la petite troupe des sans-abri qui s'étaient arrêtés pour les attendre. Cérisol se recula au moment où Krzyzaniak fut prise par un nouveau spasme et déposa une deuxième gerbe au pied de l'arbre.

– Comment vous faites pour garder ça dans votre estomac ? dit-elle en crachant des reliquats encore solides de son repas.

– C'est que je ne lui ai pas infligé cela.

– Que voulez-vous dire ?

– J'ai fait semblant d'avaler, évidemment ! Tu as été assez téméraire pour ingurgiter ce bouillon de culture ? Vraiment ?

– Quoi ? Et vous ne m'avez rien dit ?

– T'es une grande fille. Tu m'aurais encore accusé de *mansplaining*. Très peu pour moi.

– Comment vous avez fait ?

– Tu prends en bouche au moment du cul sec, tu recraches dans le verre en redescendant, au moment où tu penches ton buste en avant, puis tu vides discrètement ton verre dans l'herbe dans le même mouvement. Ni vu ni connu.

– Putain. Si j'avais su ! Comment ils font, eux, pour supporter ça ?

– Des années de pratique. Ils sont immunisés.

Sergueï les héla, de loin :

– Ça vient ? On n'a pas que ça à foutre, nous !

– On arrive.

Krzyzaniak s'essuya la bouche d'un revers de la main, attrapa un chewing-gum à la menthe dans son sac, se félicita d'avoir pensé à renouveler le dernier paquet qu'elle avait terminé, et se remit en marche.

– C'est bon. Allons-y.

Django ricana quand ils les eurent rattrapés et fit une réflexion facile sur les femmes et l'alcool, que Krzyzaniak ne releva pas. Ce type n'en valait pas la peine, mais surtout, il était le seul à pouvoir les mener à l'adresse des *employeurs* d'Amos, alias Le Noiraud… L'affaire si pressante et si délicate du cadavre non identifié du cimetière des Gonards ne tenait qu'au bon vouloir d'un SDF à moitié défoncé à la bière et au pastis coupé à l'eau stagnante. Elle ne pouvait pas se permettre de s'énerver contre lui.

Le zef froid s'était transformé en bourrasques qui s'acharnaient sur les façades de la ville royale. Cérisol regarda du côté du parc du château, dont il apercevait le sommet des arbres. Il se méfiait du vent ; il sortit un bonnet de la poche de son blouson et l'enfonça sur son crâne, ce qui lui procura un sentiment de sécurité.

La petite troupe s'enfonça dans le quartier Saint-Louis, en contrebas du château.

– C'est le fameux Jeu de paume.

Cérisol désigna le monument où la monarchie avait perdu son caractère absolu à Krzyzaniak, mais celle-ci n'avait pas l'air au fait de cet événement historique.

– Ce n'est pas le nom d'un musée à Paris ? s'étonna-t-elle en laissant entendre que les connaissances de Cérisol étaient imparfaites.

Cérisol haussa les épaules ; ce n'était ni le lieu ni le moment pour une leçon de culture générale.

Enfin, Django tourna dans la rue de Fontenay, à une encablure de la statue équestre du Roi-Soleil, et montra du doigt une maison cossue de deux étages, surmontée d'un toit en zinc doté de trois chiens assis, les fameuses chambres de bonnes où, d'après Kévin, Amos avait été logé.

Cérisol s'approcha de l'interphone et de l'unique nom indiqué par un médaillon en laiton. Une seule famille habitait dans la demeure qui, à vue de nez, devait faire dans les trois cents mètres carrés, sans compter les combles ! Il nota le numéro et le nom de la rue.

– Tu es certain de l'avoir vu sortir de là ? demanda-t-il à Django pour s'assurer de la fiabilité de son témoignage.

– C'est ici que je l'ai raccompagné, une fois. Le Noiraud m'a dit qu'il créchait là. Sa piaule était derrière cette fenêtre, sous le toit, tout en haut à gauche. Puis je l'ai vu escalader la grille, il était super habile, on aurait dit un singe… Enfin, faut pas mal l'interpréter, mais vous voyez ce que je veux dire, quoi : il était balaise. Il a ensuite grimpé jusqu'au premier balcon en s'aidant de la gouttière. Soi-disant, le balcon donne sur une chambre qui n'est jamais utilisée. Ensuite, il est entré par la porte-fenêtre qu'il avait laissée ouverte.

Derrière une fenêtre du rez-de-chaussée, Cérisol vit un rideau bouger. On avait détecté leur présence et on se demandait qui étaient ces gens, dont certains à l'allure patibulaire, qui étudiaient la façade familiale.

– Allez, on fait demi-tour, déclara-t-il.

Sergueï proposa un dernier verre, « pour la route », aux deux policiers. Krzyzaniak faillit vomir à la seule évocation de la chose, et Cérisol refusa, prétextant qu'il devait prendre le volant.

– Vous auriez qu'à sortir votre carte de flic et le tour serait joué !

– On n'est plus en zone police, dès qu'on sort de l'agglomération. Les gendarmes ne nous font pas de cadeaux, au contraire.

– Et puis, l'alcool au volant, ce n'est pas juste une question de se faire attraper ou pas, c'est avant tout un problème de sécurité routière, rappela Krzyzaniak.

– Pas faux. Même nous, on a tendance à l'oublier, admit Cérisol.

– Moi, j'm'en fous, j'ai pas d'bagnole, crâna Sergueï. Alors, je peux picoler autant que je veux !

Le petit groupe se scinda en deux après que les uns et les autres se furent serré la main. Les trois sans-abri étaient maintenant complètement acquis à la cause des policiers. D'ailleurs, Cérisol les remercia sincèrement. Grâce à eux, ils avaient enfin un début de piste. Il promit de les tenir informés des progrès de l'enquête.

Juste avant de remonter dans sa voiture, il fit le point avec Krzyzaniak : il était une heure ; plus tard dans la matinée, ils iraient chercher Julien Fousseret pour l'interroger sur ses rapports avec Emilie Vaudrey, et plus particulièrement sur le montage financier de l'entreprise qu'il avait créée avec elle, sans qu'elle apparût officiellement.

– Et son épouse ?

– C'est moins urgent.

– Elle nous a tout de même baratinés.

– Tu as raison. On l'interrogera, mais ça peut attendre.

– Et eux ? fit Krzyzaniak en désignant du menton le domicile des Galhan de Ribaute.

– Je vais refiler le dossier à Grospierres et Nicodemo.

Depuis ce soir, le cadavre non identifié avait peut-être un prénom. Ce serait à leurs collègues d'aller interroger les propriétaires du 14, rue de Fontenay pour déterminer s'ils connaissaient un certain Amos, et qu'ils expliquent, le cas échéant, ce qu'il était devenu et comment il avait atterri dans le caveau des Cartiaux. Vu le quartier, Sergueï n'avait pas tort : il leur faudrait marcher sur des œufs. Nicodemo devrait faire preuve de diplomatie, mais il n'était pas mauvais dans cet exercice. Il affichait une bonhomie et une attitude faussement naïve, un peu à la Colombo, qui trompaient ses adversaires. On le prenait aisément pour le benêt de service mais, inexorablement, et avec une détermination surprenante, il avançait ses pions. Quand vous vous rendiez compte de la manœuvre, il était trop tard, vous étiez déjà ferré.

Cérisol s'installa derrière le volant.

– Bonne nuit, K, dit-il.

– Bonne nuit, C.

Krzyzaniak rabattit la portière du véhicule de son chef de groupe. Celui-ci se marrait. Elle aussi. Tout était bien qui recommençait bien entre eux.

Et c'est tant mieux, pensa Cérisol en tournant la clef dans le contact. Parce qu'il avait suffisamment de soucis domestiques sans ajouter des tensions inutiles au travail.

En effet, il le savait, il retournait vers les ennuis. En dépit de l'heure tardive, il y avait peu de chances pour que Sylvia dormît ; il allait retrouver la situation telle qu'il l'avait laissée un peu plus tôt. Les choses auraient peut-être même empiré.

Malgré tout l'amour qu'il lui portait, il appréhendait le moment où il allait devoir se retrouver seul face à son épouse et sonder sa dépression sans en atteindre le fond ; sans obtenir d'explications.

CHAPITRE 18

Les yeux cernés de Cérisol fouillaient le couloir à la recherche d'une ligne droite où se poser. Comme il le craignait, il n'avait pas dormi, ou si peu, et si mal. Il ne connaissait pas les joies de la paternité, mais il imaginait qu'une nuit blanche au chevet d'un enfant malade ressemblait à celle qu'il venait de passer auprès de Sylvia. L'impression que s'il la lâchait, elle allait perdre l'équilibre et tomber au fond d'un abîme. La parole n'était pas venue, toujours pas, mais les larmes avaient coulé à flots.

Le week-end précédent, il avait essayé de renouer avec les habitudes rassurantes : le marché du samedi matin, le petit blanc pris debout au comptoir du négociant en vin – la seule entrave à son régime qu'il s'autorisât –, le plateau de fruits de mer à la brasserie en face de la gare, un tour par la médiathèque où mouraient d'ennui des milliers de CD que plus personne, hormis Cérisol, n'empruntait. Il les emportait et ne les rapportait jamais ; on ne les lui réclamait pas.

– Tu es gonflé, lui avait dit Sylvia un jour.

– Je crois que ça les arrange.

– Tout de même, pour un représentant de l'ordre...

– Justement, ils n'ont pas à les ranger si je ne les rends pas. Je maintiens une forme d'ordre.

– Par le vide.

– Voilà. C'est de l'astrophysique.

– Hum.

Ce genre de dialogue, c'était avant... Quand Sylvia faisait semblant d'être offusquée par sa mauvaise foi et le chambrait. Aujourd'hui, plus rien ne la faisait réagir ; Jean-Pierre n'avait même plus envie de la provoquer.

Depuis plus d'une semaine, il s'efforçait de lui redonner un cadre familier et rassurant... En vain.

La nuit précédente, à nouveau, elle s'était endormie sur le coup de 6 heures, au moment où Cérisol devait se préparer pour se rendre au commissariat. Il avait réussi à piquer du nez par intermittence, mais il était à ramasser à la petite cuillère. Heureusement, il se connaissait, avec un peu plus de café qu'à l'accoutumée, il pouvait tenir jusqu'au soir. Seulement, il fallait que d'ici là Sylvia ait vu le psy, que celui-ci lui ait prescrit de quoi l'assommer et qu'elle ait commencé à crever l'abcès. Son rendez-vous était prévu pour le jour même.

Avant de partir, Cérisol avait réglé l'alarme du téléphone de Sylvia et mis la sonnerie du réveil de leur chambre sur *On*, par double précaution.

À sa manière de s'installer en soupirant dans son fauteuil, Nicodemo comprit que son collègue n'était pas au mieux de sa forme.

– Sylvia, ça va ?

– Hum, fit Cérisol en penchant la tête sur le côté.

– Si tu as besoin de quoi que ce soit...

– Je sais, merci.

– Rien à voir, mais comment ça s'est passé hier soir avec Sergueï et consorts ?

– Très bien, en fait. On les a caressés dans le sens du poil et ils nous ont balancé ce qu'ils savaient.

– Chapeau. C'était quoi leur scoop ?

– Ils connaissent un Black qui correspondrait à la description que les légistes ont faite du cadavre des Gonards. Il buvait régulièrement des coups avec eux, et il aurait disparu du jour au lendemain à peu près au moment où notre monsieur Durand serait décédé.

– Un SDF ?

– C'est là que ça se corse : pas vraiment un SDF. Le type aurait habité chez des bourges de la rue de Fontenay, au 14. D'après ce que Sergueï et ses copains nous ont raconté, ça ressemblerait à un cas d'esclavage moderne.

– Mouais, fit Nicodemo en arborant une moue dubitative.

Il ne passait pas l'éponge aussi facilement ; les trois clochards avaient cherché à les passer à tabac, Grospierres et lui. Il accordait désormais peu de crédit à leurs paroles.

Grospierres arriva à son tour. Fidèle à son rituel, après avoir jeté son blouson Teddy sur la patère de son portemanteau, il passa la tête dans l'embrasure de la porte du bureau des anciens :

– Salut, Jurassic Park.

– Salut, Bruce Lee, répondit Nicodemo, encore impressionné par l'intervention musclée de son cadet la veille.

Le fait que Cérisol ne répondît pas à la provocation mit la puce à l'oreille de Grospierres. En temps normal, le commandant aurait cherché à lui rabattre le caquet en faisant allusion à un autre film, antérieur à *Jurassic Park*, et dont il n'aurait pas entendu parler.

– Sylvia, ça va ? s'inquiéta-t-il.

Cérisol faillit l'envoyer bouler. Ils s'étaient donné le mot, ou quoi ? Mais comment leur en vouloir de s'inquiéter pour elle ?

– Ça va.

– Si on peut aider, n'hésite pas.

– Merci.

Krzyzaniak arriva la dernière ; c'est elle qui habitait le plus loin du commissariat, elle avait déjà une heure et demie de bouchons dans les pattes quand elle entamait sa journée. Avec elle, le style était différent :

– Vous avez une sale gueule, déclara-t-elle en tendant son poing fermé à Cérisol, comme on le faisait depuis la pandémie.

– Je te remercie.

– Mal dormi ?

– Pas très bien, en effet.

– Vous vous reposerez quand vous serez mort.

– Un peu avant, j'espère. Ce soir, par exemple.

– Moi, j'ai roté pastaga toute la nuit. Dégueu.

Contrairement à son chef de groupe, elle pétait le feu.

– Il vous a raconté pour hier soir ? dit-elle en s'adressant à Nicodemo et Grospierres, un air triomphant sur le visage.

– Il était justement en train de me briefer, dit Nicodemo.

– Non. Quoi ? dit Grospierres.

Cérisol réitéra ses explications, à l'intention du jeune papa cette fois. Quand il eut fini, Krzyzaniak, qui était dans les starting-blocks, demanda :

– On va chercher Fousseret ?

Cérisol consulta sa montre.

– On va l'appeler et le convoquer.

– Je m'en occupe.

Cérisol acquiesça et tendit à Nicodemo un Post-it sur lequel il avait noté le nom et l'adresse des employeurs potentiels d'Amos, alias Le Noiraud.

– Tiens. Jean-Baptiste et toi, vous allez vous occuper de ça. De notre côté, K et moi nous chargeons de la plainte du père d'Emilie Vaudrey à l'encontre de Julien Fousseret.

– OK.

Nicodemo passa dans le bureau des jeunes et fit un signe à Grospierres ; celui-ci se leva et enfila sa veste sans poser de questions. Le doyen et lui constituaient un binôme pérenne désormais, Cérisol ayant décidé de faire équipe avec Krzyzaniak, le temps de lui enseigner les ficelles du métier d'enquêtrice dans une brigade criminelle.

Le chef de groupe les regarda se diriger vers l'ascenseur : Grospierres boitait encore ; pourtant il marchait devant Nicodemo, qui se traînait.

Cérisol sourit ; on aurait dit Laurel et Hardy, de dos.

CHAPITRE 19

Le domicile des Galhan de Ribaute se trouvait à deux pas du commissariat ; en temps normal, Nicodemo et Grospierres s'y seraient rendus à pied. Seulement voilà, la béquille infligée à Grospierres par ledit Pastaga au cours de la courte bagarre qui les avait opposés le handicapait sérieusement, et Nicodemo n'avait rien contre l'émission de quelques grammes de CO_2 supplémentaires.

Dès qu'ils déclinèrent leur identité et surtout leur fonction, ils purent lire la panique sur le visage de la sexagénaire qui leur avait ouvert. Ils comprirent immédiatement qu'ils venaient de taper dans le mille et de donner un grand coup de pied dans une fourmilière.

– Monsieur et madame ne sont pas là, dit l'employée de maison en essayant de refermer la porte au nez de Nicodemo.

Elle croyait pouvoir ainsi repousser à plus tard le moment où les policiers entreraient. Mais quand elle apprit que, contrairement aux pratiques décrites dans les séries télévisées américaines, les autorités françaises n'avaient pas besoin d'un mandat pour pénétrer chez vous et fouiller dans vos affaires, ce fut la panique.

– Et peut-on savoir où sont monsieur et madame ? demanda Grospierres.

– Au travail.

Le ton de l'employée de maison était sec. Elle était aux cent coups, certes, mais elle ne comptait pas faciliter les choses aux deux malotrus qui s'invitaient déjà dans le vestibule.

– C'est-à-dire ?

Madame était architecte d'intérieur et monsieur conseiller en patrimoine ; chacun avait son cabinet.

– Est-ce qu'il y a un endroit où nous pourrions parler en toute tranquillité ? enchaîna Grospierres. Nous avons quelques questions à vous poser au sujet de l'un de vos hôtes.

– Un de nos hôtes ?

– Un Africain qui a séjourné ici il y a quelques mois.

– Mais… Est-ce que vous avez le droit d'entrer ainsi chez les gens ?

– Nous agissons sur commission rogatoire, madame, madame… ?

– Schall.

Probablement habituée à ce qu'on écorchât l'orthographe de son patronyme, elle se mit à l'épeler sur un ton monocorde sans qu'il lui demandât de le faire.

– Et votre prénom ?

– Joséphine.

Grospierres nota les renseignements sur sa tablette.

– Comme je vous le disais, nous agissons sur commission rogatoire ; nous sommes donc habilités à fouiller le domicile.

L'employée de maison hésita.

– Je vais appeler monsieur et madame, finit-elle par dire.

– Si vous voulez, bien que ce soit inutile à ce stade.

– Suivez-moi, je vous prie.

Elle tentait de faire bonne figure, mais, de toute évidence, elle était dépassée par les événements. Elle entraîna les policiers vers un petit salon dont la baie vitrée donnait sur un jardin à l'arrière de la demeure. Elle désigna un fauteuil à chacun d'eux.

– S'il vous plaît.

Nicodemo déclina, préférant rester debout. Grospierres se laissa tomber dans une bergère qui devait avoir deux cents ans, au bas mot.

Madame Schall se dirigea vers un guéridon sur lequel trônait un téléphone filaire. Elle pressa une touche, un numéro préenregistré. Après deux sonneries, quelqu'un décrocha. Une voix d'homme. Monsieur Galhan de Ribaute.

À la façon dont Joséphine Schall s'excusa de le déranger,

Grospierres en déduisit que les rapports entre serviteurs et maîtres relevaient davantage des us et coutumes de l'époque où le fauteuil dans lequel il était assis avait été fabriqué que d'une vision moderne des relations humaines. Elle n'eut qu'à prononcer les mots « la police est là » pour que la conversation tourne court. Madame Schall revint vers les policiers.

– Il arrive, dit-elle en s'installant sur le canapé en face d'eux.

Elle avait essayé d'adopter un ton neutre, mais le trémolo dans sa voix trahissait son émotion : à l'inquiétude due à la présence de Grospierres et Nicodemo venait de s'ajouter la crainte de s'être attiré les foudres de son patron.

– Qui vit ici ? demanda Grospierres.

– Monsieur et madame, et moi-même. Leurs enfants sont grands et ne reviennent que rarement.

– Personne d'autre ?

Elle fit signe que non.

– Emilienne, la cuisinière, a longtemps eu sa chambre au deuxième étage, mais elle s'est mariée il y a trois ans et vit maintenant avec son mari à Antony.

– Vous êtes aussi au second ?

– Non. J'ai un studio dans les dépendances.

Grospierres la dévisagea un long moment ; il entendait la déstabiliser avant d'en venir à la question qui l'intéressait :

– Et l'Africain ?

– L'Africain ?

– Le Noir.

Madame Schall serra les lèvres, mais ne céda pas.

– Ne me prenez pas pour un imbécile. Je sais qu'un Africain a vécu ici.

– Je ne vois pas de quoi vous voulez parler.

Grospierres sourit pour lui signifier qu'il admirait sa loyauté envers ses employeurs, mais que l'issue de cette conversation ne faisait à ses yeux aucun doute.

– Vous ne leur devez rien, vous savez.

– À qui ?

– Aux Galhan de Ribaute. Vous connaissez la peine encourue pour un faux témoignage ?

Les deux mots magiques « faux témoignage » produisirent l'effet escompté. Joséphine Schall s'affola :

– Je ne sais vraiment pas à quoi vous faites allusion. C'est à eux que vous devriez vous adresser… Justement, les voilà.

Elle accueillit le claquement de la porte d'entrée avec soulagement. Grospierres et Nicodemo se tournèrent vers le vestibule d'où émergea un costume-cravate ulcéré, tel un taureau pénétrant dans l'arène.

– Qu'est-ce que c'est que cette histoire ? Qu'est-ce que vous fichez là ?

– Je suis désolée, monsieur. Ces messieurs se sont présentés et…

– Ce n'est rien, Joséphine. Vous avez bien fait.

Puis, à l'intention des policiers :

– Mon épouse et mon avocat seront là dans cinq minutes.

– Votre avocat ? Vous n'êtes accusé de rien à ce stade, monsieur Galhan.

– De Ribaute.

– De Ribaute, si vous voulez. Vous n'êtes même pas entendu comme témoin. Vous ne savez même pas ce qui nous amène.

– Justement. Qu'est-ce que vous fichez là ?

– Nous agissons sur commission rogatoire…

– Commission rogatoire ? Pour quel motif ?

– Nous menons une recherche d'identité dans le cadre d'une enquête pour violation de sépulture et infraction relative à l'inhumation d'un individu.

– Violation de… Vous vous moquez de moi ? Vous savez qui je suis ?

– Monsieur Galhan… *de Ribaute*.

– Ne jouez pas les impertinents. Vous pourriez le regretter. Je connais très bien le directeur régional de la Sûreté.

– Nous relevons de la police judiciaire, pas de la Sûreté.

Avec le minutage parfait d'une pièce de boulevard, la porte s'ouvrit sur l'épouse, accompagnée d'un deuxième costard-cravate qui se présenta sans tarder comme le conseiller juridique de la famille.

– Puis-je connaître vos noms et grades, messieurs ?

– Jean-Baptiste Grospierres, lieutenant de police, et José Nicodemo, major, brigade criminelle du SRPJ de Versailles.

– Vous pouvez produire vos cartes professionnelles ?

Les policiers s'exécutèrent. Jusque-là, l'avocat faisait son boulot, rien de plus. Il s'agissait de simples manœuvres d'intimidation.

– Quel est le motif de votre intervention ?

– Nous cherchons à établir l'identité d'un homme de type africain qui a séjourné ici.

Grospierres connaissait la différence entre l'indicatif et le conditionnel ; il avait utilisé le premier à dessein.

D'ailleurs, à la façon dont les Galhan de Ribaute et leur avocat se dévisagèrent, à la mine estomaquée de madame Schall, Grospierres et Nicodemo comprirent immédiatement que tout le monde savait de quoi on parlait. Le couple connaissait Le Noiraud. Les trois clochards avaient dit vrai. Mais personne n'entendait dire la vérité.

– Ce que vous dites est absurde, lieutenant.

Son avocat le coupa :

– Pas un mot, Fabrice.

Puis, il se tourna vers Grospierres.

– Mes clients n'ont rien à vous dire, lieutenant. Faites ce que vous avez à faire, mais si vous souhaitez entendre monsieur et madame Galhan de Ribaute, il faudra que vous les convoquiez en bonne et due forme au commissariat.

Grospierres et Nicodemo se dévisagèrent. L'avocat venait de marquer un point mais peu importait. Pour l'instant, le témoignage des de Ribaute ne les intéressait guère. Leur visite n'avait qu'un objectif : dénicher la preuve que Le Noiraud avait demeuré ici ; les aveux viendraient plus facilement une fois les faits établis de manière irréfutable.

– Bien. Nous allons procéder à certains prélèvements pour étude ADN comparative. Nous vous demandons de nous suivre dans les différentes pièces où nous allons effectuer ces prélèvements, mais veuillez rester derrière nous à tout moment.

CHAPITRE 20

Pendant ce temps, dans les locaux de la brigade criminelle, Krzyzaniak et Cérisol fourbissaient leurs armes. Une audition ressemblait à un match de boxe : l'une comme l'autre comportaient des rounds, on pouvait gagner aux points mais on espérait toujours la victoire par K-O. Un détail, cependant, différenciait cet outil judiciaire d'un sport de combat, et pas des moindres : dans une audition, seuls les policiers étaient censés cogner. Aujourd'hui, ils n'avaient plus recours à l'annuaire téléphonique, mais l'idée était tout de même d'assommer le suspect afin de lui soutirer des aveux.

L'intimidation physique n'était plus de mise, car même un avocat commis d'office pouvait facilement faire annuler une procédure vicieuse.

De même, la peur du juge ne constituait plus une arme dissuasive depuis longtemps.

Cependant, la promesse d'une réduction de peine en cas de collaboration avec le magistrat restait convaincante.

Quoi qu'il en fût, dans les deux cas, boxe ou interrogatoire stratégique, la rencontre se préparait. C'est ce que Cérisol et Krzyzaniak étaient en train de faire en attendant Julien Fousseret. Ils l'avaient fait mander afin de l'entendre, et il était censé arriver au commissariat à tout moment.

– On lui révèle la maladie d'Emilie Vaudrey ?

– On peut difficilement faire autrement. De toute façon, il le saura tôt ou tard : dès qu'on l'aura mis en garde à vue, on devra aborder la question.

– Ah, donc c'est sûr, on va le mettre en garde à vue ?

– L'incitation au suicide ne tient pas la route, on n'a aucun élément qui aille dans ce sens. Cependant, Fousseret a réussi à mettre tous les avoirs de sa maîtresse à son nom. Suite à son décès, il se retrouve comme par magie à la tête d'une belle somme. Dans le cadre d'un abus de confiance et abus de faiblesse, cela justifie une GAV.

Enfin, le policier adjoint de l'accueil appela pour les informer qu'un certain Julien Fousseret les attendait en salle d'attente. Krzyzaniak descendit le *réceptionner*.

Cérisol sortit dans le couloir pour l'accueillir… Une habitude qu'il avait prise pour se donner le temps d'observer ses adversaires et de percer leurs pensées, deviner le genre de citoyens qu'ils étaient.

Il avait remarqué que les conversations entre inconnus contraints de se fréquenter par les circonstances, le temps d'une invitation chez des amis communs par exemple, commençaient systématiquement par un tour de table des professions exercées par les uns et les autres. Sale temps pour les chômeurs, les femmes ou hommes au foyer qui devaient alors trouver le ton approprié pour avouer publiquement qu'ils ne faisaient rien de leur vie, qu'ils ne produisaient rien, qu'ils étaient les grands perdants et les grands profiteurs du système. Ils devaient choisir les mots et le ton justes. Il leur fallait en une phrase valoriser une activité bénévole ou artistique, l'éducation des enfants, une période transitoire avant de rebondir, la maison à retaper… Sans donner l'impression de s'excuser. Un véritable entretien d'embauche. « Je sais ce que vous vous dites : j'ai l'air d'un pot de fleur, mais ne vous fiez pas aux apparences, je vaux mieux que cela. » Bien entendu, les autres invités acquiesçaient poliment, les plus malins trouvaient même une formule pour dire à quel point ils admiraient une telle ténacité, un tel positivisme face aux contrariétés de la vie. Certains allaient jusqu'à trouver ce choix de vie admirable : « La présence parentale est primordiale pour le développement de l'enfant », « Sans le bénévolat, la France ne serait pas le même pays »... Et la conversation glissait subtilement au voisin de droite. Bon appétit tout le monde.

Cérisol était souvent confronté à un certain stéréotype, chez ses congénères. À l'occasion d'un dîner mondain, quand il répondait « Je suis policier » à la question de savoir ce qu'il faisait dans la vie, les convives pouvaient avoir un mouvement de recul, un discret redressement du buste. Alors qu'on l'avait trouvé plutôt débonnaire jusque-là, on l'imaginait tout à coup en uniforme en train de charger des étudiants.

Sylvia n'avait pas ce problème. Cérisol aimait dire qu'avec son handicap, elle partait avec un avantage. Il lui suffisait de mentionner sa profession pour susciter l'admiration immédiate de tous : une aveugle kinésithérapeute – et inversement –, quelle prouesse ! Quel tour de force ! Quelle leçon de vie ! Djouk, autorisée dans tous les lieux publics en tant que chien d'aveugle, représentait une plus-value indéfectible. Si, en plus, la carrière de sportive de haut niveau de Sylvia venait sur le tapis, son temps de parole se transformait en braquage de la soirée et elle-même était élue reine de la tablée. En général, Cérisol utilisait ce moyen détourné pour éviter d'avouer la profession honteuse qu'il pratiquait, et de se justifier en expliquant qu'il défendait la veuve et l'orphelin plus souvent qu'il ne cognait sur les Gilets jaunes.

Cérisol reconnut tout de suite ce genre de préjugés dans le regard de Julien Fousseret. Mais, avant tout, ce qu'il vit chez lui fut la perplexité... Le quadragénaire n'en revenait pas de découvrir l'envers du décor.

En effet, il y avait un hiatus entre l'image que le citoyen lambda associait aux grands services de la police judiciaire, et notamment la brigade criminelle, et la réalité du terrain.

Tout policier savait l'effet produit par le commissariat central de Versailles la première fois : la façade en pierre taillée du XIXe siècle donnait au bâtiment des allures de monument historique ; en y pénétrant, on s'attendait à trouver des meubles de chêne massif et des parquets cirés. Or, les couloirs avaient été redessinés à grands coups de Placoplatre et les bureaux équipés d'armoires métalliques Strafor sans âge.

Julien Fousseret avait emmené avec lui une autre atmosphère, celle de l'extérieur, en comparaison de laquelle l'air qu'offraient les locaux de la PJ paraissait vicié. En effet, dehors, Versailles bruissait poliment et s'agitait proprement ; les automobilistes conduisaient en respectant les piétons engagés sur les passages réservés et s'arrêtaient quand le feu virait à l'orange. Quant aux promeneurs, ils se saluaient en se croisant sous les fenêtres du commissariat. C'était à se demander à quoi pouvait servir un poste de police dans une telle agglomération.

Le vent même ménageait les arbres en se contentant de les agiter délicatement, comme on pousse un enfant sur sa balançoire. Encore aujourd'hui, la tempête de 1999 était vue comme une aberration inexplicable. Qui, quels éléments pouvaient s'en prendre à la ville du Roi-Soleil ? D'ailleurs, les Yvelines seules n'étaient pas concernées par l'effronterie de la nature cette année-là : tout le littoral occidental français s'était trouvé une ressemblance avec les Antilles ou la Louisiane.

Les Versaillais étaient loin de soupçonner qu'à l'intérieur, tout le commissariat gesticulait de façon désordonnée ; des fonctionnaires blasés dialoguaient avec une vilénie aussi sourde que crasse et entretenaient leur lassitude face à une petite délinquance s'immisçant inexorablement dans le moindre recoin de la société.

Le visage de Julien Fousseret exprimait la perplexité. De toute évidence, il ne comprenait pas ce qu'on lui reprochait, ni la raison de sa présence en ces lieux. Cela faisait partie de l'expérience : sortir le sujet de sa zone de confort, le déstabiliser par une délocalisation. « Tu es sur mon terrain. » La fragilité qui en découlait invitait aux confidences.

Cérisol le fit entrer dans son bureau, lui indiqua la chaise en face de lui, et attaqua sans détour :

– Pouvez-vous décliner vos identités, date et lieu de naissance, ainsi que l'adresse de votre domicile, s'il vous plaît ?

C'était parti. Julien Fousseret ne protesta pas tout de suite ; il commença par répondre docilement.

– Quelle est votre profession ?

Jeu de dupes. Krzyzaniak avait interrogé la hiérarchie et les collègues de l'amant d'Emilie Vaudrey : employé modèle, meneur dans l'âme pour les uns. Très ambitieux mais très loyal également. Jamais aucun reproche formulé à son encontre en dix ans de Norauto. N+1 réglo pour les autres. Réservé. Discret, en tout cas, sur tous les aspects personnels de sa vie. « On ne sait rien de lui, en fait », avait concédé un de ses plus anciens collaborateurs.

Sans grande surprise, le délégué syndical avait brossé le portrait d'un arriviste qui vendrait sa grand-mère pour une promotion, qui régnait sur son service – une équipe de huit personnes – en divisant, en promettant, en maintenant en haleine.

« Tous ces types, ce sont des Iznogoud, rien de plus. »

Iznogoud ? Krzyzaniak n'avait pas saisi l'allusion, elle s'était dit qu'elle demanderait à Cérisol plus tard.

Selon le cégétiste, Fousseret ne valait pas mieux que les autres. Son seul objectif était de monter à la direction le plus rapidement possible.

« Vous parlez de lui au passé ? » lui avait-elle fait remarquer. « Si vous êtes là, c'est qu'il a fait une grosse connerie. Je me trompe ? » avait-il rétorqué.

Comment être apprécié de chacun ? C'était une chimère et le fait qu'un représentant du personnel charge Julien Fousseret sans raison précise ne signifiait pas grand-chose. Tous, même lui, s'accordaient à dire que Fousseret n'était ni un violent ni un sadique. Un manipulateur, à la rigueur.

En tout cas, c'était un séducteur, « Ça oui ! » avaient confirmé la secrétaire de direction et deux autres assistantes. Cependant, connaissant le contexte explosif #MeToo dans le monde entrepreneurial, surtout dans des boîtes à forte domination masculine comme Norauto, elles s'étaient empressées de préciser : « Pas le genre lourd à se coller contre vous, comme certains, ou à faire des blagues salaces… Tout le contraire : jamais un geste déplacé. Le genre d'homme qui vous regarde droit dans les yeux sans descendre sur votre décolleté, toujours un mot au sujet de sa femme, toujours prévenant… Mais tout de même, ce truc dans l'œil, une façon de vous dévisager qui vous donne l'impression d'être unique sur terre, d'être belle. Vous voyez ce que je veux dire. »

Krzyzaniak voyait très bien. « Et sa femme, justement ? Vous la connaissiez ? »

Personne ne l'avait jamais vue. Julien Fousseret n'invitait personne du bureau chez lui. Il compartimentait. On ne lui connaissait pas de loisirs ou de passions. Il était très en forme ; il soignait certainement sa ligne, devait se livrer à des activités physiques régulières, mais on n'avait aucune idée de ce qu'il faisait en dehors des heures de travail. Hormis sa carrière, on ignorait ce qui le faisait vibrer.

– Monsieur Fousseret, comme on vous l'a expliqué au téléphone, vous êtes entendu dans le cadre d'une enquête préliminaire suite à une plainte déposée à votre encontre par monsieur Vaudrey, le père d'Emilie Vaudrey.

– Votre collègue a évoqué une plainte pour abus de confiance. C'est n'importe quoi !

– Vous oubliez l'abus de faiblesse…

– C'est encore moins sensé.

– Et incitation au suicide.

– Quoi ?

– Monsieur Fousseret, je vous informe de votre mise en garde à vue à compter de ce jour mardi 7 novembre 2023 à 10 h 47. Vous avez le droit de vous entretenir par téléphone avec un membre de votre famille et d'être assisté. Souhaitez-vous exercer ce droit ?

– Pardon ?

– Souhaitez-vous avoir recours aux services d'un avocat ?

– Vous pensez sérieusement que j'ai besoin d'un avocat ?

– Franchement, c'est mieux pour tout le monde. Cela permet d'éviter tout contentieux par la suite. Ainsi vous serez rassuré sur la conformité de la garde à vue. L'exercice est toujours un peu déroutant.

– D'accord.

– Vous connaissez un avocat ? Sinon, nous pouvons vous en désigner un d'office.

– Non, j'ai une avocate, je vais l'appeler.

Cérisol autorisa Julien Fousseret à utiliser son smartphone. Il s'agissait de maître Lévis-Étournaud à laquelle Cérisol avait déjà eu affaire quelques mois auparavant, une petite nana d'à peine trente ans qui avait joué franc-jeu avec eux. Comment se faisait-il que Fousseret l'eût dans ses contacts ? Avait-il eu besoin de ses services pour monter sa boîte ? Était-elle au courant des transactions qui avaient mené son client en garde à vue ? Pourtant, elle était spécialisée en droit pénal, pas avocate d'affaires.

Il attendit que Julien Fousseret eût passé son coup de fil pour finir le laïus réglementaire :

– De même, je dois vous demander si vous souhaitez consulter un médecin.

– Un médecin ?

– Souffrez-vous d'une quelconque affection qui nécessiterait l'intervention d'un docteur, ou dont nous devrions être informés ?

Cérisol fut ravi de constater que Julien Fousseret était déstabilisé, car il réfléchit avant de répondre :

– Non.

Cérisol s'adressa à sa collègue :

– Emmène monsieur dans la salle d'interrogatoire des geôles.

Depuis qu'un prévenu s'était défénestré, la hiérarchie avait donné comme consigne de ne plus laisser un gardé à vue sans surveillance dans les étages. L'OPJ en charge de l'interrogatoire ce jour fatidique s'était éclipsé cinq minutes pour soulager sa vessie. L'avocat du mis en cause, présent au moment des faits, n'avait pas réussi à retenir son client au moment où il enjambait la balustrade, mais cela ne l'avait pas empêché de représenter la famille du défunt quand elle avait porté plainte contre X pour mise en danger et non-assistance à personne en danger. Le procès avait conclu à la négligence et établi la responsabilité du commissariat.

La présence d'armes à feu dans les tiroirs des bureaux de la PJ

– rarement fermés à clef – avait constitué un argument supplémentaire en faveur d'un durcissement des mesures de prudence.

L'avocate ne mit pas longtemps à se présenter au commissariat, ce qui signifiait que Julien Fousseret s'attendait à cette mise en garde à vue et s'était assuré qu'elle serait libre dans la matinée.

Après s'être entretenus pendant la demi-heure réglementaire, ils furent remontés dans les bureaux de la brigade criminelle ; Cérisol les attendait, installé devant le clavier de son ordinateur, leur signifiant le début du match. Il l'entama bille en tête :

– Étiez-vous au courant de la grossesse d'Emilie Vaudrey ?

– Oui, c'est vous qui me l'avez apprise.

– Je veux dire *avant* que nous vous communiquions cette information.

– Non. D'ailleurs, j'ai réfléchi à tout cela. Selon moi, elle-même l'ignorait, sinon elle me l'aurait dit.

– Nous avons trouvé un test de grossesse positif à son domicile.

Ce fut un coup dur pour Julien Fousseret, qui mit quelques secondes à assimiler l'information. Il inspira profondément.

– Je ne comprends pas, dit-il. Je voulais un bébé, Sandrine ne peut pas en avoir. Emilie le savait. Pourquoi ne m'a-t-elle rien dit ?

– Nous pensons qu'elle voulait préalablement s'assurer qu'elle n'était pas porteuse d'une maladie congénitale.

– Pardon ?

– Avez-vous entendu parler de la maladie de Huntington ?

– La maladie de quoi ?

Krzyzaniak lui fit un rapide topo. Alors qu'elle résumait les chapitres diagnostic et pronostic de la pathologie, Julien Fousseret ouvrait de grands yeux incrédules.

– Qu'est-ce que c'est que cette histoire ? Emilie se portait comme un charme.

– Emilie Vaudrey ne présentait aucun symptôme… Pas encore, parce que tôt ou tard, ils se seraient manifestés. En apprenant qu'elle était enceinte, elle a fait le test pour savoir si elle était elle-même porteuse de la maladie dont sa mère était morte, et qu'elle risquait de transmettre au bébé. Le test s'est avéré positif. Nous pensons que c'est ce qui a entraîné son geste.

– Mais alors…

Julien Fousseret s'effondra sur le bureau. Les deux policiers le regardèrent sans réagir. Ils découvraient le haut de son crâne, atteint par un début de calvitie. Étant donné sa taille – Julien Fousseret devait mesurer autour de 1,90 mètre –, c'est un détail qui leur avait échappé.

– C'est moi qui l'ai tuée ! Si je n'avais pas insisté pour qu'on ait un bébé, elle n'aurait jamais… Elle ne se serait pas suicidée !

– Je suis navré, dit Cérisol.

L'avocate posa une main sur l'épaule de son client.

– Monsieur Fousseret, dit-elle.

Il n'y était pour rien, évidemment. Emilie Vaudrey se savait condamnée ; la maladie l'aurait rattrapée. Cela n'avait rien à voir avec lui.

Maître Lévis-Étournaud s'adressa alors aux policiers :

– Mon client avait droit à la vérité, mais je trouve la forme un peu cavalière.

– Il n'y a pas de façon indolore d'annoncer ce genre de nouvelle, répliqua Cérisol, vous le savez aussi bien que nous. Alors, s'il vous plaît, maître, pas de procès d'intention. C'est déjà suffisamment difficile pour tout le monde.

– Et puis, on vous rappelle que vous n'êtes là que pour vous assurer du respect des règles au cours de la garde à vue de votre client, renchérit Krzyzaniak. Vous n'avez pas droit à la parole. Vous vous exprimerez quand vous y serez invitée, à la fin de cette audition.

Cérisol adressa un sourire discret à sa jeune collègue. C'est bien, elle ne se laisse pas marcher sur les pieds, pensa-t-il.

Il accorda un répit supplémentaire à Julien Fousseret, puis il reprit son interrogatoire. On n'en était qu'aux préliminaires.

– Monsieur Fousseret, je suis désolé, croyez-moi, mais mon problème, pour l'instant, c'est la plainte pour abus de confiance et abus de faiblesse que le père de votre maîtresse a déposée contre vous.

L'homme se redressa et renifla. Krzyzaniak lui tendit un mouchoir en papier dans lequel il se moucha bruyamment.

– Il n'a jamais approuvé notre relation.

– C'est un père. Il protège les intérêts de sa fille, c'est humain comme réaction. Vous étiez un homme marié, à ses yeux.

Julien Fousseret piocha dans la boîte de Kleenex sur le bureau. Il se moucha bruyamment.

– Vous instruisez cette affaire à charge contre moi, se plaignit-il. De toute évidence, vous me traitez comme un criminel.

– Je suis désolé, mais les faits sont en votre défaveur.

– Quels faits ?

– Le montage financier de votre centre de bien-être, par exemple.

– Naturopathie et bien-être.

– Peu importe. Quelle que soit la dénomination, tout est à votre nom.

– …

– Vous voyez où je veux en venir ? Vous avez reçu la somme de trois cent mille euros de la part de votre maîtresse, Emilie Vaudrey. Grâce à cet apport, vous avez pu emprunter sept cent cinquante mille euros supplémentaires à la banque Crédit Mutuel. Tout est à votre nom. Il n'est nulle part fait mention de la participation d'Emilie Vaudrey dans le financement de l'entreprise. Une entreprise dont la valeur s'élève à plus d'un million d'euros !

Julien Fousseret ne démentit pas. Il ne réagissait plus, donnant l'impression qu'il venait de recevoir un coup de massue : les policiers en savaient plus qu'il n'imaginait.

Cérisol lui-même fut ravi mais étonné par l'effet de sa démonstration. Julien Fousseret était ferré, il le savait, mais il n'était pas encore tout à fait mûr. Cérisol réfléchit, étudia le quadragénaire quelques instants avant de prendre une décision qui désarçonna tout le monde, avocate comme gardé à vue, sa collègue Krzyzaniak y compris.

– Nous allons vous laisser réfléchir à tout cela. Je propose que nous fassions une pause déjeuner. K, redescends monsieur Fousseret en geôle, s'il te plaît. Maître, reprise des débats à 14 h 30 si vous le voulez bien.

– C'est-à-dire que…

– Merci à tous.

Et pour appuyer l'effet théâtral de sa réplique, il se leva et s'adressa à Krzyzaniak :

– Profites-en pour prendre ta pause.

La jeune lieutenant s'approcha de son chef de groupe et murmura à son oreille :

– Qu'est-ce que vous faites ?

– J'ai faim.

– Vous interrompez l'interrogatoire au moment où il allait craquer ?

Cérisol saisit sa collègue par les épaules.

– Je ne veux pas qu'il *craque*, justement. Je veux qu'il pese ses mots afin qu'il ne revienne pas dessus plus tard… Lors du procès, par exemple.

Krzyzaniak acquiesça. Elle avait compris. Puis, elle revint à des considérations plus pragmatiques :

– On mange ensemble à la cafète ?

– Non, ras-le-bol des sandwichs sous cellophane. Mais vas-y, toi.

– OK, à tout à l'heure.

Pendant que Krzyzaniak menottait Julien Fousseret et l'entraînait dans le couloir, Nicodemo et Grospierres revenaient de la rue de Fontenay. Ils retinrent l'ascenseur pour leur collègue et s'écartèrent sur le passage du gardé à vue.

– Tu remontes, après ? demanda Grospierres à Krzyzaniak.

– Non, je mange à la cafète.

– Tu vas retrouver Roussin ?

Krzyzaniak haussa les épaules et s'engouffra dans l'ascenseur.

– C'est quoi, l'allusion à Roussin ? demanda Cérisol.

Nicodemo arborait un air espiègle.

– T'as rien remarqué ?

Le dénommé Roussin, un jeune gars du quart de jour, faisait du gringue à Krzyzaniak depuis quelque temps.

– Pour l'instant, le flirt ne dépasse pas le stade de la machine à sandwichs, mais, d'après moi, les tourtereaux passeront bientôt à celui d'une invitation au restaurant, hors service.

L'idée plut à Cérisol. En effet, si elle se mettait en couple, elle ne chercherait pas tout de suite à quitter la région ou le commissariat. Une amourette, ça vous fixait un fonctionnaire ! Cela dit, un poste à la Crim' du SRPJ de Versailles aussi. Cérisol avait donc de grandes chances de pérenniser son équipe au moins jusqu'au départ à la retraite de Nicodemo, surtout depuis que Grospierres l'avait réintégrée en septembre dernier.

Cela lui fit penser que Jean-Baptiste et lui ne s'étaient toujours pas expliqués après le retour du jeune homme à la brigade. Ni l'un ni l'autre n'y avaient même fait allusion jusqu'à présent. Peut-être était-ce à lui, en tant que chef, de faire le premier pas ? D'autant qu'au cours des dernières semaines, Grospierres avait multiplié les marques de dégel et les tentatives de rapprochement. Il était particulièrement prévenant avec son chef de groupe depuis le rapatriement en catastrophe de Sylvia.

– Et sinon, qu'est-ce que ça a donné, les châtelains de la rue de Fontenay ? demanda Cérisol.

– C'était l'affolement général, là-bas, répondit Nicodemo. Je pense qu'on a tapé dans le mille.

– Vous avez pu faire les prélèvements que vous vouliez ? Les de Ribaute n'ont pas fait d'histoires ?

– Ils faisaient la gueule, ça c'est sûr, mais ils nous ont laissé travailler en paix.

– C'est du bon boulot.

Cérisol appuya ses compliments d'une main dans le dos de son vieux camarade portugais. Celui-ci grommela :

– Attendons les résultats des tests avant de nous réjouir.

Les effusions, très peu pour lui.

Puis, Cérisol consulta sa montre ; il avait deux bonnes heures devant lui avant de reprendre l'audition de Fousseret, c'était l'occasion d'inviter Grospierres à déjeuner. Nicodemo allait ouvrir un de ses célèbres Tupperware préparés par son épouse ; il ne se vexerait pas s'il ne lui proposait pas de les accompagner.

Cérisol se dirigea vers le poulailler – comme les anciens avaient surnommé le bureau des juniors – et interrompit Grospierres dans une conversation téléphonique :

– Retrouve-moi au Chaudron, lui glissa-t-il.

Grospierres prit un air étonné puis leva le pouce en l'air.

– Chérie ? dit-il en reprenant la communication. Il faut que je file. Je te laisse. Oui, moi aussi. Je t'embrasse.

Cérisol ne l'avait plus invité dans son QG depuis… plus d'un an ! La dernière fois qu'ils avaient partagé un déjeuner, c'était avant l'affaire Fabas et leur brouille. Le jeune homme mesurait ce que cette invitation représentait. Il saisit son blouson Teddy et attacha sa sacoche banane. Trente secondes plus tard, il avait rattrapé Cérisol sous les platanes de la contre-allée qui longeait l'avenue de France.

CHAPITRE 21

Le Chaudron, au cœur de Saint-Louis, un quartier que Cérisol évitait en dehors des obligations professionnelles… Trop de reliquats nauséabonds de l'Histoire pour les papilles de Cérisol, laïcard impénitent. Trop de jupes plissées et de crucifix ostensibles. Il n'appréciait guère la burqa dans le débat républicain ; l'uniforme des curetons pas davantage. Il n'oubliait pas que la première pierre de la cathédrale éponyme avait été posée par le Roi-Soleil en personne. Il avait l'impression de sentir l'odeur de la myrrhe agrippée aux façades des ruelles adjacentes, qu'il traversait en se pinçant le nez.

Les commerçants de l'hypercentre historique de la ville le lui rendaient bien ; ils ne le dévisageaient pas ouvertement mais son blouson de cuir noir et sa barbe de quelques jours dénonçaient son statut d'étranger au quartier.

Le bar-restaurant où il avait établi son QG faisait de la résistance depuis plus de deux cents ans. À n'en pas douter, Le Chaudron avait vu le peuple de Paris s'agglutiner contre les grilles du palais le 5 octobre 1789.

Aujourd'hui, la lutte des classes était toujours d'actualité, même si elle avait pris une autre forme, et l'établissement représentait un îlot de franchouillardise dans un océan de pulls bleu marine. En effet, une fois franchies les portes du Chaudron, point de raies sur le côté ou de labradors toilettés ; les boy-scouts restaient sur le pas de la porte, leurs papas en blazer et Macintosh virevoltant passaient leur chemin sans même s'attarder sur le menu, rebutés par la plèbe attablée à l'intérieur ou en terrasse lorsque les beaux jours revenaient. Et c'était très bien ainsi ; le *vulgum pecus* vivait mieux sans eux.

Cérisol se sentait chez lui au Chaudron, et peut-être même mieux que chez lui, certains jours comme celui-ci.

Fabienne trônait derrière le comptoir ; elle n'était pas là en l'an 1 du calendrier révolutionnaire, mais elle en remontrait au Roi-Soleil dont la statue gardait le parvis du château, opposant à son bâton de commandement la perche de saucisse sèche qu'elle brandissait.

La réputation du bar-restaurant tenait autant à sa tenancière qu'à la qualité de ses plats roboratifs… Et à sa décoration. Fabienne y avait transféré l'atelier de son père horloger au moment de sa mort, ainsi que sa collection personnelle de coucous et pendules. Les murs en étaient recouverts et donnaient à l'endroit des airs de chalet suisse qui aurait appartenu à un amateur compulsif d'aiguilles et de cadrans.

C'était à peu près tout ce que Fabienne avait accepté de partager comme éléments de biographie. D'elle, on ne savait rien. Ni son nom de famille, ni où elle habitait, si elle était mariée ou ne serait-ce qu'en ménage, avec ou sans enfants… On ne savait même pas à quelle heure elle embauchait le matin, ni comment elle arrivait : à pied ou en voiture, en RER ou en train. D'ailleurs, on ne l'avait jamais vue arriver. À croire qu'elle dormait sur place.

Tout ceci entretenait un certain mystère autour de sa personne, et nourrissait chez la gent masculine le fantasme d'une femme libre, sauvage, indomptée car indomptable. On l'imaginait ex-chanteuse de rock, mariée et dévouée à un vieillard millionnaire, un grand intellectuel d'origine russe, ou égérie d'un groupe libertaire vivant dans la clandestinité, façon bande à Bonnot ou Action directe. On rêvait d'un cœur à conquérir, qui sait ?

Pour autant, personne parmi les habitués n'aurait osé lui poser la moindre question, lui faire la moindre avance. De telles pensées relevaient du tabou. Fabienne détenait ce savoir-être propre aux barmaids et patronnes de boîtes de nuit, cette façon élégante de ne pas prêter le flanc, de ne pas donner prise aux goujats, de décourager sans prononcer une seule parole.

Elle avait acquis cette expérience au contact des braillards en tous genres, de tout âge et de toute condition, qu'il s'agisse d'ouvriers enhardis par la fin d'un chantier, d'employés de bureau trop sûrs d'eux après quelques verres, de commerçants qui se retenaient dans leur magasin pour se lâcher au comptoir de Fabienne… ou de policiers avinés. Ces derniers avaient élu le vendredi après-midi comme temps de relâche. « Le vendredi, les poulets sont cuits », avait coutume de dire la patronne.

Mais si un seul de tous ces admirateurs s'était risqué à lui faire des propositions, le blasphème aurait été immédiatement puni par une expulsion *manu militari* sur la voie publique par les autres clients. Fabienne était sacrée. Pas question qu'elle soit souillée par les sales pattes ou les gros mots d'un malotru.

Cérisol n'eut pas besoin de préciser sa commande ; il se contenta de dire « Comme d'habitude », et Fabienne envoya des rognons à la sauce bourguignonne.

Grospierres opta pour un pâté forestier en entrée et un filet mignon en plat principal. Cérisol le taquina gentiment :

– Tu manges du porc, toi ? C'est nouveau.

Grospierres sourit. C'était de bonne guerre. Il comprit pourquoi son collègue l'avait invité à déjeuner : il souhaitait aborder *la* question qui le taraudait depuis son retour d'Israël.

– Je dois reconnaître que la greffe n'a pas pris.

Grospierres s'était converti au judaïsme, mais il avait grandi en Ardèche, dans un milieu catholique pratiquant qui en était très éloigné. D'ailleurs, son mariage avec une Juive avait causé quelques remous, scindant la famille en deux : les uns considérant que les choix de Jean-Baptiste ne les regardaient pas et que, de toute façon, l'amour avait ses raisons que la raison ignorait, les autres vivant la chose comme une trahison, un reniement de leurs valeurs, de son éducation.

La *brit milah* de l'enfant né de cette union – accompagnée d'une circoncision dans les règles – rassembla toutes les forces en présence contre le couple *mixte*. Le prénom de Samuel qu'ils choisirent pour leur rejeton fut vécu comme une ultime provocation.

Jusque-là, Cérisol – qui ne portait pas les clergés, quels qu'ils fussent, dans son cœur – s'était contenté de désapprouver silencieusement, mais quand son protégé avait pris la décision de se convertir et de partir vivre en Israël avec son épouse et son fils, il s'était permis d'exprimer son incompréhension.

Jean-Baptiste, après avoir été privé de l'amour de ses parents et de ses frères et sœurs, avait perdu l'amitié de son mentor.

Il poursuivit :

– Je n'ai pas réussi à m'intégrer dans la société israélienne.

Cérisol mordit dans une tranche de pain pour occuper ses mains et dissimuler son malaise. Car c'était l'instant de vérité. Depuis des mois, depuis le retour de Jean-Baptiste à la brigade, la conversation qu'ils s'apprêtaient à avoir était suspendue entre eux.

À présent, Cérisol devait se taire et laisser Grospierres s'exprimer, mais il hocha la tête en signe d'approbation, parce qu'il devait aussi l'encourager, lui montrer qu'il comprenait, qu'il était prêt à entendre, qu'il ne le jugerait pas, qu'il ne ferait preuve d'aucun sarcasme, et surtout, qu'une fois que ce serait dit, on n'y reviendrait pas.

– J'ai trouvé du boulot facilement, ce n'est pas ce qui a posé problème. On avait un appartement, une place en crèche pour Samuel. D'un point de vue matériel, tout roulait. Mais je n'ai jamais été considéré comme un Israélien à part entière, ni même comme un Juif authentique. On m'a d'entrée fait comprendre que je resterais un Goï, et un Français.

Cérisol saisit le pichet que Fabienne avait apporté pour Grospierres et lui versa du vin.

– À la rigueur, ce n'était pas le plus problématique. J'aurais pu m'y faire, trouver mes marques, rester en dehors de tout ça.

De la main, il désigna quelque chose de vague : tout ça, le bazar ambiant d'un pays en guerre, déchiré à l'intérieur comme à l'extérieur, avec ses codes, son histoire, tout ce qui ne s'apprend pas dans les livres et que l'on découvre en vivant sur place, dont on ne mesure l'étendue qu'à l'aune de sa propre taille, trop petite pour absorber « tout ça » en une seule vie, dans une seule personne. Il faut des générations avant soi pour ingérer la somme des malheurs et des colères d'un peuple.

– Mais sur place, il est très difficile de demeurer en dehors du jeu, de ne pas prendre parti.

Cérisol acquiesça : la neutralité était un luxe qu'offraient les démocraties européennes. Au Moyen-Orient, où tout était en permanente construction et déconstruction, chacun devait choisir son camp.

– Le plus douloureux, ça a été pour Clarissa.

Un long silence s'installa. Cérisol se servit un verre d'eau mais plongea son nez dans le pichet de vin de Grospierres, juste pour en humer les arômes, en souvenir du bon vieux temps. C'était un blanc sec et acide du Val de Loire, très minéral, qui sentait la pierre à fusil, qui se mariait parfaitement avec cette conversation : Israël et l'acidité, le goût de la roche et l'odeur de la poudre. Dans d'autres circonstances, l'idée d'associer un vin au thème d'un débat plutôt qu'à un mets lui aurait plu, mais l'heure n'était pas à des considérations philosophico-œnologiques. Il reposa le pichet en se faisant violence pour ne pas se servir à son tour.

– Clarissa n'avait pas imaginé un accueil aussi froid. C'est un peuple dur. Endurci, donc dur. Elle s'attendait à être reçue à bras ouverts. Mais on vous teste quand vous faites votre *alyah*…

– Votre *alyah* ?

– Quand vous arrivez de l'étranger pour rejoindre le peuple d'Israël en terre sainte.

– Pourtant, elle est juive, elle. Samuel aussi.

– Oui, mais elle ne parlait pas hébreu. On s'y est mis dès qu'on est arrivés, mais ses progrès n'étaient pas assez rapides, aux yeux de certains. Moi, on m'excusait, vu que j'étais un Goï, mais elle, on le lui reprochait.

Grospierres leva son verre, puis l'avala d'un trait.

– Mais pour être franc, ce n'est pas cela qui nous a décidés à rentrer. Nous ne pensions pas que le stress serait aussi fort.

– Le stress ?

– C'est un pays en guerre. C'est une donnée que les gens nés là-bas ont intégrée, cela fait partie de leur ADN. Pour nous, en revanche... C'est très difficile au quotidien. Tu ne peux pas te rendre dans une galerie marchande sans que ton sac soit soumis à une fouille et passe dans un scanner, tu croises des militaires armés jusqu'aux dents dans la rue...

– C'est un peu comme ça ici aussi, depuis Vigipirate.

– Ce n'est pas pareil. Là-bas, tu t'attends à une attaque à tout moment. C'est une pression permanente; tu n'as jamais l'esprit tranquille. Clarissa ne s'en plaignait pas mais je voyais bien que ça la minait. Je dois avouer que moi-même, je ne me sentais pas à l'aise au quotidien. Et puis, il y a eu ce tir de roquette.

– Quoi ?

Grospierres voulut servir du vin à Cérisol, qui déclina, puis il se versa un deuxième verre.

– Notre immeuble a été touché par une roquette lancée par le Hezbollah depuis le Liban. Le salon de nos voisins a été dévasté. Il n'y a eu aucune victime, heureusement, mais la chambre de Samuel était attenante à la pièce détruite. On a quitté le pays le lendemain. Quand je vois ce qu'il se passe là-bas en ce moment, je me dis que nous avons bien fait. Depuis, Clarissa n'est plus la même. Ça lui a fichu un coup au moral. Je crois qu'elle a du mal à retrouver ses marques ici, qu'elle ne sait plus comment se positionner par rapport à son judaïsme, sa citoyenneté française, sa culture, ses racines... Elle est une Française en Israël, une Juive en France. Une étrangère où qu'elle aille. Ça a mis le bazar dans son esprit, et elle ne sait pas vers qui se tourner pour en parler. On dirait qu'elle a peur d'aborder la question avec ses amis juifs et sa famille, peur d'être considérée comme une traîtresse, ou qu'ils pensent qu'elle n'est pas à la hauteur de sa foi et de ses engagements... Elle n'ose pas se confier à moi non plus, comme si elle culpabilisait, ou avait honte d'avoir échoué, ou si elle croyait que je lui reproche quelque chose. Bref, c'est compliqué en ce moment. Moi-même, je suis un peu perdu. Je me demande si je n'ai pas été un brin naïf, ou aveugle. Moi non plus je n'ose pas aborder la question... Mais honnêtement, je ne suis plus tellement sûr de vouloir continuer à être juif. Je ne peux pas affronter son regard, mais je ne peux pas non plus affronter celui de mes parents, ou de mes frères et sœurs. Cela fait beaucoup de non-dits pour un seul couple.

Grospierres se tut. Fabienne avait des antennes ; elle sentait que les deux collègues ne devaient pas être dérangés et attendait avant d'apporter leurs entrées.

– Eh bé ! dit Cérisol. Quelle histoire !

– Comme tu dis. Et tu vois, le rapatriement de Sylvia, son coup de blues… Ça m'a fait penser à Clarissa. J'ai l'impression que nos femmes respectives passent toutes les deux par… je ne sais pas… une espèce de…

– Tu peux appeler un chat un chat : Sylvia fait une dépression.

Les deux hommes se dévisagèrent. Six mois à se regarder en chiens de faïence, six mois de défiance, et ils en étaient au même point, l'un et l'autre, empêtrés dans leurs difficultés domestiques, chacun amoureux de sa femme mais amoureux d'un sac de nœuds. Il y avait eu l'histoire de l'Orchidée et la faute de Cérisol, l'erreur de jugement qu'il avait commise pendant l'instruction et qui avait mené à l'arrestation d'un innocent… Une erreur réparée par Grospierres, le disciple, au détriment de son maître. Ce différend s'était conjugué aux dissensions entre les deux hommes au moment de la conversion de Grospierres, de la naissance de son fils. Enfin, il y avait eu la demande de mise en disponibilité de Grospierres, incompréhensible pour Cérisol, et son départ pour Israël, tout aussi incompréhensible.

En dépit de tout cela, ils se dévisageaient et se redécouvraient, amis comme avant, Pygmalion et protégé, grand et petit frangins, père et fils. Ils pouvaient se faire confiance à nouveau.

Ils se trouvaient dans la même situation et eux seuls en connaissaient les contours. Même Nicodemo, le vieux compagnon de route, le pilier, le patriarche, le flic avec lequel Cérisol partageait le plus de souvenirs et de confidences, dont il connaissait tout de la vie conjugale… Le doyen du groupe ne pouvait les comprendre comme ils se comprenaient.

Fabienne estima que le moment de les servir était arrivé. Elle déposa leurs entrées devant eux, et jugea également opportun de remettre un pichet de blanc à Grospierres.

Cette fois, Cérisol l'accompagna. Après toutes les émotions qu'il avait vécues, il pouvait s'accorder un écart. Les deux hommes trinquèrent à leur amitié retrouvée.

Cette semaine, les poulets seraient cuits un mardi.

Amos, 8 ans plus tard

Amos n'est pas de la première jeunesse, mais il a conservé toute son agilité. Sa vie de jardinier l'a maintenu en forme. Il se déplace sans bruit et avec la même grâce que lorsqu'il était enfant. Dans ces moments-là, le Tchad se rappelle à lui… Tout comme Grace et Blaise. Non pas qu'il passe une seule journée sans penser à eux, mais ils sont devenus des rendez-vous abstraits, des réflexes conditionnés débarrassés de leur charge affective.

Cependant, quand il redevient lui-même enfant comme ce soir, ils lui apparaissent tels qu'il les a connus, pleins de vie et de réalité… Et ces réminiscences sont douloureuses.

Le jour, il taille les haies et tond la pelouse, sarcle et bouture ; la nuit il joue les funambules pour se faire la belle et rejoint sa prison dorée en se hissant au balcon.

Parfois, il se demande combien d'années encore sa santé lui permettra de telles escapades. En attendant, il en jouit tout en procurant du plaisir à ses amis. D'ailleurs, étant donné la vie qu'ils mènent, ces derniers disparaîtront probablement avant que ses capacités physiques n'aient complètement périclité… Même si, depuis quelques jours, il tousse et éprouve une gêne respiratoire. Il s'essouffle plus vite que d'habitude.

Ses amis : des parias, comme lui, qu'il n'aurait certainement pas fréquentés en temps normal. Mais sa vie n'a pas été *normale*. La leur non plus. Pour d'autres raisons. Chacun son aliénation, à sa manière.

Le hasard, ou le désespoir, les a fait se croiser, et ils se sont reconnus. À présent, ils ne sont pas les meilleurs amis du monde, mais les seuls amis au monde. Il n'y a guère qu'eux pour recevoir ses confidences, et Amos est une des rares oreilles qui ne les juge pas. Eux dehors, lui dedans… Si différents… Mais au fond, ils partagent le même sort.

Amos n'a pas eu de mal à repérer la trappe dans la commode de l'entrée qui s'escamote pour laisser apparaître une niche à peine plus large qu'un poing serré, au fond de laquelle les Galhan de Ribaute dissimulent la clef de leur cave. Une cave dont la porte est blindée, la dalle au sol montée sur vérins antisismiques, l'hygrométrie et le taux d'humidité contrôlés, dotée d'un système d'alarme… désactivé lorsque les propriétaires se trouvent à l'intérieur de leur demeure. Un trésor à l'abri des barbares mais pas d'un ennemi de l'intérieur. Or, on ne se méfie jamais assez des siens.

Amos procède toujours à des prélèvements parcimonieux et intelligemment répartis : jamais deux fois parmi la même appellation ou la même propriété. Il fait également en sorte d'éviter les dents creuses ; c'est-à-dire qu'il se sert parmi les bouteilles des rangées arrière afin que rien ne se voie en façade.

Ses virées hebdomadaires de nuit constituent sa seule source de bonheur dans une vie, non pas atroce, mais dénuée de joie et de perspectives… Et de liberté. Une vie qu'il n'a pas choisie. Mais qui choisit sa vie ? Lui, en tout cas, n'a pas eu ce luxe.

Depuis que les enfants ont quitté le nid, *monsieur* et *madame* se retirent dans leurs appartements, au rez-de-chaussée, une fois le dîner desservi. Ils travaillent souvent tard, chacun sur son ordinateur, chacun dans son bureau. Joséphine finit son service autour de 19 heures, puis rejoint son studio dans les dépendances ; ce qui laisse à Amos seul le reste de la résidence, même si l'unique espace qui lui soit autorisé est sa mansarde. Il y passe le plus clair de son temps à regarder la télévision.

Et à penser à son pays, à sa femme et à leur fils.

Après tout, l'existence qu'il mène depuis huit ans est bien meilleure que celle qu'il avait là-bas à l'époque. Il essaie de se convaincre qu'il a réussi. Objectivement, s'il y réfléchit bien, c'est le cas. Et pourtant, quelque chose lui manque. *Ils* lui manquent terriblement.

Quand il descend à la cave, comme ce soir, il laisse sa chambre allumée afin qu'on en déduise qu'il se repose si on s'aventurait dans les étages.

Les escaliers, parce qu'ils sont en bois, constituent le passage critique. Chaque planche grince et peut le dénoncer.

Ensuite, le sol est recouvert de tomettes ; la descente au sous-sol également.

Sortir dans la rue par la porte d'entrée n'est pas envisageable. Il faut donc remonter au premier étage et passer par le balcon. C'est une opération délicate, toujours à cause des escaliers en chêne.

Amos abandonne ses chaussures sur le palier du premier. Parfois, il se laisse glisser le long de la rampe, tel un gamin jouant au manège. Cette fois, il juge plus prudent de prendre appui sur les extrémités des marches, moins enclines à produire le craquement qui le trahirait, et de descendre ainsi au rez-de-chaussée.

De là, toujours en chaussettes, il va prendre la clef dans la commode de l'entrée et revient sur ses pas. La porte de la cave se trouve au pied de l'escalier. Il tend l'oreille pour s'assurer que personne n'est levé et entreprend d'ouvrir le mécanisme complexe de la serrure sécurisée. L'opération demande trois demi-tours de clef sur la gauche. Un mouvement trop brusque, et fouillot, pêne et cylindres se mettent à hurler. Mais en agissant au ralenti, seule une oreille canine pourrait deviner que quelqu'un est en train de s'introduire dans le chai de *monsieur*… Et les Galhan de Ribaute n'ont jamais voulu de chiens. Amos aurait bien aimé avoir un compagnon de jeu. Il s'en est un jour ouvert à Joséphine qui lui a dit qu'en ce qui la concernait, au contraire, l'absence d'animal domestique l'arrangeait. « Trop de saleté, a-t-elle argué. Des poils partout ! »

En soulageant la porte au moment de l'ouvrir, on évite tout grincement. Cela, même *monsieur* l'ignore.

Ce soir, Amos décide de *se payer* un pinot gris vendanges tardives du domaine Rolly Gassmann en Alsace. Du blanc, donc. Amos n'y connaît pas grand-chose mais, précisément, ses larcins sont pour lui l'occasion d'apprendre. Jamais il n'ouvre une bouteille sans s'être discrètement renseigné sur ce qu'en ont pensé les experts en consultant le guide Hachette de l'année concernée. Amos n'a pas facilement accès à Internet. En revanche, *monsieur* laisse souvent traîner le dernier numéro des revues de sommellerie qu'il collectionne, et qu'Amos consulte en cachette. Il s'amuse aussi à regarder la cote de l'étiquette en question et tire une profonde satisfaction à l'idée de rétablir un semblant d'équilibre des dettes entre les Galhan de Ribaute et lui. Maigre consolation dont il doit se contenter.

Il la glisse dans la poche intérieure de sa veste de velours côtelé, la cale sous son aisselle, et refait le chemin inverse : s'assurer que tout est calme avant de sortir de la cave, verrouiller la porte sans se hâter, remonter au premier étage en évitant les pièges familiers – telle marche qui couine si on prend appui à tel endroit, etc. –, renfiler ses baskets et sortir par le bow-window qui donne sur le balconnet.

Là, commence la partie acrobatique de l'expédition, celle que préfère Amos. Le danger ne vient plus tellement de l'intérieur ; il faut à présent veiller à ce que personne, dans la rue, ne puisse le surprendre. Il serait vite confondu avec un cambrioleur et les Galhan de Ribaute immédiatement alertés. Étant donné sa situation, tout démêlé avec la justice lui est interdit.

D'un geste, il enjambe le parapet et se laisse glisser le long de la gouttière jusqu'au bas du mur. C'est à peine si on peut entendre le bruit de ses semelles au moment où il pose pied à terre. Il s'accroupit, par mesure de sécurité, mais alors qu'il s'apprête à se redresser pour franchir la grille en fer forgé, dernière épreuve avant de se retrouver enfin libre dans la rue, une pointe douloureuse à la poitrine l'oblige à s'immobiliser. Il doit attendre quelques minutes qu'elle passe, caché derrière une immense jarre qui contient un laurier rose, couvert d'un voile de feutre pour l'hiver.

Enfin, quand il se sent mieux, il vérifie une dernière fois que personne n'est réveillé dans la maison, aucune lumière allumée, aucun visage à l'une des fenêtres ; qu'aucune voiture, aucun passant ne remonte la rue de Fontenay aussi… Puis, il saute par-dessus la grille et s'élance en direction de la pièce d'eau des Suisses.

CHAPITRE 22

Louise Gairal faillit trébucher à cause de Bobotte, l'animal de la maisonnée, une vieille chatte toute noire qu'on distinguait mal dans la pénombre et à qui cela avait valu d'être piétinée plus d'une fois. Bobotte, c'était son chat à elle. Grégoire la lui avait offerte à l'occasion de sa sortie de l'ENM, quinze ans auparavant. Aujourd'hui, Bobotte était une mamie, et Louise s'attendait à tout moment à ce qu'elle les quittât. Elle avait beau s'y préparer, elle savait que cela lui fendrait le cœur, le moment venu.

Louise pouvait entendre sans ciller les pires horreurs dans le prétoire et requérir sans le moindre état d'âme une peine de quinze ans d'incarcération à l'encontre d'un assassin, mais l'idée que Bobotte un jour ne serait plus lui tirait les larmes.

Parmi tous les animaux en attente de propriétaires à la SPA, Grégoire avait choisi Bobotte pour la tache blanche qu'elle arborait sur son jabot et qui rappelait le rabat de la robe de magistrat. Louise avait tout de suite adopté le petit félin.

Comme tous les matins, elle déposa ses enfants, qui au collège, qui à l'école primaire, avant de se rendre à son bureau… Un rituel auquel elle ne dérogeait pas. Le petit déjeuner qu'elle préparait pour la tribu, Grégoire compris, constituait le seul moment de la journée partagé à cinq. Elle tenait à ce qu'il perdurât aussi longtemps que les oisillons vivraient dans le nid.

Le soir, la nounou se chargeait d'aller les chercher à la sortie des classes, de les faire goûter, de superviser leurs devoirs et de les faire dîner.

Louise faisait en sorte de rentrer à temps pour leur lire une histoire au lit.

Ce matin-là, elle ne fit que passer en coup de vent au tribunal pour trier ses mails – une bonne trentaine ; c'était son mode exclusif de communication avec les enquêteurs ; ainsi, elle réagissait quand elle le jugeait opportun – et se rendit en détention pour prendre part à des audiences d'aménagement de peine.

Le juge d'application des peines et elle auraient pu covoiturer depuis le palais, mais cela ne s'était jamais fait. Un nouvel exemple du mode de fonctionnement mystérieux et tacite du système judiciaire français : parquet et siège, à l'instar des torchons et des serviettes, ne se mélangeaient pas.

Ce soir, quand elle rentrerait chez elle, elle se laverait les mains. Plusieurs fois. C'était sa façon à elle de ne pas rapporter la crasse du tribunal à la maison. Contrairement à la plupart de ses collègues, Louise n'avait pas besoin d'un sas de décompression : pas de passage par la case apéritif, nul besoin de rouler en écoutant du métal ; il ne lui était pas non plus nécessaire de *compartimenter*. Elle ne voyait aucun inconvénient à évoquer certaines affaires en cours devant les siens ou à prendre un appel à table lorsqu'elle était de permanence le week-end. Grégoire le lui reprochait régulièrement : « Entendre de telles horreurs, ce n'est vraiment pas bon pour les enfants. » Pourtant, ces derniers voyaient bien pire sur les réseaux sociaux, malgré le contrôle parental qu'ils essayaient de maintenir.

Elle-même n'avait jamais été à proprement parler *traumatisée* par une affaire. Seul un cas l'avait marquée : celui d'une maman de quarante ans dont le bébé était mort secoué par son compagnon violent. Elle s'était sentie d'autant plus proche d'elle que l'enfant avait l'âge de sa fille au moment des faits. Une chose l'avait notamment impressionnée : la mère avait déménagé pour venir habiter en face du cimetière où son enfant avait été enterré. Elle avait réorganisé son existence autour de ce deuil. Sa vie, c'était son bébé mort désormais.

Louise n'avait jamais oublié cette femme qui s'était jetée dans ses bras à l'issue du jugement ; simplement parce que Louise, dans son réquisitoire, avait pointé le désarroi de cette maman dont non seulement l'unique enfant était décédé, mais qui ne pourrait plus en avoir d'autre. Ce n'était pas uniquement la fin de la vie de sa fille, c'était la fin de sa vie de mère. Louise avait réussi à mettre des mots sur sa peine ; elle n'avait pas requis *contre* le compagnon, elle avait requis *pour* cette femme.

Quand elle réfléchissait à son métier et à toutes les affaires qu'elle avait eu à traiter, Louise avait peu de regrets. Les seuls qu'elle eût étaient liés à la façon dont elle avait parlé – trop sèchement à son goût – à certains prévenus. Plus d'une fois, elle s'était trouvée inutilement froide et cassante. Elle s'en voulait d'avoir cédé à la facilité en se réfugiant derrière l'autorité de sa fonction pour mettre à distance des prévenus qui la sollicitaient ou l'interpellaient, légitimement.

La fatigue après une longue journée de réquisition n'excusait pas tout, ni le monde qui se pressait autour du procureur au moment des déferements, les gens qui vous posaient des questions, qui voulaient savoir pourquoi vous les envoyiez en détention provisoire… Alors que vous aviez des tas d'autres choses en tête.

De cela, elle n'était pas fière et se le reprochait. Ce n'était pas le cas des autres procureurs. C'était une des raisons pour lesquelles elle se considérait parfois à contre-emploi dans ce métier.

Le fait qu'elle se sentait *très à gauche* par rapport à ses collègues n'arrangeait rien. Moralement, il lui était compliqué de défendre un système qui protégeait la propriété et réprimait les pauvres au bénéfice des riches et des puissants. Pendant les manifestations des Gilets jaunes, par exemple, elle ne pouvait s'empêcher de penser que sa mère, là-bas, à Toulouse, aurait pu faire partie des manifestants qu'on déférait à tour de bras.

Son métier et sa carrière étaient valorisés dans sa famille. En effet, Louise incarnait à elle seule l'ascenseur social. Mais en montant dedans, elle avait renié sa classe. Elle était une sociale-traître.

En revenant de la maison centrale de Poissy, elle passa par la salle de détente du parquet. C'est là que se retrouvaient la cohorte de substituts, de vice-procureurs et de procureurs pour faire une pause ou pour déjeuner. Les buveurs de thé y faisaient bande à part, les accros au café y prenaient une énième dose d'excitant, et certains y faisaient une sieste éclair pendant leur garde… Mais c'était surtout le lieu où s'échangeaient les derniers potins sur untel ou unetelle.

Louise avait l'intention de réchauffer des restes de brocoli au gorgonzola qu'elle emporterait dans son bureau, quand elle tomba sur Victor Bagur, vice-procureur, comme elle. Louise se souvint qu'il était en charge de l'affaire de l'inconnu des Gonards que Cérisol et son groupe instruisaient.

– Alors, ils en sont où, tes pilleurs de tombe ?

Victor Bagur essuya les commissures de ses lèvres avant de répondre.

– Je suppose que ça avance à grands pas, vu que je ne m'en occupe plus.

– Pardon ?

– Bellanger a récupéré le dossier.

Dès qu'on évoquait le nom du procureur général, il fallait redoubler de prudence. Les murs ayant des oreilles – et une bouche pas toujours bienveillante –, Louise vérifia que personne ne pouvait les entendre.

– Il t'a écarté, vraiment ?

– Dessaisi, en bonne et due forme. Officiellement, je ne suis plus en charge de cette affaire. On avait une piste, les policiers venaient de faire des prélèvements ADN de routine, j'attendais les résultats du labo, quand Bellanger m'a signifié qu'il me retirait l'affaire.

– À qui est-ce qu'il a refilé le dossier ?

– À un de ses sbires, Blanchet.

– C'est dingue ! C'est du jamais-vu.

– Apparemment, le cas était « sensible » et dépassait mes compétences.

– Le cadavre d'un Africain non identifié, c'est considéré comme sensible, ça ?

– Oui, enfin… Sauf que la piste en question, c'était des *de Machin*.

– Qu'est-ce que tu veux dire ?

– Les prélèvements… ils émanaient du domicile de gens *bien sous tous rapports*. Quartier Saint-Louis. Tu vois le tableau ?

– Des amis du procureur général ?

Victor Bagur écarta les bras, laissant entendre « Moi, je ne t'ai rien dit ».

Louise Gairal remonta dans son bureau. Les événements prenaient une tournure inattendue pour une affaire aussi anodine, sur le papier en tout cas. L'escamotage de Bagur par le procureur général en personne signifiait que le dossier était devenu très politique. Ça sentait le coup fourré et ça n'allait pas plaire à Cérisol, qui n'était pas réputé pour apprécier les courbettes et les mondanités. Flics et procureurs ne partageaient pas les mêmes intérêts ni la même vision des choses, mais pour une fois, elle serait d'accord avec lui.

CHAPITRE 23

Cérisol se sentait lourd et se demanda s'il avait bien fait de reprendre des rognons. Le vin blanc, à n'en pas douter, avait été une mauvaise idée ; l'alcool était largement responsable de l'état nauséeux dans lequel il se trouvait.

Tout en relançant l'enregistrement, il se dit qu'il aurait volontiers fait une sieste.

– L'interrogatoire de monsieur Fousseret Julien reprend ce jour mardi 7 novembre 2023 à 14 h 24 en présence du commandant Cérisol, du lieutenant *Krizaniak*…

– Krzyzaniak, corrigea l'ex-Polonaise en articulant dans le micro.

Cérisol faillit éclater de rire. Il se retint et lui fit un clin d'œil.

– …Monsieur Fousseret est assisté de maître Lévis-Étournaud.

Il laissa passer quelques secondes.

– Bien, nous en étions au montage financier de votre centre de naturopathie et de bien-être.

– Je… J'ai une explication. Tout ce que vous avez dit est vrai, mais il y a une raison pour laquelle l'entreprise est à mon nom.

– Parfait, éclairez-nous monsieur Fousseret !

Tous les regards se tournèrent vers la porte d'entrée, car Nicodemo choisit ce moment pour faire son entrée. Il agita la main pour s'excuser de déranger ; Julien Fousseret attendit qu'il fût assis derrière son bureau pour commencer sa démonstration.

Visiblement, il avait repris du poil de la bête. Les policiers se demandèrent comment il allait retomber sur ses pattes.

– Ce n'est pas ce que vous croyez… C'est lié à l'état de santé d'Emilie.

– De madame Vaudrey ?

– Oui. Elle était fragile des nerfs, et soignée pour cela. Et même si elle allait mieux, aucune banque ne lui aurait accordé le moindre emprunt. Avec ce genre de passif, les assurances ne passent jamais l'éponge. Elle était considérée comme « cliente à risque ».

– Et pourtant, vous avez décidé de monter cette affaire avec elle.

– J'avais confiance en elle, moi. Elle allait bien… Du moins, c'est ce que je croyais.

– Il faudrait savoir : elle allait bien ou elle était fragile des nerfs ?

– Fragile ne veut pas dire incapable, ou indigne de confiance. Ce travail de naturopathe l'avait déjà beaucoup aidée. Le centre lui aurait apporté la stabilité à laquelle elle aspirait.

– Il n'empêche : vous lui avez emprunté trois cent mille euros sans en laisser aucune trace, aucune reconnaissance de dette.

– C'est là que vous vous trompez. Vous n'avez pas toutes les données du problème.

– Je vous en prie, affranchissez-nous, dit Cérisol avec une ironie à peine déguisée.

Julien Fousseret consulta son avocate du regard. Celle-ci l'encouragea à poursuivre.

– Cette somme, c'était en échange de ma maison.

– Comment ça, en échange ?

– Je la lui ai vendue.

– La maison dans laquelle votre épouse et vous vivez ?

– Oui.

– J'ai du mal à saisir ; votre femme a accepté de vendre *sa* maison à *votre* maîtresse ?

– C'est-à-dire que… la maison était à mon nom. Ma femme ne possède rien, et nous sommes mariés sous le régime de la séparation des biens.

– Vous voulez dire que votre femme n'est pas au courant de la transaction ?

– Non.

Cérisol se tourna vers Nicodemo. Ils en avaient vu, de drôles d'arrangements entre humains, au cours de leur carrière; celui-là figurerait dans le top 10: le type cède sa maison à sa maîtresse sans en informer son épouse pour financer son centre zen où des cadres supérieurs au bord du *burn out* pourront boire du rooibos et pratiquer le yoga!

– Vous avez des preuves de ce que vous avancez? demanda Krzyzaniak.

– Bien sûr. Nous sommes passés devant le notaire. Tout a été fait dans les règles. Je lui ai vendu ma maison pour la somme de trois cent mille euros. Je ne lui ai pas emprunté un seul centime.

– À vrai dire, ajouta maître Lévis-Étournaud, non seulement mon client n'avait aucun motif valable de pousser madame Vaudrey au suicide, puisque ce sont les griefs retenus par le parquet, mais son décès joue en sa défaveur, car à présent, la maison revient de droit au père de la défunte, et monsieur Fousseret se retrouve sans domicile.

– Je vous rappelle votre obligation de réserve, maître. Ne m'obligez pas à vous le redire, sinon j'en référerai au parquet.

L'avocate se renfrogna, mais elle avait tout de même réussi à placer ce qu'elle voulait dire.

– En quoi Emilie Vaudrey était-elle votre associée si elle ne possédait aucune part de l'affaire? reprit Cérisol.

– Elle aurait été cogérante, et aurait bénéficié des installations pour exercer son activité de naturopathe sans avoir de bail à payer. Cela aurait compensé le loyer que j'aurais dû lui verser pour continuer à vivre dans ma maison… Enfin, dans *sa* maison.

Cérisol secoua la tête.

– Plutôt bancal, comme deal.

– C'est parfaitement légal, et ce compromis satisfaisait tout le monde…

– Sauf votre épouse, le coupa Krzyzaniak. Aujourd'hui, elle se retrouve sans rien.

– Et puis, cela satisfaisait tout le monde tant que l'entente cordiale durait, abonda Cérisol. Parce qu'à la première dispute, le jeu du je-te-tiens-tu-me-tiens-par-la-barbichette aurait dégénéré.

– Précisément, dit Julien Fousseret : nous nous tenions l'un et l'autre par la barbichette. Il était dans notre intérêt commun que les choses se déroulent bien.

– Sauf accident, dit Cérisol.

– Ou suicide, ajouta Krzyzaniak.

C'était un coup bas ; mais Fousseret le méritait. D'ailleurs, il encaissa en baissant les yeux.

– Je ne pouvais pas prévoir que…

Krzyzaniak le coupa :

– Comme quoi, les compagnies d'assurances n'ont pas toujours tort.

Cette fois, Fousseret se rebiffa :

– C'est vraiment dégueulasse, ce que vous faites. Emilie est morte. J'ai perdu la femme que j'aimais… Sans compter que je viens d'apprendre que j'allais être papa. Alors, que cette union vous plaise ou non, je m'en fous pas mal ; je n'ai pas à me justifier auprès de vous. Dites-moi ce que vous me reprochez, mais ma relation avec elle ne regarde que moi.

Le silence retomba sur les dix mètres carrés du bureau surchauffé.

– Pardonnez-moi, vous avez raison, dit Krzyzaniak.

Cérisol dévisagea sa collègue ; tout à l'heure, quand l'avocate et son client seraient partis, il lui rappellerait une règle de base : un flic, même pris en tort, ne s'excuse jamais auprès d'un gardé à vue. C'était là une marque de faiblesse ; il valait mieux être injuste plutôt que trop aimable.

En l'occurrence, les remords de Krzyzaniak étaient inutiles car on s'acheminait tout doucement vers un classement sans suite. D'ailleurs, Cérisol s'absenta pour téléphoner à Louise Gairal. En quelques mots, il lui rendit compte de la situation.

– On n'a rien contre le mari-amant, dit-il pour conclure.

– Bon, eh bien je lève sa garde à vue.

Cérisol entendit le cliquetis du clavier de la vice-procureur.

– Voilà. Le fichier est en pièce jointe dans votre messagerie.

– Merci, madame le procureur.

En revenant dans son bureau, Cérisol s'installa à son clavier, vérifia qu'il avait bien reçu le message de la vice-procureur, et annonça la nouvelle à Fousseret :

– Votre garde à vue prend officiellement fin ce jour 7 novembre 2023 à…

Il consulta l'horloge de son ordinateur.

– … 15 h 35.

Puis, il rédigea le procès-verbal de la garde à vue, en se basant sur l'enregistrement. Par moments, il demandait à Julien Fousseret de confirmer certaines informations, un processus qui parut interminable à tout le monde.

Enfin, il lança l'impression du compte-rendu et tendit les pages à Julien Fousseret.

– Veuillez relire et signer, s'il vous plaît. Quand ce sera fait, la lieutenant Krzyzaniak vous raccompagnera.

– Ça veut dire que… ?

– Vous êtes libre, précisa Cérisol.

Julien Fousseret hésita.

– Qu'est-ce qu'il va se passer, ensuite ?

– Le dossier va être transmis au parquet.

– Et moi, qu'est-ce que je deviens ?

– Vous discuterez de tout cela avec votre avocate, mais il y a peu de risques que vous soyez poursuivi.

Julien Fousseret consulta maître Lévis-Étournaud du regard ; l'avocate lui fit un sourire rassurant et l'invita à lire le procès-verbal. Il s'avança, survola le document et le signa sans demander son reste.

Quand il se leva, Cérisol fit un geste du menton à Krzyzaniak ; celle-ci entraîna les deux civils dans les couloirs du deuxième étage en direction de l'ascenseur.

Cérisol, debout, appuyé sur son bureau, expira profondément. Il se tourna vers Nicodemo, qui hocha la tête d'un air entendu : « Drôle de zigoto », semblait-il dire.

– T'as raison, commenta Cérisol. Bon, je vais convoquer l'épouse, histoire de dire que j'ai fait le tour de tous les protagonistes, mais d'après moi, on s'achemine vers un classement sans suite.

Nicodemo, une fois de plus, approuva : tout ceci n'était pas joli-joli mais ne relevait pas du pénal, même pas du correctionnel.

CHAPITRE 24

– Comment ils ont pu savoir aussi vite ?

Nicodemo et Cérisol haussèrent les épaules, fatalistes. Grospierres, qui avait encore des illusions, réfléchissait tout haut :

– À part le proc et nous, personne n'était au courant.

Il pestait contre sa hiérarchie qui laissait les politiciens dicter à la police ce qu'elle devait faire et ne pouvait pas faire.

– Quelle bande de couilles molles ! dit-il.

– Ça ne peut être que le parquet, dit Cérisol. Ils sont de mèche avec la mairie, c'est illégal mais ce ne serait pas la première fois.

Sans un mot, Nicodemo opina du chef. Plus rien ne l'étonnait ; il ne comprenait pas que Grospierres s'emballât.

Dès que les résultats des tests ADN leur étaient revenus, apportant la confirmation que le cadavre des Gonards avait été logé – de son vivant – dans le grenier des Galhan de Ribaute, Grospierres en avait informé le substitut du procureur Blanchet qui, désormais, suivait l'affaire.

– Ça aurait dû me mettre la puce à l'oreille quand le procureur général a dessaisi Bagur. Il ne se penche jamais sur ce genre de dossier.

– Inutile de t'exciter, temporisa Cérisol. De toute façon, le jeu était pipé d'avance.

– Qu'est-ce que tu veux dire ?

– À partir du moment où vous avez mis les pieds chez eux, les de

Ribaute ont commencé à monter un bobard qui tiendrait la route et qu'ils pourraient nous servir.

Grospierres fit un geste de dépit et colla son front contre la fenêtre du bureau pour laisser son regard errer sur le parking.

Krzyzaniak l'observait en se demandant combien d'années encore son idéalisme lui permettrait de s'insurger. Et elle-même, combien de temps tiendrait-elle dans un système aussi vérolé ?

Les fils à papa du lycée Hoche qu'elle avait arrêtés la semaine précédente étaient passés entre les gouttes ; il n'y avait pas de raison pour que leurs parents ne se faufilent pas eux aussi entre les mailles du filet. Proxénétisme, trafic de stupéfiants, recel de smartphones et chantage pour les apprentis délinquants en col blanc, esclavage et trafic de cadavre humain pour leurs géniteurs. Verdict identique dans les deux cas : la justice fermait les yeux parce qu'on ne met pas un ami avec qui on joue au golf derrière les barreaux.

Krzyzaniak avait longtemps cru que ce genre de discours était réservé à l'extrême gauche post-soixante-huitarde, mais la lutte des classes, si elle ne soulevait plus les pavés des chaussées parisiennes, avait encore de beaux jours devant elle à Versailles. Car Cérisol avait vu juste : le parquet avait répercuté l'information auprès du cabinet du maire, enfreignant au passage une règle déontologique basique. Le directeur dudit cabinet avait appelé le chef de la PJ, lequel avait convoqué le commissaire à la tête de la brigade criminelle, qui avait demandé à Cérisol d'envoyer ses hommes au domicile des Galhan de Ribaute pour les interroger sur place. Pas de convocation au commissariat, et surtout pas de garde à vue. Pour l'instant, on se contentait de poser des questions. On aviserait plus tard.

Pendant ce temps, une armée d'avocats étaient en train de briefer monsieur et madame Galhan de Ribaute ainsi que leurs domestiques afin qu'ils harmonisent leurs discours : par pure charité chrétienne, ils avaient hébergé un Africain, tel jour d'hiver, telle nuit trop froide pour laisser un frère humain dehors. Ils l'avaient rendu à sa vie de vagabond sans papiers le lendemain dès potron-minet. Ils ne l'avaient jamais revu. Ceci expliquait les squames, les cheveux et Dieu sait quoi d'autre encore, trouvés par la police scientifique dans la literie et les fibres de la moquette de la chambre si généreusement mise à la disposition du pauvre hère. « Est-ce ainsi que nous sommes récompensés pour avoir fait preuve d'amour pour notre prochain ? »

Quant à la présence de sa dépouille dans le caveau des Cartiaux, ils ne voyaient pas de quoi les policiers parlaient. Ils ne connaissaient pas les Cartiaux et ignoraient les circonstances du décès d'Amos, « que nous n'avons jamais revu, il me semble l'avoir déjà dit à votre collègue ».

Les témoignages de Kévin, Sergueï et Django ne pèseraient pas lourd face aux dépositions du couple à particule, corroborées par celles de leurs gens.

Grospierres, les coudes posés sur son bureau, passa ses grandes mains d'intellectuel dans sa tignasse de trentenaire encore bien fournie.

– C'est toujours pareil. Ça ne changera jamais, en fait. Les puissants continuent à se couvrir entre eux.

Nicodemo confirma d'un nouveau hochement de tête, alors que Cérisol se mit à entonner un air révolutionnaire : « Ah ! ça ira, ça ira, ça ira ! Les aristocrates à la lanterne… »

– Tu ne vas pas commencer, dit Nicodemo d'un air las.

Mais son collègue était lancé : « Ah ! ça ira, ça ira, ça ira ! Les aristocrates on les pendra. »

– Arrête, Jean-Pierre ! Tu nous casses les oreilles.

Trop content de son effet, Cérisol entama le couplet suivant en montant d'un ton : « Si on n'les pend pas, on les rompra. Si on n'les rompt pas, on les brûlera… »

– Tu vas te taire, oui ? Y en a marre de tes conneries.

« Ah ! ça ira, ça ira, ça ira… »

N'y tenant plus, Nicodemo se leva de son siège ergonomique – le seul de la brigade, obtenu après des années de certificats médicaux destinés à faire reconnaître sa lombalgie – et attrapa sa veste.

– Allez, viens, lança-t-il à Grospierres. Tu conduis.

– On va rendre visite aux Ribaute Machin ?

– Oui. Finissons-en. De toute façon, c'est ça ou continuer à écouter Jean-Pierre faire la révolution en chanson. Tel que je le connais, il est parti pour passer son Top 50 en revue. Je préfère encore affronter les têtes de cul de Saint-Louis.

– Tu es un inculte, José. Cette chanson, c'est l'âme de la France !

– M'en fous. Tout le monde s'en fout.

– C'est notre patrimoine que tu insultes.

– Mon patrimoine, il s'appelle *fado*, et c'est autre chose que ton folklore franchouillard des banlieues rouges.

– Franchouillard, le *Ah, ça ira* de Ladré ? C'est l'hymne de 1789 !

– Regarde où elle a mené, votre prise de la Bastille ! Les Galhan de Ribaute vont s'en sortir les cuisses propres, comme au bon vieux temps des privilèges.

– Ne dis pas *votre* prise de la Bastille, c'est la tienne aussi ! Tu es français comme moi, je te rappelle. La République est une et indivisible.

– Je suis portugais, personnellement. Et notre révolution, on l'a faite sans violence.

Le doyen de la brigade criminelle disparut dans le couloir, suivi de près par le champion de taekwondo qui, au moment de franchir le seuil de la porte, secoua la main et fit une grimace à l'intention de Cérisol : « Là, tu viens de te faire moucher. »

Ce dernier demeura bouche bée. Jamais Nicodemo n'avait manifesté une telle hostilité envers l'un de ses airs préférés. D'habitude, quand le chef de groupe reprenait à tue-tête un refrain, il grommelait, tout au plus. Au pire, si la ritournelle devenait torture, il s'en allait, mais sans faire de vagues ; jamais il n'avait blasphémé en s'en prenant ouvertement à l'objet de sa passion.

– Décidément, il ne va pas mieux, le vieux Portugais.

– Pourquoi dites-vous cela ? demanda Krzyzaniak.

– Ben…

Cérisol, dans un geste emphatique, désigna le bureau d'où son collègue venait de partir avec pertes et fracas, l'air de dire « Tu as assisté à la scène comme moi ».

– Au contraire. Je trouve que c'est la preuve d'une excellente santé mentale que de fuir vos aboiements.

– Tu ne vas pas t'y mettre, toi aussi !

– Avouez que vous ne chantez pas très juste.

– Pardon ?

Krzyzaniak rejoignit son bureau sans renchérir et se posta à la fenêtre. Quelques minutes s'écoulèrent, puis le véhicule de ses collègues apparut dans la cour et se présenta à la barrière du commissariat, qui se leva.

La lieutenant le regarda s'éloigner en direction du château. Elle comprenait la mauvaise humeur de Nicodemo : Grospierres et lui allaient devoir se présenter devant les aristos, avaler une couleuvre supplémentaire en découvrant leurs mines – au mieux repentantes, au pire pleines de morgue – et faire bonne figure en prétendant que tout cela était normal, qu'ils n'étaient au courant d'aucune tractation en sous-main.

Ainsi, Amos, l'Africain sexagénaire démuni mais amateur de bons crus, seul sur le sol français hormis la compagnie de trois SDF, allait rester sans patronyme et achever son passage sur cette terre entre les mains d'étudiants en médecine en manque de travaux pratiques. Parce que, évidemment, les Galhan de Ribaute nieraient avoir jamais eu son passeport entre les mains, ou même connu son nom de famille. La famille dudit Noiraud ne serait jamais notifiée de son décès ou de son lieu de sépulture.

Ah, ça ira, ça ira…

CHAPITRE 25

Ah, c'est du propre ! Tu as gâché la belle fleur de ta maman !

– Madame Fousseret ?

Cérisol la dévisageait. Lorsqu'il l'avait vue pour la première fois, chez elle, il lui avait trouvé un charme latin. À présent, c'étaient des airs carrément moyen-orientaux. Iraniens ou libanais. Pourtant, Sandrine était un prénom tout ce qu'il y avait de plus français. Elle semblait absente.

– Madame Fousseret ?

Elle avait accepté de passer au commissariat en sortant de son travail « pour une simple audition ». Elle débauchait habituellement autour de 19 heures pour éviter les bouchons, mais elle avait consenti à quitter l'hôpital plus tôt. Elle était arrivée dans cet état : l'air ailleurs, pas hagard mais presque.

Elle repensait à madame Rouch, sa maîtresse d'école. C'était un des premiers souvenirs de sa vie : madame Rouch lui reprochant de ne pas avoir découpé correctement les contours de la photo d'une rose publiée dans une publicité pour parfum dans un magazine féminin. Le travail manuel était destiné à sa maman à l'occasion de la fête des mères. La fleur d'un rouge flamboyant était censée incarner l'amour et l'admiration qu'elle lui vouait. Elle l'avait choisie dans une pile de *Elle* et de *Figaro Madame* fournis par l'institutrice.

Pour Sandrine, sa maman, à l'instar de cette fleur, arborait des pétales éclatants qui séduisaient à l'extérieur ; à l'intérieur, elle abritait des trésors aussi fertiles que ces étamines odorantes. Dans les replis de ses bras et de son ventre, ses pistils recelaient des promesses de volupté réservée exclusivement à son papa et à elle.

La sentence de sa maîtresse en avait rendu Sandrine indigne ; elle n'avait pas été à la hauteur de l'amour de sa maman, elle ne le méritait plus.

Ce sentiment devait l'accompagner longtemps, car cette pichenette, assénée sans qu'en eussent été mesurées les conséquences, lui avait ôté toute assurance.

En écoutant les questions du commandant de police, Sandrine se dit que, si elle en était là, c'était peut-être à cause de madame Rouch ; d'elle et tous les adultes qui n'avaient pas su lui redonner confiance. Décidément, elle allait payer cher ce maladroit coup de ciseaux tenus par une petite main de quatre ans.

Sa maîtresse n'était pas seule responsable, cependant ; les hommes avaient apporté leur contribution. Pas *tous* les hommes, mais ceux qu'elle avait connus. Sa vie durant, ils avaient entretenu chez elle le goût amer de la culpabilité. Son mari, en particulier, avait su en jouer jusqu'à l'écœurement. Il avait fait de son manque de confiance en soi une arme psychologique, une arme fatale, et élevé son maniement au rang d'art... Un art martial.

– Madame Fousseret ?

– Pardon ?

– Vous vous sentez bien ? Nous pouvons remettre à plus tard, si vous le souhaitez.

– Non, non. Tout va bien.

– Nous en étions à ce rendez-vous au salon de thé avec madame Vaudrey.

Sandrine Fousseret soupira.

– Oui.

– Vous ne niez pas vous y être rendue ?

– Non.

– En ce cas, pourquoi nous avoir dit, lors de notre première entrevue, que vous ignoriez jusqu'à l'existence de madame Vaudrey ?

– Je… je venais d'avoir une conversation pénible avec mon mari… J'imagine que je n'étais pas prête à dire à des inconnus, fussent-ils policiers, que j'étais au courant de sa liaison. Je ne pensais pas que cela puisse avoir la moindre importance. J'avoue ne pas comprendre pourquoi vous me posez toutes ces questions.

– Pouvez-vous nous dire dans quelles circonstances vous vous êtes rencontrées ?

– Qu'entendez-vous par « circonstances » ? Vous l'avez dit : c'était au salon de thé de l'avenue Jean-Jaurès à Jouy.

– Je veux dire : comment avez-vous convenu de ce rendez-vous ?

– Êtes-vous.

– Pardon ?

– On doit dire « Comment êtes-vous convenues de ce rendez-vous ? »

Cérisol, l'espace d'un instant, fut décontenancé, ce qui ne lui arrivait pas souvent. Elle est barrée ou elle se fout de moi ? se demanda-t-il.

Krzyzaniak, qui avait deviné le trouble de son chef de groupe, ne put réprimer un rictus amusé, même si, à son avis, madame Fousseret n'était ni folle ni en train de se moquer d'eux. Elle était en état de choc. Et terriblement triste.

Elle trouvait cette femme singulière. Elle ne parvenait pas à comprendre pourquoi l'épouse légitime d'un homme dont la maîtresse venait de mourir paraissait aussi affectée par la mort de sa rivale. Qu'elle ne s'en réjouît pas prouvait qu'on pouvait être blessée ou en colère tout en conservant une certaine dose de compassion, mais pourquoi se montrer à ce point touchée par son décès ?

– Si vous voulez, poursuivit Cérisol. Alors, ce rendez-vous ? Qui de vous deux l'a sollicité, au départ ?

– C'est moi. Je regrette mon geste aujourd'hui.

– Quel geste ?

– La tasse de thé que je lui ai jetée à la figure. Au fond, elle et moi n'étions pas ennemies. Nous nous ressemblions même beaucoup. Seulement…

Madame Fousseret se tut. Ses yeux divaguaient une nouvelle fois, poursuivant Dieu sait quelle chimère. Krzyzaniak la sollicita en douceur :

– Seulement quoi ?

Sandrine Fousseret sourit, revint ici et maintenant, et remercia Krzyzaniak en tournant légèrement la tête vers elle ; comme si elle lui savait gré de la ramener à la vie avec autant de délicatesse.

– Seulement, nous n'étions pas dans la même situation. Pas dans le même camp, voyez-vous ? Elle était ce genre de personne que l'on reconnaît comme une semblable, pour qui on a du respect, que l'on peut admirer même… Même si nos intérêts divergeaient, et que nous devions nous déchirer, au final. L'amertume est le lot qui nous attend, quelle que soit l'issue du combat qui nous sépare.

– Madame Vaudrey était donc une concurrente à vos yeux.

Sandrine Fousseret éprouva de la condescendance envers ce gros balourd de commandant. Elle sourit sans chercher à s'en cacher.

– Bien sûr, dit-elle. Il n'y a que mon mari qui ait été assez naïf pour penser qu'il pouvait conquérir l'une tout en conservant l'autre. Naïf ou orgueilleux. Et suffisamment indifférent à la peine qu'il causait à tout le monde.

Et ignorant de la psychologie féminine, songea Krzyzaniak.

– Il s'imaginait peut-être que nous pourrions vivre en harmonie dans une espèce de relation à trois ; que je me réjouirais de le savoir heureux et de le voir s'épanouir dans la paternité avec une femme plus jeune que moi pendant que je continuerais à tenir mon rôle d'épouse aimante et protectrice, bien que stérile.

Les deux policiers relevèrent l'information qui confirmait les dires du mari : madame Fousseret ne pouvait pas avoir d'enfant. Mais Cérisol poursuivit sans le laisser transparaître :

– Pourtant, il prétend que vous n'étiez pas au courant de sa relation avec Emilie Vaudrey.

Sandrine Fousseret laissa échapper un petit rire sec.

– Qu'est-ce qu'il croit ? Je me suis procuré ses différents identifiants et mots de passe depuis belle lurette. Ce benêt les note dans son carnet *secret*. Parfois, il agit comme un enfant, c'en est risible. J'imagine que dans son esprit, j'aurais dû devenir une espèce de belle-mère, une baby-sitter pas chère qui aurait gardé leurs enfants pendant que tous les deux filaient le parfait amour, sortaient au restaurant ou partaient en week-end. Mon mari est ainsi fait : un manipulateur centré sur lui et son confort, au nom du développement personnel, de *son* développement personnel, au détriment de tous les autres. Quant à Emilie Vaudrey…

Sandrine Fousseret éclata en sanglots. Mais elle se reprit très vite. C'étaient les montagnes russes émotionnelles.

– Pourrais-je avoir un peu d'eau, s'il vous plaît ? demanda-t-elle aux policiers médusés.

Sa réaction avait été si soudaine, si inattendue. Krzyzaniak alla en chercher à la fontaine dans le couloir. Quand elle revint, elle interrogea Cérisol du regard pendant que madame Fousseret vidait le gobelet d'un trait.

– Je suis désolée. Veuillez m'excuser.

– Je vous en prie, prenez votre temps, dit Krzyzaniak.

– Je crois qu'Emilie Vaudrey n'était pas consciente de tout cela. Mon mari voulait… veut des enfants à tout prix. C'est pour lui une nécessité existentielle, un objectif qui, une fois atteint, donnera un sens à sa vie. Pour lui, les femmes ne sont qu'un moyen de parvenir à ses fins. Il nous voit comme des génitrices ; et si l'une de nous dysfonctionne, il la met de côté et en utilise une autre. C'est très narcissique. Il veut pouvoir prolonger ce qu'il est. Après avoir compris que je ne pourrais pas lui donner de descendance, il s'est rabattu sur sa nouvelle conquête pour faire d'elle la mère de ses enfants, et accessoirement se servir d'elle pour financer son centre de bien-être.

Cérisol jeta un coup d'œil à la dérobée en direction de Krzyzaniak : Sandrine Fousseret était donc au courant. Celle-ci surprit leur échange de regards ; elle sourit tristement, encore une fois.

– Bien sûr que je savais.

– Vous étiez aussi au courant des troubles psychologiques de madame Vaudrey ?

Ses interlocuteurs furent une fois de plus étonnés de constater que Sandrine Fousseret accusait le coup ; d'ailleurs, cette dernière mit du temps à répondre.

– Non. J'ai bien senti quelque chose lorsque nous nous sommes rencontrées, une sorte de… d'agitation, ou de fébrilité, que j'ai mise sur le compte de l'inconfort dû à la situation. J'ignorais qu'elle allait mal, sinon...

Nouvel affaissement des épaules et de la nuque. Sandrine Fousseret luttait, mais contre quoi ?

– Sinon quoi ? dit Krzyzaniak.

– J'aurais été plus aimable avec elle, j'imagine.

La policière était de plus en plus convaincue que cette femme leur cachait quelque chose ; elle la poussa dans ses retranchements :

– Vous nous avez dit que votre mari était un manipulateur égocentré…

– C'est juste, je le pense.

– Iriez-vous jusqu'à affirmer qu'il aurait pu abuser de la confiance de madame Vaudrey ?

– Dans quel but ?

– S'approprier ses économies, par exemple ?

Sandrine Fousseret se concentra. Sa réponse pouvait avoir de lourdes conséquences, elle en était consciente. De toute évidence, elle ne pardonnait pas à son mari ce qu'il lui avait fait subir, mais, contrairement à lui, elle tenait à demeurer honnête vis-à-vis de celui avec qui elle partageait encore sa vie. Elle ne lui ferait pas de cadeau, mais elle ne voulait pas l'enfoncer indûment non plus.

– Franchement, l'empathie n'est pas le fort de Julien ; il est capable de faire du mal aux gens qui l'aiment – je suis bien placée pour en témoigner – mais il n'a jamais *voulu* délibérément blesser quelqu'un. C'est un monstre d'égoïsme, mais pas un salaud. À sa manière, il a une certaine droiture morale.

Les policiers échangèrent un regard entendu : droiture morale ? Alors qu'il n'avait pas hésité à la mettre sur la paille ? Certes, lui seul était propriétaire de la maison qu'ils occupaient, mais elle n'en aurait même pas l'usufruit.

– Donc, selon vous, il ne l'aurait pas non plus poussée au suicide ?

– Non. Ça, jamais ! affirma-t-elle, presque avec véhémence.

Krzyzaniak et Cérisol s'observèrent : le comportement de Sandrine Fousseret était étrange. Tout en elle exsudait la peur, voire la terreur.

Pas à l'idée de ce qu'il allait lui arriver, mais de ce qu'elle avait pu faire. Quelque chose d'irréparable, de définitif. Elle était comme paralysée, prise dans les phares.

– Vous en avez encore pour longtemps ? dit-elle.

Elle voulait qu'on lui fiche la paix, partir d'ici. Or, les policiers avaient fait le tour de la question et ne voyaient pas de raison de la retenir plus longtemps. Elle avait menti, certes, mais elle avait une excuse : elle n'était pas dans son état normal ce jour-là. Quant à Julien Fousseret, c'était un salaud, mais heureusement – ou malheureusement, comme tout flic était tenté de conclure un jour ou l'autre – la vilénie ne tombait pas sous le coup de la loi. Rien ne laissait penser qu'il avait abusé de la faiblesse de sa maîtresse. Il avait trompé sa femme et lui avait menti, mais cela non plus n'était pas répréhensible selon le droit français. Sa conception du couple et de ses obligations vis-à-vis de son épouse était discutable, mais rien ne justifiait la poursuite d'une procédure judiciaire.

– En fait, nous en avons terminé.

– Je peux y aller, en ce cas ?

Cérisol hocha la tête en soupirant. Bien sûr qu'elle pouvait y aller. Il se leva et déclara :

– Je vais vous raccompagner. Merci de nous avoir consacré une partie de votre après-midi. Je suis conscient que ce n'est pas exactement le genre de fin de journée auquel on aspire.

Sandrine Fousseret ne répondit pas. Elle se leva à son tour et enfila son manteau rouge. Elle fuyait plus qu'elle ne partait, baissant les yeux… Comme si elle était étonnée qu'on l'autorise à rentrer chez elle.

Cérisol descendit avec elle et la guida jusqu'à l'accueil.

Après qu'elle eut quitté le commissariat, il la suivit un moment des yeux. Quand elle eut disparu, il emprunta les escaliers pour remonter à son service, histoire de travailler son cardio – une des nombreuses recommandations de son médecin : ne pas rater une occasion de solliciter son palpitant.

Il avait le cœur lourd, justement ; car Sandrine Fousseret, avec son regard effrayé, lui rappelait une autre *folle*. Les similitudes entre l'épouse cocufiée et la sienne ne lui avaient pas échappé : la même fébrilité, la même façon d'esquiver les questions, le même embarras… Les infidélités d'un mari ne pouvaient pas à elles seules justifier une telle nervosité ; il y avait forcément une autre explication, une vérité qu'elle dissimulait ou un secret qu'elle tentait de fuir. Un aveu à faire ?

Lui n'avait jamais trompé Sylvia, mais celle-ci présentait des symptômes semblables à ceux de Sandrine Fousseret. Qu'est-ce qu'elles avaient donc, toutes ?

En fait, il ne devait pas mener une mais deux enquêtes : une fois sa journée de flic terminée, celle de mari commencerait. Il allait rentrer chez lui avec pour mission de comprendre ce qu'il s'était passé, là-bas, au Japon ; ce qu'il était arrivé à Sylvia.

Quand il regagna son bureau, Nicodemo était devant son ordinateur, en train de s'acharner sur le clavier. Cérisol consulta sa montre : 18 heures. Le vieux Portugais n'était pas du genre à se mettre à l'œuvre après le gong.

– Qu'est-ce que tu fais ?

– Je tape ton rapport dans l'affaire Vaudrey.

D'autant plus déconcertant.

– Qu'est-ce qu'il te prend ?

– Tu as auditionné l'amant, son épouse, le père, le gynéco, les minettes du salon de thé, la voisine… Il est temps de clore ce dossier. Je m'y colle, sinon tu vas encore repousser.

– Mais… ? Pas plus tard que la semaine dernière, tu m'as envoyé bouler en me disant que…

– La semaine dernière, c'était la semaine dernière. Aujourd'hui, il est tard et tu devrais rentrer chez toi. Sylvia a besoin de toi.

Cérisol déglutit avec difficulté mais ne dit rien. Il posa sa main sur l'épaule de Nicodemo en lui épargnant les effusions sentimentales, ce dont l'Ibérique pudique lui sut gré. D'ailleurs, il continua à rédiger le rapport de synthèse avec la même assiduité et régularité. Nicodemo avait la rigueur d'un archiviste et les capacités de travail d'une bête de somme une fois qu'il se mettait en branle. Nul doute que sa tâche serait pliée en une heure, alors que Cérisol, qui aurait dû en commencer la rédaction depuis des jours, aurait traîné encore soixante-douze heures avant de l'envoyer à Gairal.

– Je te le ferai viser avant de le transmettre à la proc.

– Merci, José.

Le chef de groupe quitta le commissariat et rentra directement chez lui.

Il venait à peine de tirer le frein à main, il n'était pas encore descendu de sa voiture, devant sa villa, que Nicodemo l'appelait.

– Ouais ?

– Dis-moi…

Nicodemo prenait son temps. Il devait peser ses mots. Il y a une couille dans le potage, pensa Cérisol. Qu'est-ce que ça pouvait bien être ? En cas de décès classé en suicide, les probabilités de vice de procédure étaient très minces. Mais avec Nicodemo, il fallait s'attendre à tout.

– Qu'est-ce qu'il y a ?

– Est-ce que… est-ce que tu as sciemment passé sous silence le fait que…

– …

– …

– Le fait que quoi, José ?

– Que madame Fousseret, l'épouse de l'amant donc, dirige le labo qui a établi qu'Emilie Vaudrey était porteuse de la maladie de Huntington ?

– …

– Est-ce que c'est voulu ? Parce que, sinon, je pense que c'est une piste qu'il faut explorer.

– Pardon ? Répète !

– Sandrine Fousseret, elle est bien directrice du laboratoire d'analyses biologiques de l'hôpital universitaire de Versailles ?

– Oui.

– C'est là que le prélèvement sanguin d'Emilie Vaudrey a été envoyé quand elle s'est fait tester pour savoir si elle était porteuse de la maladie de Huntington.

Cérisol se dit qu'il ne pouvait pas avoir raté une telle chose.

Il ne s'agissait pas d'un détail anodin ; c'était un élément d'une importance capitale.

– C'est elle qui a signé le rapport ?

– Non. C'est le tampon d'un certain docteur Brauneisen… Malgré tout, c'est le même laboratoire, la même équipe.

– Putain.

– Comme tu dis.

CHAPITRE 26

Cérisol se frotta longuement le visage. Dans les films, il appréciait les rebondissements ; dans la vraie vie, plus modérément. Ils procuraient un arrière-goût de lapin sorti du chapeau et il avait tendance à penser qu'en coulisse du tour de magie, se cachait un magicien. Autrement dit, un manipulateur.

Il n'avait pas le choix, il lui fallait prévenir Louise Gairal. À tous les coups, elle allait demander de tout vérifier, comme ils l'avaient fait pour le mari : les mails de madame Fousseret, son téléphone, où elle se trouvait le jour où Emilie Vaudrey s'était donné la mort, *et cætera*.

D'habitude, il évitait de téléphoner à la vice-procureur en dehors des heures de travail. Il connaissait sa préférence pour les échanges par mail, mais en l'occurrence, il avait besoin de consignes claires le soir même. En effet, dès le lendemain matin, Krzyzaniak et lui devraient agir en conséquence.

Il l'appela depuis sa voiture ; ne voulant pas perdre une minute, il n'attendit pas d'être rentré chez lui.

Louise Gairal répondit immédiatement.

– Oui ?

C'était une question aussi bien qu'une injonction. Malgré la différence d'âge en sa faveur, Cérisol était à chaque fois impressionné par l'autorité de la vice-procureur. Pour ceux qui, comme lui, tendaient à considérer que charme et délicatesse ne faisaient pas bon ménage avec respect de la chaîne de commandement et vicissitudes de la lutte contre le crime, Louise Gairal était une piqûre qui rappelait efficacement que les temps avaient changé. Cérisol pensait faire partie des moins machos de son service ; il se considérait même comme l'un des mâles blancs quinquagénaires les plus progressistes du commissariat, mais la vice-procureur continuait à le faire trembler sur ses bases.

– C'est Cérisol.

– Je sais. Votre nom s'affiche.

Foutu modernisme. Le commandant ne parvenait pas à se défaire de ses vieilles habitudes. Par exemple, il continuait à signer ses SMS, ce qui faisait marrer ses collègues, sauf Nicodemo, qui n'y avait jamais recours, préférant laisser des messages vocaux que personne n'écoutait, ce qui était souvent source de confusion au sein de l'équipe et lui avait joué de mauvais tours. Comme le jour où le groupe avait raté une interpellation parce que le vieux Portugais s'était présenté seul au domicile d'un receleur, qui n'avait eu aucun mal à lui échapper. « Comment on faisait, avant ? » avait-il argué. Grospierres l'avait chambré : « T'as raison, José. Laisse-nous un Post-it au PMU du coin, la prochaine fois. » Le doyen avait boudé pendant deux jours. Il avait fallu que le jeune taekwondoka présentât ses excuses.

– L'affaire Vaudrey vient de connaître un développement inattendu, annonça Cérisol à la vice-procureur.

– C'est la suicidée ?

– Oui. Comme vous le savez, on a relâché l'amant. Aucun des chefs d'inculpation ne tenait la route.

– Oui, eh bien ?

– Il se trouve que c'est le labo de son épouse qui a procédé à l'analyse établissant qu'Emilie Vaudrey, la maîtresse de son mari, était porteuse d'une maladie incurable transmissible au bébé.

– Elle est biologiste médicale ?

– Au centre hospitalier de Versailles.

– Drôle de coïncidence, en effet.

– On était justement en train de clore l'affaire quand on l'a appris.

– Vous l'avez déjà auditionnée ?

– Oui, dans le cadre de l'enquête sur son mari.

– Et bien sûr, elle n'a pas mentionné ce petit détail.

– Non.

– En ce cas, procédez aux vérifications qui s'imposent. Commencez par aller fouiner du côté de son laboratoire. Interrogez ses collègues, tout le toutim.

– J'envoie Krzyzaniak sur place demain à la première heure.

– Parfait.

– On la met en garde à vue ?

– Hop hop hop, pas si vite ! C'est une coïncidence étonnante, rien de plus à ce stade. Grattez encore un peu, puis tenez-moi au courant si vous avez du nouveau. Au revoir, commandant.

– Au revoir, madame le procureur.

Cérisol s'immobilisa. C'était sa façon de réfléchir : son téléphone dans une main, et son nez dans l'autre, qu'il entreprit de triturer et tordre dans tous les sens. Il ne croyait pas au hasard. Aucun flic digne de ce nom n'y croyait.

Avant de convoquer Sandrine Fousseret une nouvelle fois, il devait appeler l'institut médico-légal pour leur demander de procéder à un deuxième test génétique : Emilie Vaudrey était-elle porteuse, oui ou non, de la maladie de Huntington ?

19 h 15. Cérisol n'avait pas le numéro de portable de Crouzat, mais celui-ci finissait tard ; il y avait de grandes chances pour qu'il fût encore à son bureau.

Il tomba sur Lestang, l'assistant, et demanda à parler au légiste en personne, à qui il expliqua l'urgence de sa demande. Même si elle n'était pas vitale, le médecin légiste accepta de la traiter en priorité ; il garantit au policier que le résultat lui parviendrait le lendemain au plus tard à 16 heures.

Cérisol le remercia, raccrocha, et appela Krzyzaniak dans la foulée.

Après l'avoir informée en quelques mots du lièvre que Nicodemo venait de lever, il lui laissa ses instructions :

– Demain, à la première heure, tu te présentes à l'hôpital universitaire. Il faut à tout prix récupérer les échantillons concernés au laboratoire.

– OK.

– Tu y vas avant même de te rendre au commissariat.

– OK.

– Tant que tu es là-bas, profites-en pour interroger ses collègues sur son comportement ces derniers temps : est-ce qu'il y a eu quoi que ce soit d'inhabituel, quelles sont ses relations avec les autres membres du personnel… Va à la pêche et vois ce que tu remontes. Mais discrètement. Fais en sorte qu'elle n'en sache rien.

– OK.

– Ensuite, tu viens *illico presto* à la brigade. On avisera en fonction de ce que tu auras dégoté, et des résultats du deuxième test.

– OK.

– Passe une bonne soirée, K.

– Vous aussi, C.

Jean-Pierre souriait encore quand il verrouilla la fermeture centralisée de sa voiture. Décidément, Krzyzaniak lui plaisait de plus en plus.

CHAPITRE 27

– Ce qui m'étonne…

La secrétaire du laboratoire d'analyses biologiques du centre hospitalier de Versailles, une Asiatique avec une coupe au carré qui rappelait à Krzyzaniak cette chanteuse française des années 1970 dont le nom lui échappait – elle poserait la question à Cérisol plus tard –, fit voler ses doigts au-dessus du clavier de l'ordinateur en un cliquetis frénétique.

– … c'est que le dossier de madame Vaudrey a bien été traité par le docteur Brauneisen… D'ailleurs, c'est sa signature numérique, là, au bas du rapport. Mais le docteur Fousseret apparaît aussi sur Molis.

– Molis ?

– Le logiciel qui nous permet de tracer un échantillon depuis son prélèvement jusqu'à l'édition du résultat. Tout se fait sous session personnalisée, avec votre identifiant et votre mot de passe. Or, là…

Elle orienta l'écran de son ordinateur de telle manière que la policière pût lire ce qui s'affichait.

– Vous voyez ? dit-elle en posant son doigt sur la ligne incriminée. C'est le docteur Brauneisen qui a créé le fichier et qui l'a validé à la fin, mais le docteur Fousseret est la dernière personne à y avoir eu accès.

– Comment pouvez-vous l'affirmer ?

– Toute action informatique est enregistrée. Même si vous ne faites qu'accéder au fichier, c'est noté. C'est dans l'historique. On ne peut pas effacer ses traces. D'ailleurs, on peut lire ici que le docteur Fousseret est intervenue dans la partie « Résultats », et… Mais ? C'est dingue, cette histoire !

– Quoi donc ?

– Le résultat…

– Eh bien, quoi ?

– Il est négatif ici, dans la partie « Analyse », mais il est positif plus bas, dans le résumé qui a été envoyé au patient… À la patiente en l'occurrence.

Les yeux écarquillés de la secrétaire allaient d'une rubrique à l'autre.

– Je ne comprends pas. Il y a un bug !

– Laissez tomber, je pense savoir d'où vient le problème.

– C'est impossible. Ou alors, il faudrait que le docteur Fousseret ait modifié le… Mais pourquoi aurait-elle fait une chose pareille ?

Krzyzaniak dégainait déjà son smartphone.

Elle s'isola pour appeler Cérisol, mais celui-ci ne décrocha pas. Elle lui laissa un message vocal pour l'informer qu'elle rentrait au commissariat. Puis, elle doubla le message d'un texto laconique accompagné d'un pouce levé : « J'ai du nouveau. »

– Vous savez où je peux trouver le docteur Fousseret ? demanda-t-elle à la secrétaire qui n'en revenait toujours pas.

– Dans son bureau, j'imagine.

– Vous l'avez vue ce matin ?

– Oui, je l'ai aperçue lorsque je suis arrivée.

– Il est où, son bureau ?

– Au deuxième étage, l'ascenseur est de l'autre côté du *lobby*. Ce sera à droite quand vous en sortirez.

– Quel numéro ?

– Il n'y a pas de numéro, son nom est indiqué sur la porte. Vous voulez que je la prévienne ?

– Non, surtout pas.

Krzyzaniak avait été légèrement véhémente, ce qui affola la secrétaire. Elle comprit que quelque chose d'anormal se tramait, et ce n'était pas juste un bug informatique.

Quand Krzyzaniak poussa la porte du bureau de Sandrine

Fousseret, elle ne l'y trouva pas. La pièce était vide mais une tasse de thé fumait à côté d'un ordinateur portable allumé. Dans un western, cela aurait signifié que le renégat traqué par le marshal venait à peine de lever le camp ; la piste était encore fraîche.

Mais on n'était pas dans un western. Krzyzaniak se dit que Sandrine Fousseret était peut-être allée faire pipi. Elle attendit cinq minutes afin de lui donner le temps de revenir des toilettes, le cas échéant.

Puis, personne n'arrivant, elle redescendit à l'accueil et questionna la secrétaire une dernière fois : où est-ce que le docteur Fousseret avait pu passer ?

– Attendez, je vérifie une chose.

Elle se dirigea vers un mur de double vitrage fumé. Elle semblait passer en revue les véhicules garés sur le parking au pied de l'immeuble.

– Je ne vois plus sa voiture. Elle a dû repartir. C'est étonnant parce que… elle a une réunion à 10 heures.

Quand la secrétaire se retourna, Krzyzaniak la fixait. L'une et l'autre venaient de parvenir à la même conclusion. Il n'y avait qu'une explication possible : le docteur Fousseret avait fui.

Peu après, le troisième groupe de la Crim' était au complet dans le bureau de son chef. Tous écoutaient Krzyzaniak exposer ce qu'elle venait de découvrir :

– Sous ses airs de sainte-nitouche, elle nous a bien baisés, dit-elle en conclusion.

Grospierres fit une moue dubitative.

– Elle n'imaginait pas que son geste puisse déboucher sur un tel drame, dit-il pour nuancer les propos de sa collègue.

– On n'a pas affaire à un lapsus ou un coup de sang, là. Ce n'est pas un simple dérapage ! Elle est froidement revenue sur des résultats d'analyses et les a faussés pour faire croire à sa rivale qu'elle était condamnée. Elle l'a poussée au suicide.

– Non. Les conséquences sont graves, certes, mais on ne peut pas établir que l'intention était de tuer.

– En ce cas, pourquoi foutre le camp ?

– De toute façon, c'est à la proc de se prononcer, pas à nous, rappela Nicodemo en bon gardien de la procédure.

– Personnellement, je trouve ce qu'elle a fait très con, mais je peux comprendre.

Krzyzaniak planta un regard noir et éberlué dans les yeux de Grospierres.

– Ne me dis pas que tu lui trouves des excuses !

Le jeune homme prit le temps de la réflexion, puis sourit.

– Ce renversement de paradigme est étonnant, dit-il enfin.

– Qu'est-ce que tu veux dire ?

Le policier docteur en anthropologie utilisait souvent des expressions difficiles à caser dans un procès-verbal.

– De nous tous, j'imaginais que tu serais celle qui prendrait sa défense, s'expliqua-t-il.

– Pourquoi ? Parce que je suis une femme ?

– En effet. Et parce qu'on est face à une autre femme victime des manipulations d'un salopard. Son mari la trompait, il a monté une affaire avec sa maîtresse à qui il a vendu sa maison dans le dos de son épouse… Toi qui milites pour la cause des femmes, qu'est-ce qu'il te faut ?

– Ah, ça y est ! Revoilà le cliché de la femme vue comme une pauvre petite chose. J'ai bien trop de respect pour le combat féministe pour le confondre avec une quelconque moralisation de la société.

– Qui parle de morale ?

– Toi, quand tu décris son mari comme un salopard. C'est certainement vrai, mais cela ne justifie pas qu'elle provoque la mort de la femme avec qui il l'a trompée. Même trahie et bafouée, ce n'est pas défendable. Je te parle de droit, moi.

Nicodemo se racla la gorge avant de tenter de s'immiscer dans la passe d'armes entre les représentants de la jeunesse *conscientisée* de la brigade.

– Du point de vue du droit, précisément, tout ce qu'on peut reprocher à Sandrine Fousseret, c'est d'avoir produit et utilisé un faux. Elle n'a pas influencé ou harcelé Emilie Vaudrey jusqu'à ce qu'elle mette fin à ses jours.

– Merde, alors ! Elle n'est pas complètement débile ! Pourquoi est-ce qu'elle ne s'est pas révoltée plus tôt ? Le divorce existe, ce n'est pas fait pour les chiens !

– C'est tout de même incroyable que tu ne sois pas plus sensible au sort de Sandrine Fousseret !

– Je le suis davantage à celui d'une jeune femme qui se suicide alors qu'elle était enceinte et qu'elle était promise à un avenir radieux.

Cérisol dévisagea sa collègue. Sa position se défendait. Cependant, Nicodemo avait raison : ce n'était pas à eux, policiers, de se prononcer. Il y avait des tribunaux pour cela.

– Quoi qu'il en soit, je dois en informer Gairal, et c'est elle qui avisera, dit-il pour conclure.

CHAPITRE 28

Sandrine Fousseret n'avait jamais fait cela : rouler seule, sans raison autre que la nécessité de s'éloigner, de laisser sa vie derrière elle. Il lui arrivait de prendre le volant, lorsqu'elle se rendait en formation ou en colloque. Sinon, d'habitude, quand ils partaient en vacances, c'est Julien qui conduisait.

Aujourd'hui, elle se dirigeait vers le Finistère. Elle retournait chez ses parents. Julien et elle y allaient trop rarement… À Noël, et encore, pas chaque année. Plus de cinq heures de trajet ; Julien trouvait cela trop long pour si peu de temps passé sur place. Elle arguait qu'elle ne voyait jamais sa famille, qu'ils passaient toutes les fêtes chez sa mère, à lui. Il répondait en évoquant leur empreinte carbone, le rapport bénéfice-coût… Ce genre de considérations.

C'était la première fois en huit ans de mariage qu'elle faisait le voyage sans lui.

Le commandant Cérisol avait cherché à la joindre ; cela voulait dire que les policiers savaient à présent.

Elle fuyait comme un enfant fuit un danger imminent et court se réfugier dans les jupons de sa mère ou les bras de son père. Pas très glorieux ; presque risible. Inutile surtout. Tôt ou tard, ils viendraient la chercher. Dès qu'elle ferait le plein d'essence, sa carte bancaire parlerait et ils sauraient où elle se trouvait. De toute façon, Julien avait dû leur donner l'adresse du *kêr* familial. À l'heure qu'il était, les gendarmes de Fouesnant l'attendaient probablement sur le pas de la porte de ses parents. Tels qu'elle les connaissait, ces derniers avaient déjà invité les militaires à entrer et leur avaient même proposé café et biscuits au beurre. Les gendarmes devaient être embarrassés de procéder à l'arrestation de la fille de gens aussi sympathiques… Des gens bien, que tout le monde connaissait et respectait dans le bourg.

Elle allait perdre son emploi, évidemment. Elle avait commis une faute professionnelle grave. Elle retrouverait du travail, mais pas à ce niveau de responsabilités, pas un poste aussi exaltant. Toutes ces années, toutes ces épreuves franchies pour atteindre le Graal – chercheuse et clinicienne, praticienne hospitalière –, tous ces efforts… réduits à néant.

Le charme du bocage breton n'opérait pas ; Sandrine conduisait sans prêter attention à ce qui l'entourait, trop occupée à imaginer le pire.

Allait-on l'accuser de meurtre, ou d'incitation au suicide ? Elle l'aurait mérité. Elle ne se chercherait pas d'excuses, elle assumerait.

Mais alors, pourquoi fuyait-elle ? Qu'allait-elle chercher, quel réconfort pouvait-elle trouver auprès des siens ? Elle éprouvait un besoin irrépressible de s'enfermer dans sa chambre d'adolescente, de s'allonger sur son lit, sous sa couette réparatrice, et de tout oublier : Emilie Vaudrey, son mari, les policiers…

Pour cela, il lui aurait fallu effacer les huit dernières années de sa vie… Non pas que la vie avec Julien fût atroce. Il ne l'avait jamais battue ni même bousculée ou agressée verbalement. Il ne criait pas, ne s'énervait pas, et pas une seule fois il n'avait eu un geste déplacé… Pas d'acte sexuel non consenti, malsain ou déviant. Julien ne cochait aucune de ces cases. Pourtant, il avait réussi à la fragiliser, si bien qu'aujourd'hui elle se fissurait.

Son entreprise de sape avait été subtile. Insidieusement, il l'avait fait passer du statut de star sur son piédestal, de compagne admirable, de chercheuse brillante qu'il présentait à ses amis comme un trophée, à celui d'épouse terne et ennuyeuse, puis carrément déprimante, qu'il aurait eu tort de ne pas tromper, qu'il avait légitimement envisagé de quitter un jour, d'autant qu'elle n'avait pas été fichue de lui donner des enfants.

Les parents de Sandrine avaient toujours encensé Julien, gendre et donc époux idéal. Il était si beau, si propre sur lui, si spirituel, et si serviable, aimable. C'étaient là les seules qualités à retenir aux yeux de « gens bien, que tout le monde connaissait et respectait dans le bourg ».

Julien faisait illusion en public, la traitant comme une reine en famille ou en société, mais l'ignorant dès qu'ils se retrouvaient en tête à tête… Au point de passer des journées entières sans lui adresser la parole. Il lui arrivait fréquemment d'inviter des collègues au restaurant le week-end après une partie de squash, mais sans elle. Quand elle lui proposait une sortie en amoureux, il prétextait la fatigue de la semaine, la flemme de ressortir après une journée de travail.

Personne ne pouvait soupçonner ce qu'elle endurait et ce qu'elle avait vu émerger petit à petit, ce narcissisme de plus en plus prononcé, qui la blessait par piqûres répétées, à coups d'humiliations de plus en plus rapprochées.

Sandrine s'en voulait de n'avoir jamais exprimé ses doutes à voix haute. Elle avait l'impression d'être une femme fantôme, l'épouse trompée et rien de plus. Pourtant, elle n'était pas seule, elle avait des amies et des copains de promo avec qui elle était restée en contact depuis la fac de médecine, et même avant… Mais comment formuler auprès d'autrui ce qu'on ose à peine se dire à soi-même ?

Un jour, pourtant, elle avait essayé de se confier à sa mère, de lui parler de femme à femme : quel genre d'époux était son père ? Était-il toujours aussi attentionné après quarante ans de vie commune ? À partir de quand, dans un couple, les êtres commençaient-ils à prendre leurs distances ? Julien ne s'intéressait plus beaucoup à elle. Était-ce normal ?

Sa mère avait haussé les épaules.

– Julien est un très bon mari. Je n'en connais pas beaucoup comme lui.

Sandrine avait été estomaquée. Quels étaient les critères permettant de qualifier Julien de « très bon mari » ? Qu'est-ce que Julien avait fait pour jouir d'un tel crédit ? De quelle expérience sa mère pouvait-elle se targuer pour être aussi affirmative ?

Devant son air étonné, sa mère l'avait interrogée, suivant un protocole apparemment bien rodé, comme si toutes les femmes devaient connaître les trois questions à se poser sur son conjoint :

– Est-ce qu'il boit ?

– Non.

– Il ne joue pas à des jeux d'argent ? Il n'a pas ce vice ?

Sandrine avait fait non de la tête.

– Il ne passe pas ses dimanches après-midi vautré dans le canapé à regarder du football à la télévision ?

– Non plus.

– Alors, que lui reproches-tu ? Tu ferais mieux de te demander ce que tu pourrais lui apporter, toi, au lieu de passer ton temps à réclamer des choses impossibles.

Des propos d'une autre époque, s'était dit Sandrine. Elle ne se souvenait pas que sa mère lui eût inculqué ce genre d'éducation.

Une voiture de sport conduite par un homme excédé la doubla en klaxonnant ; Sandrine faisait des embardées sans s'en rendre compte. Elle se recentra sur la chaussée et reprit le fil de ses pensées.

Ce qu'elle aurait pu ou *dû* lui apporter ? Sandrine avait aisément lu entre les lignes : elle ne pouvait pas procréer. Triple peine. À sa douleur intime, à la culpabilité que Julien ne manquait aucune occasion de raviver, s'ajoutaient les reproches de celle qui aurait dû être son premier soutien moral ; car pour sa maman, Sandrine n'était pas étrangère au fait que son mari et elle n'avaient pas encore fait d'eux des grands-parents. Quelque part, elle en était responsable. Partiellement, sinon entièrement.

Elle était l'épouse de Julien. Mais Sandrine avait l'impression que cela se limitait à lui procurer un statut social, une carte de visite. Elle était devenue un objet de décoration.

Au début de leur liaison, alors qu'il n'était encore qu'un simple web designer, assistant de l'assistant du chef du service ergonomie des ventes en ligne chez Norauto, il l'avait épinglée à son costume comme une médaille : une docteure en biologie médicale devenue praticienne hospitalière après des études de médecine à l'université de Nantes, très tôt cheffe d'une unité mixte de recherche puis responsable du laboratoire d'analyses biologiques du centre hospitalier de Versailles…

Ce qui avait été une source de fierté était devenu un problème. Dès que Julien avait réussi à devenir chef à la place du chef, son épouse l'avait moins intéressé. Elle ne lui était plus d'aucun usage ; elle ne l'impressionnait plus. Et il en était venu à la mépriser.

Or, le mépris peut infliger autant de dommages que les coups. Le mépris vous déconstruit de la même façon, vous fait douter de tout, vous déstabilise en profondeur, vous fait perdre tous vos acquis, même votre belle intelligence.

S'il l'avait battue, cela aurait peut-être provoqué une réaction chez elle. Cela lui aurait donné le top départ. Elle l'aurait quitté avant d'en arriver à une telle extrémité, à ce qui allait l'amener devant un tribunal.

Emilie Vaudrey ne serait pas morte.

Si elle avait pu, elle serait revenue en arrière et aurait tout effacé. Après tout, Emilie était comme elle, une victime. Sandrine regrettait ce qu'elle avait fait, elle regrettait leur altercation au salon de thé. Julien aurait voulu les garder toutes les deux, vivre en ménage à trois. Emilie et Sandrine auraient dû comprendre qu'elles étaient ses marionnettes, voir le cynisme avec lequel il les considérait et deviner l'ignominie de ses intentions. Elles auraient dû s'entendre à ce moment-là et le quitter toutes les deux.

Au lieu de cela, elles avaient foutu leur vie en l'air pour lui. Sandrine avait une situation plus qu'enviable : pas d'enfants, pas de chien, pas de chat… Aucune attache hormis ce salopard. Elle aurait pu mettre ses affaires dans sa voiture et le quitter, un peu comme elle le faisait aujourd'hui. Cela lui aurait épargné cette descente aux enfers, et une fin tragique à Emilie.

Emilie et elle avaient laissé ce qu'elles pensaient être leur instinct rejouer l'acte que les filles sont censées jouer depuis la nuit des temps : se déchirer pour un homme, blesser l'autre, la considérer comme une ennemie alors qu'elle est un alter ego, un reflet dans un miroir.

Elle avait agi par désespoir dans le but de briser ce couple nouveau, ce couple indicible. Mais pourquoi ? Que ne l'avait-elle laissé partir avec elle ! Il ne l'aimait plus, de toute façon. Et elle, pas davantage.

Au fond, elle avait agi ainsi par orgueil. Jamais elle n'aurait imaginé que son geste eût de telles conséquences.

Tantôt Sandrine frappait le volant, tantôt elle fixait la route en pleurant. Elle se dégoûtait, il la dégoûtait.

On aurait dû lui couper les couilles. C'est l'enfant et la mère que j'ai assassinés, alors que le véritable problème était le père.

Au fur et à mesure que son ressentiment prenait forme et se cristallisait autour de Julien, inconsciemment Sandrine accélérait.

Julien et ses préceptes de développement personnel ! Au fond, sous couvert d'automassages, de nutritionnisme obsessionnel, de méditation et de yoga, de refus de tout ce qui pouvait générer des ondes toxiques et érafler son karma de petit prince, Julien avait cultivé son égocentrisme.

Sandrine avait fini par représenter une aliénation néfaste à son élévation. Quand il était devenu évident qu'elle se trouvait dans l'incapacité de remplir sa part du contrat – enfanter – il était allé chercher ailleurs ce qu'il ne trouverait pas dans son foyer. Il concevait que c'était dur pour elle, mais il fallait qu'il pensât à lui. On n'a qu'une vie !

Sandrine, tout en s'engageant sur la départementale 44, se demanda comment elle avait fait pour supporter tout cela sans ciller. Pourquoi avoir avalé de telles couleuvres jour après jour, semaine après semaine, année après année ? Elle n'était pourtant pas idiote, elle n'était pourtant pas sans ressources ! Alors, pourquoi avoir accepté ce rôle d'objet de décoration, au mieux de larbin dévoué ?

Peu après la commune de Melgven, qu'elle traversa comme dans le brouillard, elle se gara le long d'une immense clairière, à l'orée d'une forêt de chênes typique de ce coin de la Bretagne. Elle emprunta le dégagement qui servait d'entrée et de sortie à des camions, et immobilisa son véhicule au milieu d'une vaste coupe de bois.

Elle laissa sa tête choir sur ses mains rivetées en haut du volant, et ferma les yeux. Mâchoires serrées et paupières plissées, elle forçait les idées dans son crâne. Elle savait que son escapade était vouée à l'échec ; elle savait ce qu'elle avait à faire… Lorsque quelqu'un toqua à sa fenêtre. Un homme d'une cinquantaine d'années, le visage bouffi et envahi de couperose, le regard mauvais. Elle se tourna vers lui sans le voir.

– Vous ne pouvez pas rester là, dit-il d'une voix éraillée par le tabac et l'alcool.

Le moteur tournait toujours. Elle enclencha la première et donna un grand coup de volant sur la gauche, comme pour renverser le sale type, tous les sales types. Celui-là hurla quelque chose qu'elle n'entendit pas. Tout ce qu'elle retint fut la cigarette qui s'accrocha à sa lèvre supérieure avant de tomber sur ses bottes, et le fil de bave qui s'étira aux commissures de ses babines violacées. Elle maintint le pied au plancher, ce qui fit déraper l'arrière de la voiture sur une dizaine de mètres… Un exploit mécanique dont elle se serait crue incapable.

Elle réussit à redresser le véhicule et déboula sur la départementale, dans la direction opposée, celle de Jouy-en-Josas.

CHAPITRE 29

La vice-procureur donna comme instructions aux policiers de mettre la main sur Sandrine Fousseret sans délai et de l'auditionner une deuxième fois, ce que Cérisol entreprit de faire sur-le-champ, mais en vain. Il l'appela à plusieurs reprises et tomba à chaque fois sur son répondeur, et à l'hôpital, elle était toujours aux abonnés absents.

Il se rabattit sur le mari, qu'il appela sur son portable.

– Elle a fait ses valises, lui révéla ce dernier.

– Comment cela, fait ses valises ?

– Elle est partie.

– Quand ?

– À l'instant. Vous l'avez ratée de dix minutes. Pourquoi ?

– Partie *partie*, ou partie faire une course ?

– Comment le saurais-je ? Elle ne m'a donné aucune explication, elle ne m'a même pas adressé la parole. Qu'est-ce qu'il se passe ?

– Vous savez où elle a pu aller ?

– Pas loin, j'imagine ; elle n'a pris que ses affaires de toilette et quelques fringues.

– Chez ses parents ?

– Euh… oui, je suppose.

– Où vivent-ils ?

– En Bretagne.

– Où ça en Bretagne ?

– Dans le Finistère. À La Forêt-Fouesnant.

– Vous pouvez m'envoyer leurs nom et adresse par texto ?

– Oui, mais si vous m'expliquiez d'abord ce que…

Cérisol lui raccrocha au nez. Sandrine Fousseret n'avait pas simplement fui le domicile conjugal suite aux révélations des infidélités de son mari, elle tentait d'échapper à la justice.

Quand il rappela Louise Gairal pour la tenir informée de la tournure des événements, la vice-procureur parut surprise mais ne s'alarma pas : quand on connaissait le profil de Sandrine Fousseret, on n'imaginait pas qu'elle pût s'évanouir à jamais.

– C'est un mouvement de panique, elle va revenir.

– On lance un mandat de recherche ? lui demanda Cérisol.

Louise Gairal soupira, pas convaincue.

– Qu'est-ce que vous en pensez ? dit-elle.

Cérisol appréciait Gairal car elle était une des rares magistrates à demander leur opinion aux policiers. Il lui arrivait même d'en tenir compte. En l'occurrence, il ne voyait pas l'utilité de mettre en branle le plan ORSEC. Il n'était pas donné à tout le monde de partir en cavale ; à l'instar de son interlocutrice, il considérait que l'apprentie fugitive ne tarderait pas à pointer le bout de son nez.

– D'après moi, on peut s'en passer, dit-il. On n'a pas affaire à Mesrine.

– Je suis du même avis. Elle finira par rentrer. On la cueillera à son retour.

Surtout que rapidement, Sandrine Fousseret allait manquer de ressources. Selon toute vraisemblance, elle allait perdre son travail, parce que, outre l'aspect pénal, son tour de passe-passe posait un problème déontologique que la direction de l'hôpital ne manquerait pas de relever.

Cérisol reposa son téléphone sur son bureau devant lui. Machinalement, il passa sa grosse main sur le plan métallique pour en essuyer la poussière. On était mercredi et c'était l'heure de la pause déjeuner ; la brigade se vidait petit à petit.

Krzyzaniak lui demanda s'il avait encore besoin d'elle.

– Non, c'est tout pour ce matin. On ne peut rien faire de plus. Vas-y.

La policière souhaita un bon appétit à la cantonade et s'en alla. Il ne restait plus que Nicodemo. Cérisol observa son partenaire dont la silhouette disparaissait dans son fauteuil au fur et à mesure que le jour avançait. Au moment où Cérisol se faisait la réflexion que le patriarche était de plus en plus voûté, celui-ci se redressa et s'avança pour dire, en prenant un air de conspirateur :

– Elle a rencard avec Roussin.

– Tout le monde n'a pas la chance d'avoir une épouse portugaise qui vous concocte de bons petits plats.

– C'est mercredi aujourd'hui. J'ai droit à un vrai repas. Honorine a invité une de ses cousines. D'ailleurs, j'y vais dans cinq minutes.

Le doyen de l'équipe n'avait plus d'enfant à charge depuis longtemps, mais il avait conservé l'habitude de poser ses mercredis après-midi. Grospierres en faisait de même, mais en ce qui le concernait, c'était dans l'ordre des choses.

– Tu pourrais rentrer déjeuner avec Sylvia, suggéra Nicodemo.

Cérisol réfléchit : il pouvait même prendre son après-midi, lui aussi. Après tout, plus rien d'urgent ne le retenait à la brigade. Quant à Sandrine Fousseret, Krzyzaniak pourrait toujours le prévenir si elle refaisait surface.

– Tu as raison. Je ne vais pas tarder à y aller aussi.

Il était déjà midi ; pourtant, aucun des deux coéquipiers ne semblait vouloir se mettre en marche. Cérisol repoussait le moment de rentrer à la maison, et le vieux Portugais, qui le connaissait par cœur, le savait. Tout comme Cérisol se doutait que quelque chose tarabustait Nicodemo, qui, en temps normal, serait déjà parti.

– Et sinon, toi, ça va ? demanda-t-il.

– Mouais.

Le taiseux venait de lui offrir une ouverture. S'il n'avait pas désiré se confier à son vieux pote, il l'aurait envoyé sur les roses. Là, il lui donnait l'autorisation de pousser le bouchon.

– C'est quoi, le problème ?

– Emmanuel.

– Ton fils ?

– Ben oui, pas Macron.

– Qu'est-ce qu'il a fait ?

– Rien, justement ; il ne fait rien.

– Je croyais qu'il avait suivi une formation de vitrailliste. Ça n'a pas marché ?

– Si, la formation, il l'a faite… Mais va trouver du travail avec un CAP de vitrailliste !

– Je pensais qu'il y avait de la demande pour tous ces métiers d'art ?

– Tu as souvent fait appel à un vitrailliste, toi ?

– Euh, non, mais…

– Ne me dis pas que depuis l'incendie de Notre-Dame, on a besoin de vitraillistes ; celle-là, je l'ai entendue des dizaines de fois. Le fait est qu'ils ont embauché des dizaines de compagnons confirmés, mais des jeunes vitraillistes, peau d'balle.

Cérisol sourit discrètement à l'expression désuète apprise dans Dieu sait quel roman par le petit Portugais naturalisé sur le tard.

– Pourtant, ça avait l'air d'aller mieux, entre vous.

– Ça va mieux ! Ce n'est pas ça le problème.

– Alors, c'est quoi ?

– Je m'inquiète.

– …

– Quand je pense qu'il est ingénieur, ce con !

Cérisol tourna sa langue sept fois avant de s'exprimer ; il était mal placé, surtout en ce moment, pour lui donner des conseils en matière de relations intrafamiliales. Qui plus est, il était toujours marqué au fer rouge dans ce genre de conversation par le fait qu'il n'avait pas d'enfant lui-même. Tôt ou tard, on le lui mettait dans la figure en lui demandant comment il se permettait d'avoir un avis sur la question parentale. Aussi usait-il de précautions pour aborder la chose.

– C'est chouette aussi, vitrailliste.

– Ah, mais je ne dis pas. Il est même sacrément doué. Faut voir ce qu'il arrive à faire. Il a de l'or dans les mains, ce gamin. Mais ses vitraux valent trop cher, ils ne se vendent pas. Tu sais combien ça coûte, rien que le plomb ?

– Non.

– Cher.

Cérisol sourit, et Nicodemo avec lui ; parce que ni l'un ni l'autre ne connaissaient le cours du plomb.

– Ce n'est qu'une mauvaise passe, le temps que son activité décolle.

– En attendant, son frigo est vide, et il est obligé de nous taxer quelques biftons chaque semaine. Je vois bien que ça le mine, lui aussi.

La fenêtre de confidences venait de se refermer ; c'était déjà beaucoup plus que ce que Nicodemo avait coutume d'exprimer.

– Allez, rentre chez toi, dit Cérisol.

– Et toi chez toi.

– Eh bien, voilà ! Partons ensemble.

Ils se levèrent de concert, Nicodemo avec plus de difficultés que Cérisol. Ils quittèrent ensemble les locaux de la PJ ; Cérisol, qui était en voiture, déposa Nicodemo à la gare de Versailles-Chantiers, et retourna sur sa playlist dès que son collègue fut descendu.

Il avait besoin d'un air enjoué pour affronter un après-midi dont il ne savait de quoi il serait fait, et choisit *Que je n'ose pas dire* de Karl Ditan.

Il connecta son smartphone à l'autoradio de sa voiture, et c'est en reprenant le refrain un peu canaille qu'il descendit les rues des Chantiers et du Pont Colbert, avant de monter sur l'autoroute.

Cérisol avait l'impression de n'avoir rien appris à l'école. Lire et écrire, certes, comme tout le monde. Mais l'art de comprendre l'être humain et les démons qui habitaient son âme, c'est dans les chansons qu'il s'y était initié.

Il avait grandi avec l'impression de vivre dans un cocon, épargné de tout : le martinet dont les lanières de cuir tannaient le derrière de ses camarades de classe à la première incartade ; les drames conjugaux et les joues bleutées de la voisine dissimulées par un foulard plus couvrant que d'habitude ; la faim qui parfois tenaillait les estomacs des immigrés des cités HLM de sa petite ville de province, ceux qu'on appelait « portos » ou « bicots » sans que cela choquât personne – sauf peut-être les intéressés, mais comment savoir ce qu'ils pensaient, on ne leur adressait jamais la parole. Leurs silhouettes floues se dessinaient vaguement sur les chantiers et dans les rues, on les croisait sans vraiment prêter attention à eux. Leurs progénitures, elles, s'employaient à ce qu'on les vît et les entendît. La première génération avait presque laissé indifférent, et si la deuxième courbait encore un peu l'échine, la troisième n'allait pas en rester là.

Cérisol, avec son père facteur d'origine ariégeoise et sa mère béarnaise employée aux impôts, n'avait jamais eu à subir les outrages qui semblaient affecter ses congénères. Il n'avait pas grandi dans l'opulence, mais pas dans le besoin non plus. À l'abri de tout, des sentiments aussi, comme des passions et des tentations de la déraison. Le désir, même, avait été banni de son terrain de jeu. Les seuls voyages qu'il s'octroyait se déroulaient dans sa tête, une tête qui, à défaut d'autre chose, s'emplissait d'espoir, l'espoir d'un jour y faire entrer des aventures et un peu de fantaisie.

Cérisol était le plus âgé de la fratrie. Très tôt un chef. Dès l'enfance, le gardien du troupeau sur qui on doit pouvoir compter, l'enfant adulte, l'aîné raisonnable et obéissant à qui on confiait la responsabilité des débordements de ses frères. On avait toujours attendu de lui qu'il remplît sa mission sans tiquer, sans se faire remarquer, sans faillir, sans qu'on eût à s'occuper de lui.

Il n'avait donc rien appris de ses parents non plus, outre des valeurs transmises par capillarité. Il n'avait pas manqué d'amour… Seulement de preuves d'amour. À une époque où l'on considérait que fournir un toit et trois repas par jour à un enfant suffisait, les marques d'affection étaient des effusions aussi inutiles qu'impudiques ; elles affaiblissaient l'individu. Alors à quoi bon s'épancher ?

En fin de compte, Cérisol avait bénéficié de toutes choses indispensables au socle sur lequel se bâtissait un futur adulte, mais du ciment, point. Un vernis qui ne saute jamais mais dont les couches, au contraire, s'accumulent, se renforcent et maintiennent un homme droit et entier à l'extérieur quand, à l'intérieur, il gîte.

Au fond, il avait acquis le véritable savoir, celui qui lui servait à être heureux et à aimer Sylvia, celui qui lui avait fait embrasser ce métier, en traînant dans le bal de Baptistin et sur les fortifications avec Julot, P'tit Louis l'costaud, Nini et Casque d'or. C'est là, étrangement, en écoutant en boucle des rengaines à la gloire des truands des petits bals du samedi soir qu'il avait décidé de devenir flic… Pour jouer les magiciens, entretenir l'illusion que, bien que bancals pris un par un, nous pouvions marcher droit collectivement si nous nous dotions des garde-fous *ad hoc*. Il s'était accroché à ce mensonge, parce que les premiers à tomber étaient les petits, les pauvres et les faibles. On leur devait bien cela. Il leur devait cela.

Cérisol avait été un idéaliste. Aujourd'hui, à cinquante-six ans, il n'était pas candide au point de croire que l'utopie s'accomplirait, mais il ne connaissait pas de mensonge plus doux ni de compromis plus réaliste.

Avant d'entrer dans son lotissement, il fit un détour par Le Pavé dans le canal, une des dernières librairies à faire de la résistance à Montigny-le-Bretonneux.

Il se gara en double file et poussa la porte du magasin. Étienne, le gérant des lieux, le reconnut et l'accueillit en souriant.

– Je ne vous avais pas vu depuis longtemps ! s'exclama-t-il. Comment va votre épouse ?

Cérisol ne sut si le commerçant exprimait sa joie ou un reproche déguisé. Autrefois, avant le Japon, Sylvia y aurait vu de la joie et lui un reproche, et ils auraient ri de leurs différentes appréhensions de la vie, elle l'éternelle optimiste, lui l'éternel pessimiste.

– Bien, merci, dit-il en désignant sa voiture mal stationnée d'un geste de la tête afin d'écourter les politesses.

Il savait ce qu'il voulait, la question était de savoir s'ils auraient le livre en stock ou s'il faudrait le commander.

Il fut agréablement surpris par la richesse du rayon littérature étrangère et de trouver le titre qu'il cherchait. Il paya, déclina la proposition du libraire qui voulait faire un emballage cadeau, et ressortit aussitôt.

Quand il arriva chez lui, Djouk était sagement couchée dans son panier et la maison silencieuse. Cérisol en déduisit que Sylvia faisait la sieste.

Il resta au rez-de-chaussée, se servit un jus de tomate au sel de céleri – son *digestif* préféré désormais, qui lui rappelait l'exotisme d'un voyage en avion –, ferma les portes battantes du salon pour éviter de réveiller Sylvia, et mit un 33 tours de Renaud sur sa platine, histoire de se rappeler qu'il y avait eu des voyous au grand cœur. Les premiers albums du chanteur constituaient une exception dans la discographie de Cérisol, une incartade dans la deuxième moitié du XXe siècle ; une dérogation qu'il s'autorisait, de temps en temps, au nom de l'héritage du titi parisien, qui, aux yeux du policier nostalgique, était l'unique descendant – tout au moins à ses débuts – des conteurs de l'entre-deux-guerres.

Sylvia ne devait pas être profondément endormie, car dès la deuxième strophe de *La Chanson du loubard*, elle le rejoignit dans son antre. Elle s'installa sur l'accoudoir du fauteuil club et se lova contre lui.

Djouk ne tarda pas à les rejoindre. Elle s'assit aux pieds de Jean-Pierre et se mit à observer d'un air hautain les oiseaux qui la défiaient derrière la porte vitrée en s'aventurant jusque sur la terrasse pour grappiller les miettes de pain abandonnées par Sylvia quand elle secouait la nappe de la table de la cuisine. Le trio, ainsi rassemblé sur son mètre carré de cuir, éclairé par la seule lueur du jour, donnait l'impression de poser pour un peintre.

– À quoi penses-tu ?

C'était la première fois depuis longtemps que Sylvia sortait de son mutisme pour s'enquérir de ce qui préoccupait Jean-Pierre.

– À mon affaire. Évidemment.

Sylvia sourit. Elle se plaisait à railler son mari quand une enquête en cours virait à l'obsession ; il feignait d'en être offensé. Immanquablement, elle le questionnait pour savoir ce qui le tracassait ; immanquablement, il se faisait prier avant de révéler des informations confidentielles. Il finissait par partager ses doutes avec elle, et immanquablement, elle donnait son avis et levait ses cas de conscience. Elle n'avait jamais orienté une investigation dans un sens ou dans l'autre, elle s'était toujours contentée de dire ce qu'il savait déjà et avait besoin d'entendre. L'un et l'autre en étaient conscients et en riaient.

Aujourd'hui, c'était différent. Sylvia n'avait pas suivi l'enquête au quotidien, comme à son habitude. D'ailleurs, Sandrine Fousseret n'en avait pas été l'objet jusqu'à présent. Alors – et cela lui procura une joie immense –, il reprit pas à pas la chronologie des derniers jours, et résuma l'affaire pour elle : le suicide d'Emilie Vaudrey, l'autopsie, sa grossesse, le gynécologue, l'amant déjà marié, la maladie de Huntington, le centre de naturopathie et de bien-être, le prêt de sept cent cinquante mille euros, la vente de la maison dans le dos de l'épouse légitime... Plus récemment, le rapport d'analyse émanant du laboratoire de Sandrine Fousseret... Et, deuxième coup de théâtre, la découverte des résultats falsifiés par la même Sandrine Fousseret.

Ce qui différait également des autres enquêtes qui pouvaient provoquer des crises de conscience chez Cérisol, c'est que celle-ci était résolue. Le travail de policier consistait à établir si quelqu'un avait fauté ou non. Un policier construisait des certitudes, il apportait des preuves, et sa réponse à la question posée était oui ou non. Mission accomplie, en l'occurrence : Sandrine Fousseret était coupable de faux et usage de faux. Point final.

Au-delà, la question du verdict ne le concernait pas. C'était à la justice de s'en emparer. Le parquet et le siège devraient à présent déterminer les motivations de Sandrine Fousseret dans la commission d'un tel délit, en discriminant ce qui relevait de son libre arbitre et ce que l'on pouvait imputer à des circonstances subies.

Cérisol n'aurait pas aimé être à leur place. Plus d'une fois, il s'était dit qu'il n'aurait pas fait un bon membre du parquet ou du siège. Son métier lui procurait suffisamment de migraines ; il n'aurait pas supporté les affres de l'évaluation, et, *in fine*, de la décision.

Son téléphone émit un tintement : Cérisol venait de recevoir un SMS. Il chercha à attraper l'appareil dans la poche arrière de son pantalon, mais Sylvia l'en empêchait.

– Ça pourrait être Krzyzaniak. Je suis désolé, il faut que je regarde.

Sylvia se leva. Jean-Pierre put lire le message qui, en effet, provenait de sa collègue.

– Sandrine Fousseret est rentrée chez elle… pour en ressortir aussitôt, annonça-t-il. Son mari a prévenu le commissariat.

– Tu vas devoir y aller ?

– Je ne sais pas encore. Décidément, cette femme me laisse perplexe. Je ne sais trop quoi penser d'elle.

– Moi, je la plains.

Après l'échange que Krzyzaniak et Grospierres avaient eu, Jean-Pierre ne savait plus quoi penser. Il observa quelques secondes de silence, que Sylvia interpréta comme une condamnation.

– C'est une femme trahie qui crevait d'envie d'avoir un enfant ! s'écria-t-elle. Si toi tu ne peux pas comprendre cela, qui le comprendra ?

– Enfin, chérie…

Jean-Pierre voulut passer son bras autour de son épaule, lui dire qu'il était d'accord avec elle, mais Sylvia le repoussa.

– Laisse-moi ! dit-elle.

Il insista, la serra plus fort. D'un bond, elle fut debout.

– Ne me touche pas !

En voulant s'éloigner, elle renversa le guéridon, ce qui fit sursauter Djouk qui s'était assoupie. Sylvia repoussa la main de son mari qui cherchait à la saisir et se précipita vers les escaliers. Sur sa trajectoire, elle se cogna à une chaise, pesta contre celui qui ne l'avait pas remise à sa place et monta dans leur chambre.

Le parquet craqua sous ses pas, Jean-Pierre s'attendait à entendre la porte claquer, mais rien de tel ne se passa.

Des gémissements leur parvinrent ; la chienne tendit un museau inquiet en direction de sa maîtresse, et le cœur de Cérisol se fendit.

Au même moment, un deuxième SMS s'afficha sur l'écran de son téléphone portable : Sandrine Fousseret venait de se présenter spontanément à l'accueil du commissariat. Elle affirmait avoir des aveux à faire et souhaitait parler à Krzyzaniak. « Qu'est-ce que je fais ? » demandait celle-ci. « J'arrive », répondit Cérisol.

CHAPITRE 30

Sylvia resta alitée trois jours d'affilée. Elle demeura prostrée, sans lire ni écouter la radio, ne mangeant plus rien et se contentant de boire du thé. La plupart du temps, elle se recroquevillait sur elle-même ; il lui arrivait de se redresser sur son séant et de tourner la tête vers la fenêtre pour écouter les bruits de la rue… À croire qu'elle était fascinée par les agents de la régie des eaux qui intervenaient sur le réseau.

Quand ils eurent fini et furent repartis, elle se laissa à nouveau glisser en position horizontale et se remit en chien de fusil. Cérisol craignait qu'à ce rythme-là, elle n'attrapât des escarres.

Chaque soir, quand il rentrait, il la forçait à avaler une soupe et une compote, mais c'était la croix et la bannière.

Il s'inquiéta au point de contacter le psychologue qu'elle avait consulté quelques jours auparavant.

– S'est-il passé quelque chose en particulier ? demanda celui-ci.

Cérisol narra leur dispute, le jour où elle était montée dans leur chambre pour ne plus en sortir. Le psychologue lui fit répéter leur échange et le pria de citer les mots exacts de Sylvia : « Elle crevait d'envie d'avoir un enfant ! Si toi tu ne peux pas comprendre ça, qui le comprendra ? » Puis, « Laisse-moi ! », et enfin « Ne me touche pas ! »

Cérisol fit part au thérapeute de sa surprise face à la violence de la réaction de son épouse ; il se dit choqué par la colère qu'elle avait exprimée à son égard.

– Je passerai ce soir après ma dernière consultation si vous n'y voyez pas d'inconvénient, avait proposé monsieur Bonsom.

Cérisol accepta, bien sûr. Il lui en fut même reconnaissant, mais un tel service personnalisé l'inquiéta. Était-il habituel pour un psy de rendre des visites à domicile ? Cela ne pouvait signifier qu'une chose : l'heure était grave. Non seulement Sylvia ne remontait pas la pente mais elle s'enfonçait dans la dépression, mettant sa vie en danger, comme une gamine de quinze ans atteinte d'anorexie sans qu'on puisse entrevoir la moindre explication, sans qu'il y ait eu de signes avant-coureurs, et qui plonge toute sa famille dans la stupeur. Cérisol se fit un sang d'encre jusqu'au soir.

Enfin, monsieur Bonsom sonna à leur porte. Il entra et demanda à s'entretenir seul avec Sylvia sans prendre la peine de se dévêtir.

Pendant ce temps, Cérisol rongeait son frein dans le salon-bureau. Il n'avait la tête à rien ; il ne songea même pas à mettre un disque sur la platine pour tromper son attente. Il redoutait qu'à tout moment, le psychologue ne redescendît et ne préconisât l'internement d'urgence.

Le policier caressait la tête de leur chienne. Celle-ci, tout aussi préoccupée que lui, ne le perdait pas de vue. Ce soir-là, elle ne toucha pas à sa gamelle.

Au bout d'une heure, le psychologue n'était toujours pas réapparu. À plusieurs reprises, Cérisol faillit monter, mais il se raisonna et continua à tourner en rond au rez-de-chaussée, la chienne en permanence sur ses talons.

À un moment donné, il hésita à apporter un verre d'eau et un en-cas à monsieur Bonsom qui devait être affamé après une journée de travail, mais il eut trop peur d'effaroucher son épouse et de troubler un moment de confidences.

Sa patience fut bien inspirée, car lorsqu'il redescendit enfin, le psychologue refusa d'être rémunéré mais accepta un grand verre d'eau et déclara :

– Je crois que vous devriez monter la voir. Vous avez des choses à vous dire, tous les deux.

Avant de ressortir, il ajouta :

– Je la verrai demain à mon cabinet à 15 heures.

– Mais… Ça va aller ? Elle va aller mieux ?

– C'est un deuil, monsieur Cérisol. Après avoir longtemps été dans le déni, elle vient d'entrer dans la phase d'abattement. Ça va prendre du temps, mais oui, elle ira mieux. Surtout, qu'elle ne néglige pas sa thérapie.

– Non, bien sûr. Mais, qu'est-ce que je lui ai fait ? Pourquoi s'en est-elle prise à moi ?

– La colère fait aussi partie du processus de deuil.

Un deuil ? Quel deuil ?

Cérisol gravit les marches des escaliers comme on répond à une convocation, ne sachant trop ce qui l'attendait, se demandant à quel aveu il devait se préparer, ce qu'elle allait lui reprocher. Qu'est-ce qui, dans leurs souvenirs communs, avait pu constituer un choc ou un traumatisme ? Il avait bien une petite idée, mais pourquoi cela serait-il ressorti aujourd'hui ?

En parcourant les derniers mètres, il continua de tout envisager ; il imagina le pire. Il poussa la porte de leur chambre et se rendit au chevet de son épouse. Son appréhension s'évanouit dès qu'il lut l'expression de contrition sur le visage de Sylvia. Ce n'était pas à lui qu'elle en voulait, mais à elle-même. C'était tellement douloureux à voir qu'il n'en fut nullement soulagé.

Tout de suite, comme si elle craignait de ne plus trouver le courage de le faire si elle repoussait encore ce moment, elle se mit à parler.

CHAPITRE 31

Après un long monologue, Sylvia s'écroula, vaincue par le sommeil ; Jean-Pierre l'imita, rattrapé par les nuits blanches qui s'étaient succédé depuis le retour de sa femme en France.

Le lendemain matin, elle dormait encore lorsque Cérisol franchit le seuil de leur porte pour aller prendre le RER. Il neigeait et il ne se sentait pas de conduire sur une route pas encore salée. Il fit un signe de la main à Djouk lorsqu'il passa devant le grillage du jardinet. La chienne, bien campée derrière la porte vitrée, le suivit des yeux jusqu'à ce qu'il eût disparu derrière la haie des voisins.

Dans le train, Cérisol posa son casque audio coupe-bruit sur ses oreilles et choisit dans sa playlist un album acheté récemment, une série d'enregistrements rares vendus en ligne par une librairie genevoise spécialisée dans la littérature, la musique et le cinéma anarchistes. Il avait découvert des airs entonnés par les militants de la toute nouvelle CGT à fin du XIXe siècle, ainsi que des chants révolutionnaires tirés du répertoire catalan et aragonais remontant à la courte expérience républicaine de 1932 dans le nord-est de la péninsule ibérique.

Cérisol n'était ni emballé ni convaincu par l'aventure anarcho-syndicaliste – qui lui rappelait trop le marxisme, peut-être à tort, il admettait son ignorance en matière de mouvements idéologiques – mais les paroles de leurs hymnes dénonçaient, en racontant la vie des petites gens, les trois pouvoirs en place : ceux de l'Église, du gouvernement et du patronat, et cela n'était pas pour lui déplaire.

Pourtant, ce matin-là, il ne parvenait pas à se concentrer. Les mots de Sylvia se superposaient à ceux des poètes révolutionnaires: « Une joueuse japonaise, pendant le match, a été renversée par un ballon qu'elle a reçu en pleine figure. J'ai même entendu le craquement des cartilages de son nez avant qu'elle ne tombe à la renverse. Puis, le bruit sourd au moment où sa tête heurtait le sol. Immédiatement, un enfant a crié dans les gradins. Crié… comme si un immense malheur venait de se produire ! Le gamin ou la gamine s'est précipité sur la joueuse et s'est mis à l'appeler et… On ne comprenait pas ce qu'il disait, évidemment, mais c'était poignant. Un homme, le père sûrement, j'ai entendu ses pas sur le revêtement, je dirais qu'il était en chaussettes… À sa façon de parler, j'ai compris qu'il cherchait à rassurer l'enfant. Mais il n'y avait rien à faire. Ce gosse était désespéré, il était convaincu que sa mère était morte, je ne sais pas, il pensait avoir perdu sa mère. »

Sylvia s'était interrompue. Des secondes interminables s'étaient écoulées. Jean-Pierre était à la torture. Quelques secondes duraient une éternité quand on attendait qu'une bombe vous explosât à la figure. Il avait tout envisagé : le secret enfoui, le traumatisme de l'enfance… Où voulait-elle en venir ? De quoi pouvait-il s'agir ?

« Ce que je ne comprends pas, c'est pourquoi ça m'a prise là-bas, et à ce moment-là. »

Cérisol, dans l'exercice de son métier, avait appris la patience, à laisser venir les confessions des gens. Dans sa vie privée, il détestait quand Sylvia tournait autour du pot.

« Si tu me disais ce qu'il s'est passé », avait-il risqué pour qu'elle en vînt au fait.

« Une brèche s'est ouverte sous mes pieds. J'ai tout à coup eu la conviction que j'avais raté ma vie. D'être passée à côté de ce qui était important. Tout le reste m'est soudainement apparu vain, inutile : le championnat du monde, la compétition, les années d'entraînement… Toute cette énergie dépensée à enfouir le problème, à me voiler la face, à dissimuler l'évidence… Tu avais raison, Jean-Pierre. »

Il avait raison, mais à propos de quoi ?

« Mon amour, je suis désolée, je te demande pardon, je me rends compte aujourd'hui du mal que je t'ai fait, j'ai gâché ta vie… »

Des larmes dégoulinaient le long de ses joues. Sylvia articulait difficilement. Elle pleurait plus qu'elle ne parlait mais Cérisol commençait à comprendre.

« Je veux un bébé ! J'ai été conne, et lâche, et égoïste… Ce que je t'ai fait était dégueulasse. Tu voulais un bébé… »

Ils en avaient discuté des dizaines de fois. Entre eux, c'était clair depuis longtemps.

« C'est moi et moi seule, de façon unilatérale, sans te demander ton avis, qui ai décidé de ne pas avoir d'enfant »

Techniquement, elle lui avait demandé son avis. Il avait accepté sa décision de ne pas procréer. Il aurait pu la quitter pour enfanter avec quelqu'un d'autre, mais il était resté, parce que c'était avec elle qu'il voulait des enfants, pas avec quelqu'un d'autre, encore moins avec n'importe qui.

« Je n'ai pas tenu compte de ton envie, et lorsque tu as souhaité en reparler, je t'ai interdit d'aborder la question. Tu n'étais même pas autorisé à mentionner les mots "grossesse" ou "bébé". Quand le sujet est évoqué, dans une conversation avec nos amis par exemple ou quand on regarde un film ensemble, je me rends compte qu'il y a un malaise. »

Elle ne se trompait pas : il y avait un malaise. Bien sûr. Comme lorsqu'un tabou est frôlé, sur le point d'être brisé. Tout le monde retient son souffle. L'enfant était un interdit absolu, le sujet de conversation inabordable.

« Tu es malheureux ! »

Il avait souffert, cela aussi était vrai. Il s'était fait une raison, cependant. Aujourd'hui, il n'était plus malheureux. Il s'estimait heureux, même. Pour autant, était-il comblé ? Peut-être pas. Mais qui pouvait prétendre l'être ?

« Tu es mon mari, tu es un super mari, tu es attentionné comme personne, et je t'ai rendu malheureux à cause de mon égoïsme. Tu t'occupes de moi alors que je suis aveugle, sans jamais te plaindre, alors que tu n'avais rien demandé. Et moi, qu'est-ce que je t'offre en retour ? Rien ! Je te refuse la seule chose que tu désirais et à laquelle tu avais droit : être papa. Si tu avais été avec une autre femme, ta vie aurait été dix fois plus belle. Tu aurais été épanoui…

– Mais je suis épanoui.

– Tu aurais été un père épanoui. »

Sa tête avait heurté le mur, pile sur l'un des motifs floraux marron et orange de la tapisserie qui datait des années 1990. Si Sylvia n'avait pas été aveugle, cette chambre aurait été refaite depuis belle lurette.

Dans une certaine mesure, Cérisol avait trouvé son compte dans la cécité de son épouse. Elle lui avait permis d'exprimer librement son mauvais goût dans la maison. Mais sur le reste, elle n'avait pas tort : il arrivait à Cérisol d'y penser ; il lui arrivait de se dire les choses en ces termes. Mais il était amoureux, tout simplement, et c'est avec Sylvia qu'il voulait partager sa vie. Il n'avait jamais désiré une autre femme qu'elle. Si c'était à refaire, il recommencerait.

Jean-Pierre lui avait tendu un mouchoir en papier, un geste qu'elle n'avait pas vu, évidemment. Malgré des années de vie commune, il continuait à se faire avoir. Il avait tapoté sa main pour qu'elle s'en saisisse. Elle s'était mouchée si bruyamment que Djouk s'en était inquiétée et s'était assise pour mieux voir ce que sa maîtresse faisait. En temps normal, la chienne n'était pas autorisée à l'étage, mais ce soir-là, Cérisol avait fait une exception.

– En plus, j'ai laissé tomber mes coéquipières. C'est la honte.

– Ça, on s'en fout.

– Je n'oserai jamais affronter leur regard.

– Elles sont toutes aveugles, non ?

Enfin, Sylvia avait souri. Elle avait pouffé même.

– Que tu es bête.

Puis, les larmes s'étaient mêlées à son sourire.

– Tu es trop gentil, avait-elle dit au milieu des sanglots.

– Écoute. Je voulais un enfant, c'est vrai. Je mentirais si je te disais que je n'y pense pas de temps en temps, que je ne regrette pas. Mais je n'aurais pas voulu d'un enfant si tu ne l'avais désiré toi aussi, sans arrière-pensées, sans retenue. Je ne voulais pas un enfant dans l'absolu. Je voulais un enfant *de* toi, *avec* toi.

Sylvia avait réfléchi ; elle avait cherché loin dans les souvenirs de son corps.

– Je me rends compte que j'en avais envie, moi aussi. Mais j'étais terrorisée à l'époque, et la peur l'a emporté sur tout le reste.

– Ce n'était pas le bon moment, voilà tout. Tu aurais été malheureuse, vingt ans en arrière, si tu étais tombée enceinte. C'est l'enfant qui en aurait pâti, et donc moi, par ricochet. Qui sait si on ne se serait pas déchirés.

C'étaient les paroles d'apaisement dont Sylvia avait besoin, mais Jean-Pierre n'était pas certain d'être entièrement sincère en les prononçant. Elles avaient été dictées par la raison, mais son cœur aurait parlé différemment : les choses n'étaient pas aussi simples ; en son for intérieur, Jean-Pierre n'avait peut-être pas pardonné.

Le silence était retombé. Djouk avait soupiré. On n'entendait plus que le tic-tac du réveil sur la table de chevet et des bruits de skateboard dans la rue… Les jumeaux des voisins qui s'amusaient sur le trottoir. Deux abrutis mal éduqués.

– Si c'est pour avoir des petits cons pareils, avait dit Cérisol, je préfère me faire vasectomiser.

Sylvia avait éclaté de rire et attrapé son mari par la nuque. Elle l'avait embrassé tendrement et s'était remise à pleurer en silence.

– Tu aurais fait un super papa. Je suis vraiment trop bête.

– Alors, faisons un bébé.

Sylvia s'était reculée. Elle avait *scruté* son mari, de cette façon qu'elle avait d'écouter ses silences pour le sonder : est-ce qu'il plaisantait ? À quarante-six ans, il était encore possible pour elle de concevoir, mais était-ce raisonnable ? Et sa maladie génétique possiblement transmissible au fœtus ? C'est ce qui l'avait retenue : l'idée de mettre au monde un enfant qui pourrait un jour lui reprocher d'être aveugle. Vingt ans plus tard, le problème demeurait inchangé et la décision toujours aussi délicate à prendre.

– Sinon, on adopte ? avait-elle proposé.

Jean-Pierre avait accusé le coup. Il s'était dégagé pour étudier son épouse à son tour : était-elle sérieuse ? Elle avait toujours refusé cette éventualité, sans jamais s'expliquer sur ce point ! Et là, tout à coup…

Était-ce vraiment une bonne idée à leur âge… à son âge à lui, surtout ? Étaient-ils prêts à chambouler leur vie ? Au fond, n'étaient-ils pas heureux comme ça, tous les trois, avec Djouk ?

Le RER secouait ses idées sombres. Sylvia s'était sentie mieux après cette discussion, elle semblait avoir déposé un fardeau ; Cérisol, quant à lui, avait l'impression de l'avoir pris sur ses épaules.

Les arrêts défilaient sans qu'il s'en rendît compte. Ses pensées étaient ailleurs, et il ne les trouvait pas belles. Pour la première fois depuis leur rencontre, Cérisol en voulait à Sylvia. Au fond, elle l'avait trahi.

Sa colère s'affirmait, une colère tue et maintenue sous le boisseau depuis des années… Elle venait d'être ravivée, et plus il en analysait les raisons, plus il prenait conscience qu'elle était justifiée… Et moins il aimait cela.

Jean-Pierre se demandait même pourquoi il avait renoncé si vite à un désir aussi fort. À l'époque, il s'était dit qu'un couple n'était pas obligé d'avoir des enfants pour être épanoui. C'était certainement vrai, à condition qu'aucun des deux n'en voulût. Comment avait-il pu se convaincre qu'il désirait ce que Sylvia désirait, ou plutôt qu'il ne désirait pas ce à quoi elle avait renoncé, que son bonheur pouvait se passer de la joie d'être père ? Comment avait-il réussi à ignorer une autre vérité ? Un couple souffre si l'un de ses constituants bâillonne son souhait le plus fort. À quelle méthode Coué avait-il eu recours pour arriver à se mentir pendant toutes ces années ?

Mais pourquoi un tel ressentiment au moment où Sylvia avait le plus besoin de son soutien ?

CHAPITRE 32

Au moment de prendre son service, Krzyzaniak découvrit un paquet sur son bureau, accompagné d'aucune note, aucune explication. Un simple emballage de papier kraft arborant le logo d'une librairie. Elle plongea la main dans le sac et en sortit un livre de poche dont la couverture bleue imitait un lever de soleil sur une mer placide. Le nom de l'auteur, Dino Buzzati, s'étalait dans le ciel. Quant au titre de l'ouvrage, il était posé sur la ligne d'horizon, tel un navire, et fit instantanément sourire la lieutenant : *Le K.* Où est-ce que Cérisol avait déniché cela ?

– Quel con !

Elle ouvrit le bouquin et le feuilleta. Ce n'était pas un roman comme elle l'avait tout d'abord cru, mais un recueil de nouvelles. Krzyzaniak n'avait pas le goût de la lecture, pas même des histoires courtes, mais elle se promit de faire l'effort d'en lire quelques-unes, au moins la première, pour faire plaisir à Cérisol dont elle appréciait le clin d'œil.

– Commandant ? appela-t-elle.

Nicodemo répondit :

– Il est en rendez-vous à l'extérieur. Pourquoi ?

– Pour rien.

Elle plaça le livre en haut de son armoire, bien en vue, afin que les autres profitent des facéties du chef de groupe. Après tout, ce « K » allait peut-être rester et la suivre ; il n'était pas rare qu'un flic héritât d'un surnom malgré lui.

Elle était en train de redescendre du tabouret lorsque le téléphone fixe sonna. C'était l'adjoint à l'accueil : une certaine madame Schall s'était présentée d'elle-même au commissariat car elle souhaitait s'entretenir avec « ces messieurs en charge de l'affaire de l'Africain trouvé aux Gonards ».

– Je vais la recevoir, dit Krzyzaniak.

Elle descendit la chercher.

Madame Schall n'avait pas d'âge. Elle semblait vaincue par la vie. Des épaules affaissées comme ça, un renoncement pareil, ça s'entretenait, ça ne venait pas en un jour.

La lieutenant Krzyzaniak observait l'employée de maison des Galhan de Ribaute ; elle l'imaginait à vingt ans avec les mêmes traits, la même posture qu'aujourd'hui, la même façon de s'excuser d'être là, en faisant tout pour ne pas occuper trop de place, pour ne pas être vue.

Pourtant, elle s'était fait violence. Quelque chose de plus fort l'avait poussée à venir. De la colère. La policière la percevait au fond de ses yeux. C'était probablement la première fois de sa vie que madame Schall faisait un pas en avant et demandait à parler… À la police, qui plus est.

En la découvrant recroquevillée sur sa chaise dans le hall du commissariat, en train de triturer ses doigts, Krzyzaniak comprit qu'elle serait plus à l'aise en présence d'une femme. Elle prit l'initiative de l'interroger, bien qu'elle n'eût pas participé à l'enquête.

Madame Schall se tenait droite face à la policière, de l'autre côté du bureau.

– Voulez-vous boire un verre d'eau ?

L'employée de maison ne comprit pas tout de suite.

– Un verre d'eau ?

Elle fit non de la tête.

– Un café ou un thé ?

Madame Schall sourit tout en déclinant une nouvelle fois, peut-être pas habituée à être servie. Ou alors, ce n'était pas l'idée qu'elle se faisait d'un commissariat et d'un policier… Une policière, en l'occurrence. Elle ne savait pas à quoi s'attendre en venant ici, mais certainement pas à cela.

– Qu'est-ce qui vous amène, madame Schall ?

– Vos collègues m'ont interrogée, au sujet du… au sujet d'Amos.

– Oui, je sais. J'ai votre déposition sous les yeux. Y a-t-il quelque chose que vous aimeriez ajouter ? Un détail qui vous serait revenu ?

– Oui, c'est cela. On peut dire cela. Un détail.

Plusieurs secondes s'écoulèrent. Madame Schall tournait sa langue dans sa bouche avant de parler, elle choisissait ses mots… Krzyzaniak respectait cela ; elle ne voulait pas la brusquer, mais elle sentit que l'employée des Galhan de Ribaute avait besoin d'un coup de pouce pour se lancer.

– Je vous écoute, finit-elle par dire.

Cela fonctionna, car madame Schall sortit de sa léthargie et se lança :

– Je suis à deux ans de la retraite. Je sais que ce que je m'apprête à vous révéler va me coûter ma place, et que je ne retrouverai pas de travail après cela… Pas dans la région, en tout cas. Les de Ribaute ont le bras long.

– …

– Mais tant pis. Ils ne peuvent pas s'en sortir. C'est trop grave. Cette fois, ils sont allés trop loin.

– De quoi s'agit-il ?

Krzyzaniak avait compris, évidemment, mais pour les besoins de la procédure, il fallait que madame Schall prononçât les mots.

– Trois cents euros, vous vous imaginez ?

– Pardon ?

– Ils nous ont donné trois cents euros à chacune pour que nous nous taisions. Trois cents euros ! Nous sommes deux à leur service, la cuisinière et moi. Ils ont estimé que ça valait six cents euros. Notre silence. Leurs saloperies. La vie de ce pauvre bougre.

– Amos ?

– Oui. Il vivait chez les Galhan de Ribaute… Depuis des années. Ils le faisaient travailler comme jardinier. Personne ne le croisait jamais, en dehors de nous et de la famille. Il n'avait pas de papiers, il se trouvait en France illégalement. Si les flics… je veux dire, si la police l'avait contrôlé, ils l'auraient immédiatement ramené à la frontière, renvoyé dans son pays. Et ça, c'était impossible. Il était condamné à mort, chez lui.

– Pourquoi ?

– Des histoires politiques, ou d'appartenance à telle ou telle ethnie. Il était chrétien… Apparemment, cela posait problème. Il ne nous l'a jamais dit clairement. De toute façon, il avait tout perdu : sa femme, son bébé, ainsi que toutes leurs possessions sur place. Il n'avait plus rien, plus aucun moyen de faire demi-tour.

– C'était un motif suffisant pour déposer une demande de droit d'asile.

Madame Schall sourit tristement à la policière.

– Vous plaisantez ? Vous connaissez les chances pour un ressortissant d'Afrique centrale d'obtenir un statut de réfugié ?

– Non, j'avoue que…

– Quasi nulles.

– Comment est-ce qu'il a atterri chez les Galhan de Ribaute ?

– Amos est arrivé en France illégalement en traversant les Alpes depuis l'Italie. Il a été pris en charge par une antenne du Secours Catholique à Briançon, qui l'a confié à son réseau en région parisienne. C'est le curé de la paroisse que fréquentent les Galhan de Ribaute qui leur a présenté Amos.

– Ils l'ont donc recueilli.

– Recueilli ? Si on veut ! Ils le faisaient trimer gratuitement et menaçaient de le dénoncer s'il se plaignait. C'était de l'esclavage. Ils croyaient qu'on n'en savait rien, mais on avait compris, figurez-vous ! Et puis, un jour, Amos a attrapé la covid. Il a commencé à avoir du mal à respirer. Ils ont fait venir un médecin, un de leurs amis, qui a dit qu'il fallait l'hospitaliser de toute urgence. Mais évidemment, c'était impossible. Il aurait fallu qu'ils expliquent ce qu'il fichait chez eux. Alors, ils ont tenté de le soigner à domicile, mais ça n'a pas marché, et Amos est mort dans son lit comme un misérable. Il s'est étouffé, c'était horrible. Ils l'ont laissé suffoquer pendant des heures. On l'entendait râler et se plaindre. Il suppliait qu'on lui donne de l'air. De l'air.

– Vous vous rendez compte de la gravité de ces accusations ?

– Bien sûr. Que croyez-vous ? Ce qui est grave, ce ne sont pas mes accusations, c'est ce que les de Ribaute ont fait. Posez la question à Emilienne, la cuisinière, elle vous le confirmera.

– Nous l'avons déjà entendue. Elle n'a rien dit de plus que ce que vous avez déclaré la première fois.

– Maintenant que j'ai parlé, vous verrez si elle ne se met pas à table.

– Pourquoi n'avoir rien dit avant, lorsque vous avez été interrogée par mes collègues ?

Le visage de Joséphine Schall se fissura. Des larmes apparurent derrière ses lourdes paupières.

– Je… je ne sais pas. J'étais sidérée. Peut-être que… Je ne sais pas. Et puis, il y a eu ces trois cents euros. Je me suis sentie humiliée. Ils pensaient pouvoir s'en tirer avec seulement six cents euros. C'est ce qu'ils gagnent, chacun, en une journée. Nous ne valons pas beaucoup plus qu'Amos, à leurs yeux.

Joséphine Schall éclata en sanglots, mais n'interrompit pas ses aveux :

– S'ils m'avaient proposé deux mille ou trois mille euros, peut-être que je n'aurais rien dit. Je ne suis pas meilleure qu'eux, au fond.

Un simple mouchoir en papier ne suffirait pas ; Krzyzaniak lui tendit une boîte entière de Kleenex. L'employée de maison se moucha bruyamment.

– Djibrine, il s'appelait, dit-elle.

– Pardon ?

– Amos, son nom de famille était Djibrine. Il venait du Tchad. Il venait d'avoir cinquante et un ans.

Krzyzaniak nota ces nouveaux éléments.

– Il était veuf. Sa femme s'est noyée pendant la traversée de la Méditerranée. C'était un suicide. Elle s'est jetée à l'eau. Elle ne supportait plus de vivre parce que leur enfant est mort dans le désert de Libye. Il avait tout juste cinq ans. Il a été éjecté du 4×4 dans lequel ils se trouvaient. Il a échappé aux bras de sa mère à cause des secousses qui ébranlaient le véhicule. Il est tombé sur la piste. Les passeurs ne se sont pas arrêtés. C'est la règle : ils foncent pour éviter de s'enliser tellement leurs pick-up sont chargés. Vous imaginez la douleur de cette femme ? Une douleur telle qu'elle s'est laissée mourir ! Et malgré tout ce qu'il a enduré, je n'ai jamais entendu Amos se plaindre.

La jeune policière posa sa main sur celle, parsemée de taches de vieillesse et avec un début d'arthrose, de Joséphine Schall. Des mains fatiguées. L'employée de maison aurait pu être sa mère, mais c'est elle qui consolait la vieille femme.

– Je m'en fiche ! dit celle-ci. S'ils me virent sans indemnités, je leur colle un procès aux prud'hommes.

– Là où ils vont finir, ce sera le cadet de leurs soucis, croyez-moi, promit la policière.

CHAPITRE 33

Louise Gairal se rendait souvent dans la salle des pas perdus avant un procès. Après, il était impossible d'y déambuler seule ; les lieux étaient pris d'assaut par les greffiers en pause ou les familles rongées d'inquiétude dans l'attente d'un verdict.

Louise aimait entendre le chuintement de sa robe de procureur et le martèlement de ses talons quand seul l'écho leur répondait. Contrairement au chahut du grand hall, envahi par la presse et les badauds, ici, elle trouvait la paix. Ces moments prenaient la forme d'une méditation ; ils lui rappelaient son rôle dans ce Colisée et la soumettaient une énième fois à la question du sens du spectacle auquel elle s'apprêtait à prendre part. Elle écoutait le bruit de ses pas perdus, espérant qu'ils lui apporteraient une réponse.

Ses pensées allaient rarement aux accusés, mais cette fois, comment ne pas voir en Sandrine Fousseret le reflet de la femme qu'elle était, elle, Louise Gairal ? Et tant d'autres comme elle.

D'ailleurs, cela n'avait pas échappé aux féministes locales ; un petit groupe d'excitées occupait le hall du tribunal et captait déjà l'attention des médias. Elles avaient saisi la balle au bond et avaient élevé l'accusée au rang de victime de l'appareil répressif masculin. Le greffier allait avoir du pain sur la planche... D'autant plus que d'autres attroupements commençaient à se former, représentant des mouvances divergentes. Cela promettait un après-midi mouvementé !

Cette publicité ne plaisait évidemment pas à l'avocat de la défense, bien que sa cliente semblât étrangère aux frémissements qui agitaient le prétoire. Sandrine Fousseret était installée à sa place ; le regard dans le vide, elle attendait que la cour voulût bien se pencher sur son cas.

Louise Gairal se doutait qu'en tant que représentante de l'État, elle allait être la cible des militantes. Elle n'avait rien contre un peu d'animation, même si c'était à ses dépens, mais ne goûtait pas la récupération dont certains prévenus faisaient parfois l'objet. Et pourtant, en l'occurrence, elle éprouvait de la sympathie pour la cause défendue.

C'était un monde d'hommes, elle en convenait. *Un monde d'hommes.* Parfois – souvent, en fait – elle aussi en avait assez de cette toxicité. Elle aussi avait envie de brandir des pancartes et de crier des slogans… Car il devenait difficile de ne pas tous les mettre dans le même sac et de ne pas se méfier d'eux indifféremment.

Quand les gens apprenaient la profession qu'elle exerçait, ils la dévisageaient en se demandant comment un petit bout de femme de son gabarit pouvait occuper un poste pourvu d'une telle autorité. L'étonnement, voire la condescendance, se lisait sur le visage de ses interlocuteurs, qu'ils soient membres du public ou professionnels, y compris les avocats.

Le phénomène n'épargnait pas ses propres parents. Il avait fallu qu'ils assistent enfin à l'un de ses procès pour réaliser qu'elle requérait en son nom ; ils la voyaient jusque-là comme une espèce de secrétaire d'un procureur général qu'elle aurait assisté en classant pour lui des dossiers rébarbatifs. Sa propre mère n'avait pas imaginé qu'elle pût tenir tête à des criminels et leurs conseillers, seule, et s'adresser à des jurés en les sommant d'appliquer d'authentiques peines de prison…

Dans l'écosystème de Louise Gairal, celui du droit et de la justice, l'autorité soi-disant naturelle était valorisée. Les hommes étaient donc mis en avant, car il était généralement admis que l'autorité était un attribut masculin. Ce précepte était inculqué à tout un chacun, notamment pendant la formation à l'École nationale de la magistrature. Cela ne changerait jamais. Les garçons entretenaient le système en le reproduisant, et vice versa.

Louise abhorrait les vieux cons qui n'avaient toujours pas intégré que certaines choses, certains gestes, certains mots n'étaient plus admissibles, mais elle méprisait tout autant les jeunes pétochards qui craignaient de s'adresser à une femme de peur de commettre un impair à tout moment. Entre les deux, il devait bien y avoir des mecs assez malins pour faire preuve d'esprit et se faire charmants sans être lourds. Heureusement, entre les deux, elle avait trouvé son mari. Grégoire l'avait aidée à ne pas devenir ce genre de femme dont le poil se hérisse dès qu'un homme prononce les mots « les femmes » ; elle admettait que ce n'était pas un gros mot dans la bouche de tous les hommes. Certainement pas dans celle de son mari.

Ce n'est pas au tribunal de Versailles, particulièrement vicié par la misogynie ambiante, qu'elle avait trouvé ce subtil équilibre. Elle avait hâte de quitter ses rivages nauséabonds et de passer au siège, dans un autre tribunal, dans quelque département qui la rapprocherait du Sud-Ouest. Seule l'amitié de Peggy lui permettait de tenir le coup.

Elle se disait que le jour où elle obtiendrait sa mutation, elle n'organiserait même pas de fête d'adieu. « Je serais capable de me faire chier à mon propre pot de départ », avait-elle avoué à son amie et collègue.

Au siège, au moins, elle serait indépendante ; elle n'aurait plus de chefs – le procureur, le procureur adjoint et le premier vice-procureur.

Louise Gairal consulta sa montre ; il était temps de gagner le prétoire. Avec le greffier qui officiait ce jour-là, les horaires étaient respectés et les différentes parties, tenues d'une main de maître, étaient rondement invitées à prendre leur place en temps et heure, portables éteints, en observant un silence de mise.

Louise Gairal reconnut Sandrine Fousseret, qui comparaissait librement, hagarde sur le banc des accusés.

Elle descendit saluer le lieutenant Grospierres, représentant l'équipe qui avait mené l'investigation, avant de remonter sur son promontoire, à la droite des trois juges du siège.

Le premier assesseur du jour était une connaissance de Louise Gairal. Il venait d'arriver au siège, en provenance de Thonon-les-Bains, où il avait été procureur jusque-là. Ils s'étaient croisés à l'occasion d'un séminaire quelques années plus tôt; Louise appréciait son franc-parler et sa simplicité, autant qu'elle avait pu en juger.

En revanche, elle n'avait jamais eu l'occasion de requérir avec la deuxième assesseur. Elle venait du monde scientifique et appartenait au corps des juges « non professionnels ». Selon la rumeur, elle avait été médecin et s'était formée au droit. C'était une belle femme au regard intense, agitée de tics et de mouvements des jambes… Une nerveuse.

Un peu plus tôt dans la matinée, Louise l'avait surprise en train de fumer devant le tribunal et avait eu le temps de remarquer, aux trois gobelets vides qu'elle tenait à la main, qu'elle carburait aussi à la caféine. En général, ces juges qui n'en étaient pas faisaient du zèle et bossaient deux fois plus que les autres pour légitimer leur robe. Louise s'en méfiait. Ils étaient censés apporter un éclairage *candide*, moins spécialisé, mais comme tout nouveau converti, ils pouvaient se montrer intransigeants et la justice n'avait pas besoin de cela… Surtout si la présidente était une peau de vache, catho raciste et homophobe, comme celle qui dirigeait les débats aujourd'hui.

L'idée qu'une femme pût déstabiliser une autre femme enceinte au point qu'elle se suicidât ne recueillait certainement pas son approbation; en même temps, étant donné que cette même femme enceinte s'en était prise au mariage de l'accusée, cette dernière pouvait trouver grâce à ses yeux… Les liens sacrés du mariage et *tutti quanti*.

La défense allait insister sur la qualification « faux et usage de faux » et ne permettrait pas qu'on jugeât les conséquences de ladite falsification. L'avocat de Sandrine Fousseret allait bondir et s'insurger dès que l'expression « pousser au suicide » serait utilisée par le parquet. Il aurait raison. Cette qualification ne pouvait pas être retenue en l'occurrence. D'ailleurs, Louise n'avait pas l'intention de jouer cette carte.

Elle avait hâte d'entendre la version de l'accusée, mais vu son passé vierge d'antécédents et les motivations passionnelles de ses actes, il serait difficile de la *charger*.

En outre, Sandrine Fousseret avait fait des aveux après s'être mise spontanément à la disposition de la justice. Elle avait fui, certes, mais dans un mouvement de panique ; elle s'était vite reprise et s'était présentée au commissariat de son propre chef.

Louise Gairal ne pouvait évidemment pas demander la relaxe, mais une peine légère assortie de sursis demeurait une option possible et raisonnable. Cette femme vivait déjà avec la mort d'Emilie Vaudrey et la perte de son fœtus sur la conscience ; elle avait perdu son travail ; inutile de l'enfoncer.

À plusieurs reprises, pendant l'enquête, Louise Gairal avait essayé d'adopter le point de vue de l'accusée : si Grégoire lui avait fait subir ce que Julien Fousseret avait infligé à son épouse, n'aurait-elle pas agi comme elle ? À la place de Sandrine Fousseret, n'aurait-elle pas été capable, elle aussi, de déraper ?

À la place de Sandrine Fousseret, je me serais cassée ! songeait-elle. Qu'est-ce qui la retenait ? L'amour ? L'amour d'un type comme Julien Fousseret ? Quelle conne !

Louise était consciente que son éthique lui interdisait de prendre en compte de telles considérations ; la justice devait rappeler la loi et se positionner au-dessus des passions. D'habitude, elle essayait de réprimer toute sympathie ou colère. C'était ce vers quoi il fallait tendre… Mais il était souvent difficile d'y parvenir.

CHAPITRE 34

Jean-Pierre Cérisol poussa la porte du caviste de la rue de Satory, un lieu chic et sobre. D'habitude, ce genre de magasin offrait un choix infini de crus parmi une profusion d'appellations. Pas celui-ci. On avait plutôt l'impression de pénétrer dans le salon particulier d'un grand amateur qui vous faisait part de sa sélection éclairée et vous proposait, en vous donnant un sentiment d'exclusivité et sous le coup de la confidence avant que son stock fût épuisé et sa carte renouvelée, de compter parmi les rares initiés à déguster la production d'un domaine découvert lors d'une virée dans le Luberon ou dans le Jura, une étiquette sortie de derrière les fagots, là où les meilleures bouteilles sont gardées au frais et à l'abri des regards indiscrets.

Cérisol n'avait pas d'idée précise de ce qu'il cherchait ; il n'en connaissait que la couleur : il fallait que ce soit du rouge, n'importe quel rouge. Et qu'il soit cher. « Ce que vous avez de plus cher », dit-il. « Enfin, presque ! » s'empressa-t-il d'ajouter.

Le caviste portait un costume trois-pièces très chic, très cintré, et des chaussures haut de gamme. Il n'avait pas revêtu le tablier d'usage qui constitue l'uniforme des sommeliers, avec une poche kangourou d'où dépasse un tire-bouchon qu'ils se tiennent prêts à dégainer en permanence.

– Vous envisagez de le servir avec quel genre de plat ? demanda-t-il.

– Aucun. Ce n'est pas pour un repas.

– Une occasion particulière, peut-être ?

– C'est pour offrir à des SDF.

S'il crut à une plaisanterie, le caviste, habitué aux extravagances d'une clientèle argentée, n'en laissa rien transparaître. C'était là l'apanage des riches : ils pouvaient tout se permettre, le ridicule comme le mauvais goût, et même le blasphème. Seuls les Français moyens associaient le poisson au blanc et le fromage au rouge sans remettre en question le sacro-saint mariage. Mais les Français moyens ne venaient pas dans son magasin ; ils allaient chez Nicolas.

Le hasard avait voulu que Louise Gairal fût de permanence le soir où Cérisol avait appelé le parquet, après que Krzyzaniak lui eut fait part des révélations de Joséphine Schall, l'employée des Galhan de Ribaute.

Elle n'ignorait pas que le procureur général demanderait un rapport dès qu'il aurait vent de l'affaire – la pression, bien que discrète, n'en serait pas moins explicite –, cependant, elle n'hésita pas un instant à faire placer monsieur et madame Galhan de Ribaute en garde à vue.

Sergueï Azaña, alias Pastaga, avait eu tort sur ce point : son témoignage et celui de ses deux acolytes, Django et Kévin, ne seraient pas vains ; les aristos de la rue de Fontenay n'y couperaient pas. Cette fois, leurs appuis ne leur seraient d'aucune utilité ; ils allaient même passer une première nuit dans les geôles du commissariat central.

Cérisol marchait, plein d'allant, en direction de la pièce d'eau des Suisses, une cuvée du domaine de l'Amandyère dans une main, quatre verres de dégustation dans l'autre.

La bouteille lui avait coûté deux cent soixante-cinq euros. Cérisol, avec son salaire de fonctionnaire de police, avait rarement fait un tel investissement, mais ce soir, il avait besoin de vivre une expérience cathartique. Un exutoire par le haut, dont le seul excès serait le luxe. Comme les honoraires d'un psychanalyste font partie de la thérapie, le prix du vin allait contribuer au redressement de son moral. Ce soir, non seulement il boirait du vin – nouvelle entaille à la règle – mais il commettrait un acte de raffinement avec la complicité de trois sans-abri qui ne lui demanderaient rien, à qui il ne devrait rendre aucun compte, et qu'il ne reverrait probablement jamais.

Ce soir, il voulait mettre derrière lui sa vie de flic, ses collègues, Sylvia, son régime sans alcool et même les chansonniers disparus et oubliés de tous qui l'accompagnaient au quotidien, pour rendre hommage à Amos.

Cela expliquait qu'il avançât d'un pas décidé, quittant le centre historique de Versailles, sans se soucier de l'impression qu'il donnait : celle d'un excentrique invité à un dîner imaginaire, sans convives, qui apportait le boire et les verres. Où pouvait-il se rendre si tard alors qu'il n'y avait plus, par là, que des allées de platanes, le parc du château – fermé à cette heure – et la route de Saint-Cyr-l'École ?

Les Galhan de Ribaute seraient condamnés, la vice-procureur le lui avait assuré. C'est marrant, repensa Cérisol, elle avait eu l'air de prendre cette histoire à cœur, de presque en faire une affaire personnelle.

Il aimait bien Louise Gairal, sans la connaître vraiment. Bien qu'ils ne fussent pas amis, leurs rapports étaient amicaux ; elle ne s'était jamais départie de son devoir de réserve. Pourtant, ce soir, pour la première fois, il avait entendu les sentiments de la femme sous la carapace de la magistrate. Pour une raison connue d'elle seule, elle voulait se payer les Galhan de Ribaute. Ou ce qu'ils représentaient.

Cérisol aperçut les lueurs du brasero dans le bosquet en contrebas de la voie ferrée. Il hâta son allure, le sourire aux lèvres, satisfait de lui-même à l'idée de la surprise qu'il était sur le point de faire aux trois hommes. Pour une fois, il était porteur d'une bonne nouvelle.

Au fur et à mesure qu'il s'approchait, il distinguait de plus en plus clairement leur conversation. Il reconnut le rire de Pastaga, la voix éraillée de Django et la silhouette immobile et silencieuse de Kévin. Chacun était assis à la même place que le premier soir.

Puis, le bruit de ses pas sur le tapis de feuilles mortes donna l'alerte. Django se redressa, Pastaga se retourna, prêt à en découdre, mais s'exclama « 22 ! » dès qu'il reconnut le commandant.

Il y avait de la surprise et de l'amusement dans son expression, mais Cérisol y perçut aussi un certain plaisir de le revoir. Il leva les bras en l'air, brandissant la bouteille de vin et les verres. Les compères comprirent tout de suite ce qu'il était venu célébrer, et se levèrent dans un même mouvement.

Cet élan spontané et presque fraternel lui fit chaud au cœur ; sans pouvoir se l'expliquer, il sentit qu'il allait passer une bonne soirée.

CHAPITRE 35

Deux mois plus tard, Cérisol sortait du bureau de la vice-procureur Gairal avec qui il venait de faire le point sur l'enquête qu'elle avait confiée à son groupe, suite à la découverte d'un bras humain par le grutier de l'incinérateur d'Issy-les-Moulineaux alors qu'il brassait des tonnes de détritus dans l'une des fosses, une opération de routine quotidienne pour éviter l'inflammation des gaz émanant de la fermentation des déchets en décomposition.

L'équipe de la brigade criminelle venait de passer quatre jours le nez dans les ordures, littéralement, sans résultat. Les extrémités des doigts du défunt ayant été brûlées, une éventuelle identification par empreintes digitales était impossible. Si l'on ajoutait ce détail au fait que le bras avait été sectionné à la scie circulaire, la nature criminelle de la découpe laissait peu de doute.

De son côté, le personnel de l'incinérateur ne parvint pas à tracer la tournée du camion benne qui avait prélevé le container dans lequel se trouvait le bras. L'origine géographique du cadavre, même approximative, était donc elle aussi impossible à déterminer. L'exercice s'apparentait à la recherche de la fameuse aiguille dans sa botte de foin.

Louise Gairal profita de son rendez-vous avec son enquêteur préféré pour le tenir informé de l'issue des démarches des autorités françaises auprès de leurs homologues tchadiennes : le sieur Amos Djibrine, après des semaines de tractations et de procédures qui avaient révélé autant de mauvaise foi que d'incompétence, allait enfin retrouver sa terre natale. Il serait enterré dans le cimetière chrétien de son village.

Cependant, parce qu'il n'avait plus de famille – sa femme et son fils étant morts pendant leur fuite et le reste du clan ayant été assassiné par les rebelles – il n'y aurait ni cérémonie ni fête. Seul le maire du village assisterait à l'inhumation.

Cérisol haussa les épaules. Il ne croyait pas à une quelconque persistance après la mort. Il ne pensait donc pas que cela gênerait *Le Noiraud*. Celui-ci serait toujours mieux là-bas que dans un caveau vide et froid à Versailles, enveloppé comme un sandwich dans de la cellophane.

– Et Sandrine Fousseret, vous avez eu des nouvelles ?

– Fousseret ?

– L'épouse dans l'affaire du suicide d'Emilie Vaudrey…

– Ah ! La biologiste médicale ? Elle s'appelle Guéguen dorénavant. Elle a repris son nom de jeune fille. Figurez-vous que j'ai reçu une demande d'avis et d'informations à son sujet, émanant de la DRAAF Bretagne, à Rennes. Apparemment, elle a postulé pour enseigner les sciences et vie de la terre dans un lycée agricole du côté de Faunand ou Foussant, un nom comme ça…

– Fouesnant.

– Fouesnant, c'est cela.

– C'est de là qu'elle venait. Elle a dû retourner vivre chez ses parents.

– La condamnation figurant à son casier les a affolés, même si, étant donné qu'elle était inférieure à deux ans et que, par ailleurs, elle était assortie de sursis, ils pouvaient l'embaucher comme vacataire… Je les ai rassurés et j'ai appuyé sa candidature, bien évidemment. Elle ne représente aucun danger pour des élèves.

Quand il rentra au commissariat, la plupart de ses collègues avaient déserté les couloirs de la PJ ; il ne croisa que la femme de ménage qui venait d'attaquer son service.

– Bonsoir, madame Schall.

– Bonsoir, commandant.

– Vous allez bien ?

– Très bien, merci.

– Pas trop dur de faire les soirées ?

– Non, franchement, tout va bien. Je ne vous remercierai jamais assez.

Cérisol leva la main, l'air de dire que vraiment, ce n'était rien. Elle ne manquait jamais une occasion de lui exprimer sa reconnaissance ; cela en devenait gênant.

Il avait réussi à faire embaucher la vieille Alsacienne – au chômage depuis qu'elle avait porté plainte contre ses employeurs – par l'entreprise de nettoyage sous contrat avec le commissariat.

Bien que leur institution ne fût plus aussi prestigieuse qu'autrefois, les policiers possédaient encore quelques arguments capables de convaincre un chef d'équipe chez Prop'net de l'intérêt qu'il y avait à rendre service à un commandant de la Criminelle.

Les Galhan de Ribaute avaient été condamnés chacun à une peine de prison de trois ans dont trente mois avec sursis pour atteinte à l'intégrité du cadavre d'Amos Djibrine, infraction relative à son inhumation, violation de sépulture et non-assistance à personne en danger. C'est ce dernier chef d'accusation qui leur avait coûté une incarcération ferme. Leur condamnation avait été assortie d'une amende de trente mille euros chacun et d'un dédommagement de cinq mille euros chacun au bénéfice de la famille Cartiaux, dont le caveau avait été profané.

La notion d'esclavage moderne n'avait pas été retenue par le tribunal. On s'était contenté d'évoquer un « emploi non déclaré ».

En revanche, l'URSSAF n'avait pas reconnu la notion de droit à l'erreur. Les de Ribaute avaient dû payer les cotisations sociales afférentes à l'emploi d'un jardinier non perçues par l'administration, mais également les pénalités de rigueur.

Cérisol mit de l'ordre dans les dossiers qui recouvraient son bureau, ferma à clef le placard dans lequel il venait de ranger son arme de service, un Sig Sauer qu'il n'avait encore jamais utilisé et dont il comptait bien ne pas se servir tant que le commissaire Auvray ne le mettrait pas en demeure de faire valider sa séance de tir annuelle obligatoire.

Depuis que Sylvia était internée au service psychiatrique du centre hospitalier universitaire de Versailles, il rentrait tous les soirs un peu plus tard. La seule chose qui le retenait de ne plus rentrer du tout, c'était Djouk. Un étudiant passait deux fois par jour chez eux pour lui faire faire ses besoins et la nourrir. Jean-Pierre la sortait pour un dernier tour de pâté de maisons quand il revenait du travail, avant de s'écrouler dans le canapé devant une série. Il autorisait la chienne à le rejoindre, chose formellement interdite en temps normal, mais on n'en était plus à cela près.

Puis, vite lassé par des rebondissements attendus et des dialogues convenus, il éteignait l'écran plat et la box, et passait dans son bureau où il mettait sur sa platine un 33 tours tiré au hasard de l'une des étagères de sa discothèque.

La maison était vide sans Sylvia. Djouk était de bonne compagnie, mais elle n'était plus la chienne joviale que Cérisol avait connue. Même ses disques ne lui procuraient pas le réconfort espéré. Les voix des chansonniers semblaient sonner de loin, comme si Cérisol n'était plus connecté à leur époque. Les violons n'étaient plus aussi envoûtants et les clarinettes semblaient fades et froides. Leurs notes ne l'enveloppaient plus ; elles résonnaient de façon impersonnelle.

Après ses deux rechutes consécutives, avec Grospierres d'abord, au Chaudron, puis en compagnie de Pastaga et sa bande, Cérisol ne fit plus d'écart dans sa sobriété. Un soir, il faillit rouvrir la boîte de Pandore, le globe qui renfermait whisky et eaux-de-vie, cognacs et armagnacs… Mais il n'en fit rien.

Il monta se coucher en espérant avoir la force de s'endormir, puis de se lever le lendemain, d'aller travailler, de revenir, et de recommencer. Et d'attendre. Que Sylvia aille mieux. Qu'elle rentre à la maison. Qu'ils partent en vacances dans le Midi, tous les trois…

Ils loueraient un gîte au bord de l'eau, salée ou douce, peu importait pourvu qu'il y ait de l'herbe pas loin, ou du sable, un hamac ou un transat, une table basse avec du sirop d'orgeat et de la tapenade, et que la seule question qu'ils aient à se poser soit de savoir s'ils la voulaient verte ou noire, la tapenade.

REMERCIEMENTS

Un roman n'est pas (seulement) le fruit d'un travail solitaire. J'ai sollicité un nombre important de personnes pour mener à bien celui-ci.

Ainsi, je remercie chaleureusement :

Frédérique Sabourdy, elle sait pourquoi

Elsa Servant, magistrate dont l'éthique donnerait presque envie de passer entre les mains de la justice

Stanislas Petrosky, auteur, thanatopracteur et thanatoplastien… Cela existe

Chantal et Jean-François Bellocq, membres de Welcome Toulouse, de beaux humains

Landry Oulaï alias MC Billy, auteur interprète de Trap décalé qui a trouvé asile en France et c'est très bien ainsi

Caroline Schall et Matthieu Clemente, Stammtischers du jeudi soir, coprésidents du prix littéraire Le Chamois d'or

Marina Lévis-Étournaud, avocate aussi professionnelle que délurée (c'est possible) et Christophe Guillaumot, romancier et retraité de la police nationale (ou l'inverse, on n'a jamais trop su), parce qu'ils ont répondu à mes questions et validé certaines informations techniques à ma demande

Hervé Jubert, mon frangin, parce que nos agapes sont aussi des moments de cogitation

Pierre Fourniaud et toute l'équipe de La Manufacture de livres, parce qu'ils me font confiance et c'est réciproque

Jules et Jeanne Séverac, les Quilloux, parce que je les aime et je sais que c'est réciproque

Mes amis Christelle Camus, Serge Bouclainville, Thierry Planche et Jacques Gonçalvès, parce qu'ils ont pris le temps et la peine de me relire avec rigueur et acuité

Maïté Bernard, parce que cet ouvrage lui doit beaucoup

Lupo, chien berger hongrois et coach sportif, parce que la marche m'est bénéfique.

ILS ONT COLLABORÉ À CE LIVRE :

PIERRE FOURNIAUD
DIRECTION ÉDITORIALE ET COORDINATION

LISE CLAUDEL
CORRECTION

HERVÉ DELOUCHE
CORRECTION

BRUNO RINGEVAL
COMPOSITION

DONATA JANSONAITĖ
IMPRESSION

MARIE-ANNE LACOMA
SUIVI COMMERCIAL ET PROMOTIONNEL

LES ÉQUIPES DU CDE ET DE LA SODIS
DIFFUSION ET DISTRIBUTION

ALEXANDRE BLOMME
RELATIONS PRESSE ET COMMUNICATION

AGENCE TRAMES
CESSIONS DE DROITS

LES LIBRAIRES
COMMERCIALISATION ET PROMOTION

DÉPÔT LÉGAL : AOÛT 2024
IMPRIMÉ EN UE